Marc LA MOLA
et
Laure GARCIA

EXTRÊME ONCTION

Polar

Marseille n'est pas une ville pour touristes. Il n'y a rien à voir. Sa beauté ne se photographie pas. Elle se partage.
Ici, faut prendre partie. Se passionner. Être pour, être contre. Être violemment.
Alors seulement ce qui est à voir se donne à voir.
Et là trop tard, on est en plein drame. Un drame antique où le héros c'est la mort.
A Marseille, même pour perdre il faut savoir se battre.

Jean-Claude Izzo, Total Khéops.

1

A mes filles.

Je ne suis qu'un homme.
Un homme c'est basique, souvent irréfléchi mais toujours sensible lorsqu'il s'agit de ses filles. Un homme ça ne porte pas ses enfants, ça contemple passivement le ventre de sa compagne s'arrondir, c'est maladroit. Souvent stupide.
Moi je ne déroge pas à cette règle, je ne suis qu'un homme. Un homme simple et sans prétentions autres que celles de vous voir grandir et être heureuses.
Vous avez grandi si vite, trop vite pour un père souvent absent, toujours torturé.
J'ai souvent confondu la maison avec les commissariats, j'ai souvent oublié de rentrer pour vous coucher mais pour rester au chevet de la société. Elle ne me l'a pas rendu …
J'ai parfois préféré mes amis, mes frères d'armes. Je vous ai oubliées trop souvent sur le comptoir d'un bar de nuit, dans des verres d'alcool et des substances pas trop légales.
Un homme, même lorsqu'il est papa, c'est souvent égoïste. Je l'ai été …
Aujourd'hui je vous regarde, je vous contemple et vous admire. Je sais que le temps perdu ne se rattrape pas même si l'on met les bouchées doubles, même si on fait semblant d'oublier ce que l'on a été.
Je vous regarde et suis fier de vous. Je vous regarde et je regrette de ne pas avoir été plus souvent avec vous, près de vous pour sécher vos larmes, pour vous raconter les histoires que l'on narre à des enfants.

Moi les histoires que je vivais n'étaient pas racontables, elles n'étaient que violences et douleurs. Elles m'ont avalé …

Je vivais dans un monde où les monstres ne sont pas des héros de bandes dessinées mais existent réellement et sont souvent bien pires que ceux figurant dans des livres. Ils font mal, ils tuent même ceux qui tentent de les stopper.

Chevalier du néant je leur ai tout donné, je leur ai donné ce que je vous devais.

Peut-on en vouloir à un père, peut-on lui tenir rigueur de s'être trompé ?

Je l'ignore mais ce que je sais c'est qu'un jour vous jouerez le plus joli rôle du monde, celui de maman. Enfin vous comprendrez ce que c'est que de voir un être grandir puis prendre son envol.

Et enfin peut-être pourrez-vous me pardonner de ne pas avoir été le père que j'aurais dû être.

Je le souhaite, je l'espère ...

Je vous aime !

Je suis arrivé au bout du chemin, je dois partir pour m'apaiser et pour comprendre ce que j'ai été. J'ignore pourquoi j'ai été ainsi. Sans doute la haine ou la peur de partir.

La connerie aussi …

Tentez de ne pas m'en vouloir, de ne pas entretenir de haine envers moi. Je n'ai été qu'un père de pacotille bien incapable de gérer les obstacles que la vie a mis en travers de ma route.

L'heure de l'extrême-onction est enfin arrivée !

2

Un léger courant d'air fit tressaillir le drap de coton avant de provoquer un frisson sur ses avant-bras musclés. La maison était plongée dans le silence et la lourdeur des températures.
Sa main droite venait de saisir le fusil à canon scié, lentement la gauche plaça trois cartouches dans le magasin. Violemment il manœuvra la pompe et fit monter le premier projectile dans la chambre.
Ce bruit particulier qu'il aurait reconnu les yeux fermés ne dérangea pas son petit monde endormi, il poursuivait sa nuit, paisiblement. Lui n'avait pas trouvé le repos. Il avait beau tenter de se souvenir, rien ne le ramenait à un somme profond. Alors, il voyait dans cet objet froid, glacial, le seul moyen de l'atteindre, enfin.
Son regard était sombre, son pas lent et déterminé. Il errait comme un spectre, comme s'il ne faisait déjà plus partie de ce monde. Il était déjà loin. Malgré tout il n'était plus celui qu'il fut, plus cet homme cohérent au parcours au sein de la police et de ses plus prestigieux services d'investigations.

La nuit était bien installée et la lune rouge était pleine, elle parvenait à illuminer le minable lotissement de cette banlieue de la ville. La maison trônait sur un petit monticule, un désolant promontoire constitué d'un jardinet même pas clôturé. Un gazon tentait de résister aux chaleurs caniculaires d'un été qui ne voulait plus finir. Il faisait chaud et suer était une banalité, une évidence. Il avait inondé sa fine chemise de lin froissé, d'un revers de manche il essuya son front dégoulinant.

Son pas fit craquer le faux parquet stratifié, ses pieds nus marquaient le succédané de chêne, on pouvait suivre son itinéraire depuis le cellier jusqu'à la partie nuit de la villa.
Sa femme et ses enfants dormaient profondément, il était trois heures.

Avec précision il poussa la porte de la première chambre, sur un grand lit dormaient deux fillettes aux cheveux noirs et raides. Un léger drap de coton avait été repoussé ardemment par les deux paires de petits pieds afin qu'il ne rajoute pas quelques degrés à cette température étouffante. Il resta ainsi figé durant de longues secondes, comme s'il observait un tableau de maître, dans un silence monacal. Son bras gauche le long de son corps alors que sa main droite n'avait pas lâché l'arme, elle le tenait fermement, les doigts crispés. Le regard tourné vers les fillettes et les idées ailleurs, mais où … ?
Puis lentement, pour ne pas les réveiller, il repoussa la porte de bois blanc sans la claquer, sans même un bruit.
Calmement il se dirigea vers la seconde porte jouxtant celle de la chambre de ses deux filles, il l'ouvrit. Un léger grincement retentit sans réveiller la femme qui dormait là.
Elle ne portait qu'un string de fine dentelle blanche et son visage était dissimulé sous une masse de cheveux noirs, identiques à ceux des poupées bien endormies à côté. Seul son léger souffle parvenait à les mouvoir un peu. Elle occupait la quasi-totalité du lit, elle était belle. Il resta planté là quelques secondes sans broncher puis il écrasa une larme ruisselant sur sa joue gauche. Délicatement il ferma de nouveau la porte puis semblant n'écouter que sa logique il tourna les talons pour se diriger vers l'extérieur, tel un automate.
Il tombait du feu. La chaleur était étouffante. Au loin une sirène de pompiers déchirait la quiétude, un chien hurlait à la mort comme pour l'accompagner dans sa funeste démarche.

Il se positionna sur le pas de la porte et observa les environs puis avança lentement en direction du jardin. Il n'avait pas lâché son fusil et actionna bruyamment la pompe pour l'approvisionner. Une fois de plus elle fit entendre son horrible complainte, une fois encore le fusil allait hurler.

Il tomba à genoux et vint regarder le ciel comme pour y chercher une échappatoire, une main tendue, mais il avait beau le scruter, rien ne venait.

Alors, sûr de lui, calmement il plaça le canon sous son menton et sans attendre il pressa la détente. Les grains de plomb arrachèrent la boîte crânienne en propulsant la matière cérébrale à plus de trois mètres de haut. Son corps s'écroula.

Le silence était revenu, les températures étaient toujours aussi chaudes, c'en était terminé.

Aucun homme de foi ne lui avait donné l'extrême-onction, il était mort comme il avait vécu, seul …

3

Six mois plus tôt …

Son avant-bras posé sur la vitre baissée fut parcouru par un léger frisson alors qu'il franchissait ce qui jadis était nommé frontière. Ni la Guardia Civil, ni la Policia et même pas les mossos d'esquadra ne s'étaient intéressé à lui. Son physique passe-partout et sa Mégane accusant plus de 200000 kilomètres avaient certainement rajouté à son côté banal une touche de tête de vainqueur. Sembler naze, pour la circonstance, cela lui convenait. Derrière lui les Pyrénées et leurs têtes enneigées ne seraient bientôt plus qu'un souvenir, jamais il n'y reviendrait.
Durant ces trois derniers jours, Franck avait honoré des rendez-vous et avalé des tapas sur le port de Rosas. L'hôtel dans lequel il avait trouvé refuge ne présentait aucun attrait. Un hôtel à touristes fauchés à la limite du bouge infâme qu'il avait connu lors de sa précédente carrière de flic. Il s'y rendait pour sauter des voyous, pour y déloger des putes infâmes ou l'inverse parfois. Un hôtel où son physique de « beauf » passait inaperçu, un endroit où un homme seul ayant pour unique bagage un sac de sport pouvait évoluer sans crainte d'être balancé à la police Catalane.

C'était en début de matinée qu'il avait finalisé la transaction, à 9 heures pétantes tout était terminé. Le marbre zébré du hall d'entrée lui avait donné l'occasion de compter les rayures noires s'entrecoupant de plus délicates rouges. Dans un discret bureau de la Banca Catalana un conseiller parfaitement Francophone avait écouté ses attentes en acquiesçant de plusieurs hochements de tête assortis d'un sourire commercial. C'était entre une crainte mal dissimulée et une satisfaction bien trop flagrante que Franck lui confia le contenu du sac de sport. L'homme au costume étriqué prit le temps de céder les liasses vertes à sa collègue. Elle réapparut à peine cinq minutes plus tard en chuchotant quelques mots Ibères à l'attention du conseiller, elle déposa devant son sourire hypocrite un document et pointa de son index long et fin la case dans laquelle Franck apposa son paraphe.

Sans attendre il récupéra sa voiture et prit la route pour la France. Janvier tirait à sa fin et la neige avait été incapable d'offrir une couche suffisamment épaisse pour satisfaire les passionnés de glisse hivernale. Les Pyrénées n'avaient pas revêtu de manteau blanc et seules les cimes affichaient fièrement une fine couche de poudreuse.

Il n'y songeait que furtivement avant de penser à nouveau à cette histoire qui l'avait conduit là, en Catalogne.

Sa carrière de flic semblait s'étaler sur le bitume de l'autoroute. Lui l'ancien condé, l'ancien poulet de rues était depuis peu confronté à une étrange affaire et les images de ses multiples bagarres dans des quartiers sordides de Marseille s'entrecroisèrent avec celles de la découverte récente de cette satanée sacoche Chabrand. Il en avait tant brassé d'argent sale qu'il lui avait semblé reconnaître visuellement les billets générés par la came de ceux engendrés par le labeur. Une vision de flic ou un fantasme de bœuf-carottes prenant son pied à encrister un enquêteur de la brigade des stups.

Pour autant jamais il n'avait touché les sommes qu'il avait saisies, pas une fois il y mit la main et pourtant ce fut une affaire de flic ripoux qui eut raison de sa carrière. Il fut révoqué après vingt ans de lutte contre les trafics de cité.

Pas de remerciements, même pas une poignée de main. Juste une ridicule pension de retraite pour survivre et pour parvenir à oublier ce qu'il fut. La colère et parfois la haine comme compagnes, les remords comme souvenirs et les regrets en guise de médaille. Une surmédiatisation d'une affaire bien minable avait eu raison de lui, de sa carrière et de son honneur. Son unité avait volé en éclats. Certains retournèrent en services actifs alors que d'autres furent bannis de cette Brigade Anticriminalité. Il fit partie du dernier lot.

L'autoroute était déserte et sa Mégane tentait de ne pas mourir sur la bande d'arrêt d'urgence. Elle toussait parfois, pétaradait aussi comme pour signaler à son conducteur qu'elle était en sursis, comme pour le maintenir en éveil et l'empêcher de trop songer à ces 300 000 euros qu'il venait d'abandonner en Catalogne. Un compte anonyme numéroté qui lui donnerait la possibilité d'utiliser cet argent comme s'il était sien. La Banca Catalana était réputée pour blanchir de l'argent aux origines douteuses ou à ne pas trop s'attarder sur les origines des sommes qu'on lui versait. A plusieurs reprises, alors qu'il était enquêteur, il suivit la trace de sommes considérables. Elles avaient toutes transité par la Catalogne. Un blanchiment presque légal en somme, une revanche sur le destin.

La Mégane avalait les kilomètres sans rechigner. Franck avait relevé la vitre pour retrouver un semblant de chaleur dans cet habitacle élimé par le temps et l'usage intensif. Un ventilateur poussif ne parvenait pas à maintenir une température agréable, il faisait à peine quinze degrés.
Sans doute aidé par le froid il n'eut pas de mal à lutter contre la fatigue. Depuis une semaine il n'avait pas fermé l'œil. Il est vrai que découvrir une sacoche abandonnée par des dealers n'était pas une chose courante surtout lorsque cette dernière contient autant d'argent.

C'était dix jours plus tôt. Franck errait dans les rues pour oublier sa carrière brisée, pour ne plus penser à l'humiliation d'une révocation. Parfois il cognait un panneau d'indication ou crachait des glaviots infects sur les affiches aux visages souriants des hommes politiques locaux véreux. Il n'avait que quarante-sept ans, que devait-il faire pour subsister ?
Tricard chez les flics il ne pouvait retrouver un emploi. Ce ne sont pas les quelques jobs de vigile de nuit dans un parking qui l'avaient aidé, bien au contraire puisqu'ils lui laissaient le temps de réfléchir à ce qu'il était devenu. Un raté …
La nuit il oubliait un peu son sort, il lui semblait encore enfiler ses guenilles de condé. La rue lui apportait l'oubli. Du côté sentimental c'était le néant ou plutôt la nullité puisque sa femme, avec laquelle il avait eu deux filles, n'avait plus supporté ce que son mari était devenu, elle lui avait demandé de quitter leur maison et de réfléchir à ce qu'il souhaitait faire, à ce qu'il voulait devenir. Franck avait trouvé un petit logement dans le centre de Marseille, près du parc Lonchamp et de ses fontaines majestueuses. Le soir venu il avait pris pour habitude de traîner dans les rues du quartier, il aimait cela. La nuit donnait une autre dimension aux choses et même à ses pensées souvent bien mornes. La nuit elles l'étaient encore plus. Il aimait errer là depuis le boulevard du jardin zoologique jusqu'au boulevard Cassini ; il cernait le parc pour y admirer la faune interlope, les rencontres entre jeunes homosexuels refoulés et les voleurs en tout genre en attente d'une proie facile et isolée. Il aimait la rue, il adorait la nuit.

Ce fut le vacarme d'un Tmax qui le fit sursauter puis le son nasillard d'une sirène de police venant titiller ses souvenirs. Ils étaient deux sur le gros scooter et le pilote, aidé sans nul doute par la peur, maîtrisait parfaitement les trajectoires. Dans le boulevard Cassini il mit plein gaz.

La Ford de la BAC hurlait sa colère sans toutefois parvenir à rattraper l'écart qui la séparait des fuyards, elle ne pointait pas encore son nez à l'angle de Cassini et de Camille Flammarion que le passager du scooter laissait tomber judicieusement la sacoche qu'il portait en bandoulière. Elle vint se glisser sous une voiture en stationnement, à deux pas de Franck rendu invisible par une camionnette mal stationnée.

Il faisait nuit, le boulevard Cassini était désert. Un fort mistral balayait les quelques papiers gras que les poubelles ne parvenaient pas à contenir. Au loin la sonorité rauque du tuyau d'échappement du scooter à grosse cylindrée se faisait entendre. Franck pensa aussitôt aux caméras de surveillance de la ville. Elles étaient partout !

Depuis l'angle de l'impasse Ricard Digne où il était resté posté, il avança à petits pas. Furtivement il s'empara de la sacoche et rejoignit l'impasse pour échapper aux yeux électroniques indiscrets.

A l'ouverture de la sacoche il ne put échapper à des effluves de résine de cannabis, il pensa à haute voix : L'argent n'a pas d'odeur ..., ricana-t-il.

Les billets étaient bien rangés. Enroulés et maintenus par un élastique, les rouleaux de dix billets de cent euros étaient emballés dans un sac plastique de supermarché noué à la hâte. Dans le fond il tâta deux objets lourds en comprenant immédiatement de quoi il s'agissait. Chaque pain pesait 500 grammes environ et libérait des fragrances caractéristiques de la résine Marocaine. Tâtonnant dans le fond de la besace, il mit la main sur un bloc d'acier froid. Immédiatement et sans le voir il comprit qu'il s'agissait d'un pistolet. Instinctivement il chaussa la crosse et plaça son index sur la queue de détente. Il eut un long frisson parcourant son dos. L'arme n'avait pourtant pas encore quitté le fond du sac de cuir.

Ce contact furtif le replongea un court instant quelques mois en arrière. La sensation de ce métal froid sur sa peau moite et

transpirante lui donna la sensation de retrouver un peu de ce qu'il avait perdu, de lui redonner un peu de ce qu'on lui avait arraché. Il n'entendait plus la toux puissante du Tmax, le deux-tons policier avait aussi cessé de réveiller les citadins.
Franck alla s'isoler dans son garage puis dans sa voiture. C'était un grand parking souterrain fermé par deux portails électroniques dont l'un donnait accès à l'impasse Ricard Digne, le second s'ouvrait sur le boulevard Camille Flammarion. C'était l'un des rares endroits de la ville n'étant pas couvert par les caméras. Un refuge.
Étrangement, il ne s'interrogea pas. Bizarrement, il sut immédiatement qu'il allait conserver l'argent. A l'abri des regards il versa le contenu de la sacoche dans le coffre de son auto puis dissimula les rouleaux de billets sous le tapis, dans l'emplacement prévu pour la roue de secours. Cette dernière reprit sa place. Il fallait maintenant ressurgir et se débarrasser de la Chabrand odorante et des deux pains de résine qu'elle contenait encore. Franck savait que la police scientifique était capable d'y relever son ADN, il n'ignorait pas non plus qu'il venait de signer son arrêt de mort en conservant le fric. En ce qui concernait le pistolet il l'avait déjà placé dans le creux de ses reins. Retrouver une arme était une sorte de finalité pour celui à qui on avait arraché son Sig-Sauer dès sa révocation. Celui-ci était un pistolet de marque Taurus dont les numéros avaient été limés maladroitement. Son chargeur contenait dix cartouches de 9 mm. Ça pourra éventuellement servir, pensa Franck en rajustant son pantalon et en serrant, d'un cran, la ceinture afin d'y plaquer encore plus le kilogramme d'acier contre sa peau dénudée.

Le portail électrique s'ouvrit lentement. Il s'avança en observant le bout de la rue et en tentant de capter des sons et notamment un bruit de tuyau d'échappement. Il sursauta au passage d'un chat s'extrayant d'une poubelle et poursuivant un rat bien plus gros que lui mais rien d'autre ne lui parut suspect. Ce fut dans le premier déversoir à ordures dégueulant ses déchets qu'il renversa les pains de shit. Il effectua quelques mètres et se débarrassa, dans un autre container, de la sacoche. Placée sous un énorme sac poubelle gras elle serait avalée par la benne gloutonne le petit matin venu.

Le silence était envahissant, assourdissant même. Il se logea dans les draps froissés et plaça son oreiller sur son visage. Entre un rire de satisfaction et une crainte évidente, il lui fut difficile de trouver le sommeil. Machinalement il eut besoin de sentir la présence de son pistolet à ses côtés.

4

Jeff fit retentir un claquement sec lorsqu'il posa lourdement l'haltère sur le carrelage du bureau de la Brigade Anticriminalité. Il souffla bruyamment et avala une grande gorgée d'eau.
- Putain de merde ! J'ai mal partout, lança-t-il.
- Tu te fais vieux, lui rétorqua Éric sans relever la tête de la procédure qu'il consultait. Il rangea ses cheveux longs qu'il laissait pousser pour se substituer à une chute inéluctable et déjà bien entamée de sa tignasse. Le sommet de son crâne était nu.
- Je t'emmerde, lui répondit Jeff en saisissant de nouveau son haltère et en faisant rouler son biceps droit qu'il contemplait amoureusement.
- Je ne parviens pas à comprendre. On a stoppé le scooter à la hauteur de saint Barnabé, soit à peine à un kilomètre du boulevard Cassini et c'est là le seul endroit où on les a perdus de vue, affirma Éric.
- Et alors ?
- Alors on s'est fait couillonner ! Ils ont forcément jeté la sacoche sur Cassini et on nous l'a barbotée. Je ne vois que ça, renchérit Éric.
- Moi je n'ai pas vu de sacoche. Ni lorsqu'on les a pris et ni durant la cavale. Ils n'en ont pas jetée non plus.
- Tu me saoules, Jeff ! Je l'ai vue, moi, cette Chabrand dès qu'on les a pourchassés. Et arrête avec tes haltères, ça t'empêche de réfléchir, lança Éric agacé.
Le commissariat de police de la Division Nord était séparé par la voie ferrée de la cité Bassens, un drug-store à ciel ouvert.

Depuis leurs fenêtres les flics de la BAC auraient pu planquer et observer la vente mais ni les effectifs et ni la volonté de la hiérarchie ne leur en laissaient la latitude. La politique du chiffre avait envahi les services et les flics de la BAC en étaient les principaux artisans. Pas le temps pour les enquêtes longues et onéreuses, place aux interpellations massives de porteurs de morceaux de shit gros comme des crottes de nez. Il fallait entretenir les statistiques et faire les carrières des hauts fonctionnaires, peu importe la qualité de service rendu.

Jeff jeta le fusil à pompe dans le coffre et laissa choir le hayon sans retenue, il en fit autant avec la portière du passager avant. Il prit place dans le siège élimé et d'une rapide action de sa main droite sur le loquet il propulsa son assise au plus profond qu'il le put. Il s'immobilisa dans un claquement sec.
Éric actionna le gyrophare et fit retentir les deux tons pour s'assurer que leur état n'était pas tout autant délabré que leur Ford banalisée. Il provoqua la colère de son collègue dérangé par les hurlements électroniques.
Le moteur rugit et imposa une série de tremblements à toutes les pièces visées ou rivetées. La misérable Focus était une rescapée et les kilos de synthofer qu'elle avait reçus tentaient en vain de lui rendre l'éclat qu'elle avait dû avoir un jour. Mais Jeff et Éric ne l'avait connue que dans un état pitoyable, comme toutes les voitures de la BAC.
Ils passèrent le portail et empruntèrent à faible allure les rues sales du secteur nord de Marseille. Dès dix heures du matin les cités ouvraient leurs commerces. Les guetteurs, les rabatteurs et les charbonneurs investissaient leur place comme d'autres s'installaient dans leur bureau.
À sept heures la crapule était encore endormie. Elle ne pouvait pas zoner la nuit et être matinale. Aussi les rues et les cités étaient encore sereines, presque fréquentables. Dès 10 heures, à

l'ouverture quelques clients matinaux se rendaient dans les cités pour se charger de matière. Leur consommation quotidienne.
Mais dans ces quartiers-là cela ne dure pas et la sérénité volait en éclats dès treize heures pétantes, heure à laquelle la vente de shit s'intensifiait. Dès lors il devenait difficile même pour les flics de pénétrer dans la cité sans être repérés et même pris en charge par une horde de scooters.
Le quartier du Merlan se réveillait et un camion de pompiers fendait les embouteillages pour se rendre au secours d'une victime. Éric s'écarta pour laisser passer le camion dont le rouge laissait lentement la place au jaune. Les deux flics ne parlaient pas.

La rue Marathon portait mal son nom. À l'opposé de la plaine éponyme elle ne s'étalait que sur une centaine de mètres pour échouer dans la cité des Lauriers. Une cité perdue dans le 14e arrondissement de la ville.
Des lauriers il n'y en avait pas, la seule végétation que l'on y trouvait restait celle provenant du Maroc via l'Espagne, elle était séchée ou réduite en pâte à fumer. Elle s'y négociait âprement et nombreux étaient ceux qui lui sacrifiaient leurs vies. Dès quinze ans ils étaient enrôlés dans ce qui était une évidence puisqu'ils avaient grandi là, fait leurs premiers pas au milieu du deal et vu leurs frères y prendre un rôle actif. Comme des mouches ils allaient probablement tomber sous les projectiles d'une Kalachnikov mais même cela ils l'avaient saisi. Ici l'argent facile n'en était pas, les ascensions fulgurantes étaient sanctionnées radicalement à coups de 7,62.

Sofiane poussa le lourd panneau de porte du bloc D. Il leva le col de sa veste de survêtement et observa les abords.
Lui était majeur depuis peu, il avait grandi là dans ce quartier miteux et avait abandonné l'école deux ans auparavant.

À cette époque il avait déjà gravi deux échelons et ne promenait plus dans la cité sur son scooter pour chouffer l'arrivée des condés. Il était resté très peu de temps rabatteur et son ambition lui avait permis de charbonner. Aujourd'hui il dirigeait le deal des Lauriers.

Fluet, le cheveu ras et les yeux étonnamment clairs, Sofiane avait un visage d'ange et un corps parfaitement musclé. Un regard de braise qui aurait séduit bien plus d'un photographe de mode, bien plus d'une jeune fille aussi. Mais il avait choisi de faire carrière dans le shit plutôt que sur les couvertures de la presse de mode. Sans doute passait-il à côté d'une carrière de mannequin ou même de gigolo. Il se gâchait dans sa cité.

Il observa encore les toits des bâtiments et adressa un geste furtif à celui qui, depuis le sommet, avait la charge de repérer les flics. Les toits avaient été investis par le réseau. Fauteuils et télévision posés à même le gravier permettaient aux guetteurs de passer confortablement leur journée de labeur.

D'ailleurs ils s'étaient tout approprié. Les blocs, les caves et maintenant les toits.

Ici le shit faisait vivre des familles entières. Loyers et victuailles étaient payés avec l'argent de la came. Certains parvenaient même à financer les études d'une sœur désireuse de réussir comme il faut, légalement.

Sofiane conservait son argent au domicile d'une grand-mère isolée du bloc D. La vieille dame ne comprenait pas tout et n'avait pas eu le courage de refuser au jeune homme et son regard vert de laisser quelques affaires dans le placard de sa troisième chambre inoccupée. En contrepartie il lui rapportait son pain et son courrier que le facteur laissait dans la boîte aux lettres saccagée. Un gentil garçon en somme ce Sofiane … !

Mais ses deux dernières nuits avaient été difficiles. Il avait tourné durant des heures dans son lit et s'était même penché à la fenêtre pour y contempler les rats bouffer les poubelles.

La somme qu'il avait perdue lui faisait défaut. Non pas qu'elle devait alimenter sa propre cagnotte mais une partie devait rembourser son dernier investissement en résine de cannabis. Rachid, son fournisseur, ne se contenterait pas d'excuses minables et même s'il était convaincu de la loyauté de celui qu'il disait être son ami, il lui serait difficile de s'asseoir sur cent cinquante mille euros.
Sofiane arpenta la cité tel le contremaître s'assurant de la présence de ses ouvriers. Ils étaient tous à leur poste. Il ne rendit pas les saluts qui lui étaient adressés et d'un claquement de doigts signifia à un de ses sbires de s'enquérir de la camionnette siglée OTIS. Le jeune homme s'exécuta.

C'est lorsque Sofiane rejoignit l'entrée de la cité qu'il tomba sur la Ford Focus de la BAC.
Au loin les cris des guetteurs fendirent le silence au son de ARAH…
- Salut Sofiane, lança Jeff.
Il répondit par un claquement sec émanant du coin de sa bouche.
- Ça y est, ton équipe est en place ? renchérit Jeff.
- Je prends l'air … Je ne vois pas de quoi tu veux parler !
- Je me suis laissé dire que tu cherchais une sacoche, c'est vrai ? dit Éric.
- Je ne vois toujours pas de quoi tu parles … J'ai un rendez-vous à pôle emploi je vais y aller, répondit Sofiane en se dirigeant vers la rue Marathon.
Jeff quitta brusquement la voiture et lui fit barrage.
- La sacoche, on la cherche aussi, alors le premier qui la trouvera empochera le fric. Tu me comprends ? lança agressivement Jeff en plaçant son visage contre celui de Sofiane.
Le jeune homme prit le temps de réfléchir et fit deux pas vers la sortie. Il s'immobilisa puis se positionna de nouveau face à Jeff.
- Ce que je te donne ne te suffit plus ? rétorqua Sofiane.

- Il y a longtemps que tu n'as pas augmenté les primes et je pense que l'on va devoir de nouveau t'empêcher de travailler. Le contrat était simple pourtant : Tu nous payais et on te laissait travailler ! Tu as oublié déjà ? questionna Jeff.
- Je n'ai rien oublié mais la moitié du pognon de la sacoche n'est pas à moi et il faut que je le rende autrement …
- Autrement tu alimenteras la liste des règlements de compte Marseillais dont tout le monde se branle même les flics !
- Les flics peut-être mais toi tu n'es plus flic depuis bien longtemps connard ! lança Sofiane en s'éloignant.

Jeff fit un bras d'honneur et reprit sa place dans la voiture. Éric n'avait pas bougé.
- Alors ? fit-il.
- Alors c'est un con ce mec et il va falloir qu'il paye encore plus, dit Jeff en tapant le tableau de bord du plat de sa main droite. Allez démarre, reste pas au milieu de ces cons !

5

A peine plus fonctionnels et confortables que ceux de la BAC les bureaux de la brigade des stups de la Sûreté Départementale se situaient à l'hôtel de police central, l'évêché.
Minable et enclavé entre la cathédrale de la Major et le quartier du Panier, l'hôtel de police semblait étouffer. Il abritait l'état-major dans des locaux à peine moyens et assurait aux autres services et notamment à ceux de la S.D un piètre logis.

Le groupe de Julie était composé de cinq fonctionnaires, tous plus acariâtres les uns que les autres. Ils parvenaient à s'entendre seulement pour interpeller des crapules vendant de la came, c'était leur spécialité et ils en faisaient une fierté. Les cités du nord de Marseille étaient leur lieu de prédilection, c'est là qu'ils œuvraient. En dehors des interpellations chacun menait sa vie, ils ne sortaient pas ensemble et ne se confiaient que très peu. Julie, capitaine de police, ne cherchait pas à fédérer son groupe. Elle-même bougon, cette ambiance lui convenait parfaitement.
Elle avait grandi dans les quartiers nord, du côté du 15e arrondissement, et avait eu le choix entre deux métiers : voyou ou flic !
Avant d'opter pour la police, Julie avait hésité. Dans ces quartiers on devenait plus aisément délinquant que flic et les quelques fois où elle avait pu toucher à l'argent facile lui avaient laissé une impression de vie aisée, de fêtes et de grasse matinée. Mais alors âgé de 16 ans elle assista à un assassinat, celui de son amie, dommage collatéral dans un règlement de compte entre dealers. Rachida était comme sa sœur, elles avaient grandi

ensemble dans la cité. Ce fut un choc et à la fois une révélation. Était-ce la peur de finir comme elle ou seulement une prise de conscience mais elle ne tarda pas à préparer le concours d'officier de police.

C'était en passant devant le bureau de Damien, son adjoint, qu'elle s'immobilisa.
- Qu'est-ce que tu fous ? questionna-t-elle.
Damien releva sa tête et tapota du bout de ses doigts un dossier cartonné.
- Je comprends pas … dit Damien.
- Qu'est ce que tu comprends pas ?
- Depuis deux jours le deal des Lauriers s'est calmé. On se casse le cul à planquer dans cette cité de merde depuis un mois et là … plus rien !
- Et Sofiane ?
- On l'a vu hier soir …
- Et … ?
- Rien … Il traîne là mais pas plus !
- Maintiens ta planque, on verra comment ça va évoluer, lança Julie.
- Tu crois qu'ils nous ont détronchés ?
- Non, je ne pense pas.

Julie était solitaire et célibataire convaincue. Sa récente amourette avec un substitut du procureur lui avait coûté cher puisqu'elle avait failli perdre son habilitation d'OPJ. Dans un dossier de came un délinquant que Julie avait interpellé avait eu vent de cette idylle et en avait fait part à son avocat. Ce dernier, dans des effets de manches, avait évoqué ladite relation lors du procès alors que le substitut représentait le ministère public et s'apprêtait à faire ses réquisitions. La chancellerie désapprouva …

Le couple se sépara violemment et le mis en cause, un nommé Abdelkader Melki, fut relaxé. L'incident eut une résonance dans tout Marseille et dans les cités il fut vécu comme une réussite extraordinaire, une revanche sur ces flics harcelant les trafics de stupéfiants. Depuis elle errait souvent dans les bars du cours Julien et du quartier de l'opéra. Elle y vidait des verres et parfois des bouteilles entières de whisky, elle y vidait sa tête aussi.

Ce matin elle dirigea sa voiture de service vers la cité des Lauriers. Elle stoppa devant l'hôpital Lavéran afin d'avoir une vision globale de la cité et du deal. Les voitures entraient puis étaient prises en charge par des scooters pour être conduites au lieu de transaction. Tout était bien rôdé, bien huilé.

L'assaut était imminent. Il y avait si longtemps que le groupe enquêtait, il ne pouvait plus attendre.
Julie régla les derniers détails et prit quelques notes sur un minuscule calepin qu'elle jeta dans la boîte à gants.

Dans deux jours elle déclencherait un assaut afin de briser ce réseau.

Elle avait hâte ...

6

Franck s'étira et asséna une violente gifle à son téléphone portable afin qu'il cesse sa rengaine. Pourquoi persistait-il à laisser son réveil alors qu'il n'avait aucun motif pour écourter son sommeil, même pas du travail. Lentement il se dirigea vers sa cuisine et fit couler un café noir, il l'avala avant de disparaître dans la salle de bain.

La rue était glaciale, depuis les Chutes-Lavie le mistral l'utilisait comme un corridor pour aller frapper les faces de ceux qui s'aventuraient aux abords du jardin zoologique. Malgré un grand soleil il faisait froid. Il releva son col.
Progressant dans la rue il fuyait les regards comme si chaque passant qu'il croisait savait ce qu'il s'apprêtait à faire. Il fixa la pointe de ses chaussures jusqu'au carrefour des 5 avenues et s'engouffra rapidement dans l'agence du crédit agricole. Il y était seul. Machinalement il observa et repéra l'unique caméra de surveillance pointée vers le distributeur ; l'utilisant comme un masque il releva encore son col. C'est sans hésiter qu'il plaça sa carte de la Banca catalana dans la fente, un bip se fit entendre puis l'écran de cristaux liquides s'anima. Scrupuleusement il suivit les instructions, tapota son code et demanda 80 euros. Quasi immédiatement les billets lui furent distribués. Tout avait fonctionné comme le lui avait précisé le conseiller espagnol. Il pouvait enfin utiliser son argent.
Faisant fi du vent glacial il prit place à la terrasse d'un bar et commanda un café. Lentement il le savoura puis prit un malin

plaisir à se l'offrir en cassant un billet de 20 euros qu'il venait de retirer. Un sourire s'afficha sur son visage.
Fallait-il flamber cet argent ou devait-il l'épargner ? Il ne l'avait pas gagné, pas transpiré et puis il puait la came.
Mais ce pognon pouvait être une revanche, un moyen de se sortir de la galère dans laquelle il était depuis une année. Il avait vécu sa révocation comme une humiliation, ce boulot représentait tant de choses pour celui qui avait toujours voulu être flic. Comment pouvait-il encore vivre sans sa brème et son flingue même si depuis quelques jours il en avait retrouvé un.
Depuis il errait en ville sans le sou. Il en était devenu haineux de ceux qui avaient eu la chance de rester, ceux de son groupe qui l'avaient abandonné. Sa femme l'avait quitté, il ne voyait ses deux filles que de manière épisodique. Elles avaient honte de lui. À leurs yeux il n'était qu'un flic raté n'ayant pas su se démêler d'une affaire de corruption. Il n'était pourtant qu'un flic à l'ancienne, un de ceux qui ne balancent pas mais dans cette police devenue individualiste une telle attitude n'avait plus lieu d'être. Elle était désuète, ridicule même aux yeux de ces jeunes policiers.
Les images de la cellule dans laquelle il avait été enfermé durant sa garde à vue hantaient ses nuits, les questions des bœuf-carottes et la lâcheté de ses propres collègues l'avaient marqué à vie. Il n'était plus comme avant et jamais il n'apaiserait sa colère.
Il avala son café et feuilleta le journal local. Rien, pas grand-chose et surtout aucune info sur cette sacoche ou sur une querelle entre bandes rivales ne venait orner les feuillets à l'encre usée par les doigts pressés des clients matinaux.
Mais Franck voulait savoir, il souhaitait avoir le fin mot de cette histoire. Connaissant les arcanes des différentes brigades de flics et sachant qu'une telle somme perdue allait inexorablement engendrer une guerre, il lui fallait savoir qui l'avait perdue et à

qui elle était destinée. Mais il n'avait plus guère de contact au sein de la police Marseillaise.
Voyait-il enfin le moyen de se venger … ?
Il avala la dernière goutte de son café et repoussa le journal local. Il passa sa main dans ses cheveux taillés en brosse et posa, sur son nez, ses lunettes de soleil.

Il prit ses distances avec la terrasse inondée de soleil et bondée de clients et saisit son téléphone portable.
- Salut Laurent, c'est Franck.
- Salut … Que deviens-tu l'ami, répondit son interlocuteur.
- Pas mal, ça va merci. Dis-moi, tu as de bonnes relations avec la BAC Nord ?
- Ça dépend … ! Que puis-je pour toi ? lança le flic.
- Non rien, mais la semaine dernière je baladais la nuit dans les rues et j'ai assisté à une cavale entre une bagnole de la BAC et un scooter et il m'a semblé reconnaître le pilote du scooter.
- Et alors tu veux leur filer un tuyau ?
- Pas forcément mais tu n'en as pas entendu parler par hasard ?
- Non, puis tu sais, si c'est une affaire de stups, je m'en branle. Ils se démerdent ces cons entre eux, on n'a pas besoin de les interpeller, ils se fument sans notre aide, dit Laurent.
- Bon ok … c'était juste pour savoir … Merci !
- Ciao l'ami !

Franck rangea son téléphone portable dans sa poche et profita du soleil parvenant à chauffer les faces déjà hâlées.
Rien n'avait filtré, même son ami bien implanté à l'évêché n'avait perçu aucun son de cloche concernant la sacoche égarée. Pourtant il savait que la guerre allait débuter et qu'une équipe s'était déjà mise en quête de l'argent et du shit. Les têtes n'allaient pas tarder à tomber, les AK 47 à crépiter.
Il fit quelques pas devant le palais Longchamp sans le regarder, quelques touristes asiatiques s'extasiaient en le mitraillant de

leurs appareils photos. Il faisait beau et froid et Marseille semblait retrouver le sourire.

Du côté de la Delorme et du commissariat des quartiers nord, Jeff bougonnait encore. Les deux flics de la BAC n'échangeaient toujours pas et Jeff admirait encore ses biceps engoncés dans les manches courtes d'un tee-shirt mal taillé. Éric avait entamé un processus de ravage de ses ongles, ses dents les déchiraient jusqu'à le faire saigner. Il pensait à cette sacoche et à cet argent égaré.
Pourtant il n'ignorait pas qu'elle n'était pas perdue pour tout le monde et qu'un éboueur ou un cantonnier matinal l'avait certainement découverte et l'avait conservée. Trois cent mille euros en liquide, même sales, ça fait tourner les têtes …
Que pouvait-il faire pour obtenir des renseignements, comment pouvait-il avancer dans cette enquête qui n'en était d'ailleurs pas une sans éveiller les soupçons de la Sûreté Départementale et déclencher une autre guerre, celle des services de police ?

Ce n'était évidemment pas Jeff et ses muscles hypertrophiés qui allait lui apporter des solutions, des pistes pour retrouver la sacoche avant Sofiane, il ne pouvait compter que sur lui.
Éric aussi avait rêvé d'argent facile, de sommes en liquide qu'il aurait pu dépenser sans compter. Ce que Sofiane lui versait n'était déjà plus suffisant alors que le chiffre d'affaire du deal de Lauriers était exponentiel. Le dealer refusait d'augmenter ses primes, avait-il un soutien d'une autre unité de flic ou était-il devenu si puissant qu'il avait acquis son autonomie ?
Éric savait qu'il ne devait pas lâcher la pression et que la perte de la sacoche était un maillon faible sur lequel il pouvait compter pour obtenir une forte augmentation de ses revenus occultes. Mais l'idéal serait de mettre la main sur la sacoche avant Sofiane ou la Brigade des stups de la S.D.

Pour cela il fallait faire vite et obtenir des tuyaux, il fallait avancer dans un univers hostile et dangereux, celui des cités et de la came. Eric n'était pas originaire de Marseille et même si Jeff y était né ce n'était pas ce flicard bête comme ses pieds qui pouvait l'aider à retrouver la sacoche et le pognon. Eric était natif de Paris, la capitale, la concurrente et à son arrivée à Marseille il avait eu énormément de mal à s'adapter à la ville, aux mœurs et surtout à la grande gueule des autochtones qu'il trouvait prétentieux et exubérants. Au fil du temps il avait fini par s'y habituer sans y adhérer pour autant mais ce qu'il aimait était les cités des quartiers nord et leur faune locale capable de fumer un homme pour un simple regard déplacé ou jugé inadapté. Eric était un flic de la BAC et c'était bien lui qui avait demandé d'être affecté à Marseille et à la BAC Nord. Auparavant il avait entendu parler de ces quartiers et de sa criminalité, un véritable terrain de chasse pour un flic motivé. Mais ce qu'il trouva à la BAC Nord était différent de ce qu'il avait imaginé, aux antipodes de ce qu'il pensait. Les flics de son unité semblaient abandonnés face à une criminalité déterminée et dangereuse. Alors comme pour s'en défendre, les baqueux du nord de la ville avaient mis en place leurs propres méthodes, leurs façons bien à eux de travailler ou du moins d'évoluer dans ces quartiers coupe-gorge.

Il n'eut pas besoin de patrouiller longtemps avec des anciens pour comprendre que les flics de la BAC rackettaient allègrement les dealers pour assurer leurs fins de mois et que même certains, plus malins, avaient réussi à mettre en place une sorte de contrat pour s'assurer un certaine pérennité. Le dealer payait et pouvait travailler sans que la BAC ne vienne l'importuner. Eric adhéra très vite à cette dernière méthode et son binôme avec Jeff devint rapidement celui sachant mettre en place le fameux contrat. Deux mille euros par mois et par flic cela n'était pas négligeable puisque leur salaire dépassait à peine cette somme. Le système fonctionnait depuis trois années sans que personne, même pas la hiérarchie, ne daigne s'en préoccuper malgré les nombreuses plaintes des responsables d'associations et même des bailleurs sociaux incapables d'endiguer le deal et recherchant dans la police une main tendue.

Eric et Jeff devenaient de plus en plus gourmands et la sacoche perdue aiguisait encore plus leur convoitise. Il fallait la trouver avant Sofiane, il fallait la retrouver très vite avant que la guerre ne fasse des victimes et surtout ne parvienne à mettre en évidence la magouille de ces simples flicards de la BAC.

7

La porte de verre coulissa lentement dans un silence monacal, Jeff mira son image furtive dans le panneau vitré et rangea ses cheveux. Le Centre de Supervision Urbain était isolé dans des locaux transformés en bunker. Les autorités soudainement devenues paranoïaques s'étaient senties investies d'une mission de service public de sécurité. Les caméras avaient proliféré partout et les quatre cent vingt policiers municipaux s'étaient harnachés d'équipements aussi lourds qu'inutiles pour faire croire à une population crédule qu'elle était sous protection.
Mise à part la verbalisation de véhicules mal stationnés les caméras ne parvenaient pas à apporter un semblant de sécurité. Des investissements inutiles dans une ville où la délinquance savait s'adapter.
Jeff, grâce à sa plastique et son assiduité dans une salle de musculation, avait su tisser un réseau même au sein de cette équipe d'opérateurs vidéo. De simples employés territoriaux, de surcroît marseillais, mais des gars qu'il fallait avoir dans la poche même s'il fallait les soudoyer. Jeff connaissait parfaitement ces fonctionnements, il donnait donc un peu pour recevoir beaucoup. Il fermait les yeux sur les anabolisants circulant près des agrées mais d'ailleurs comment aurait-il pu faire autrement puisque lui-même s'en envoyait des quantités incommensurables pour parfaire ses muscles. Éric ayant toujours été persuadé qu'il était même le fournisseur de la salle. Peu importe puisque la BAC, grâce aux anabolisants, était formidablement bien reçue au centre de supervision urbaine.

Jeff s'approcha d'une masse de muscle surmontée d'un crâne rasé. L'homme eut du mal à quitter son siège tant sa masse musculaire le gênait, il portait un polo siglé POLICE MUNICIPALE dont les manches hurlaient des appels au secours tant elles étaient tendues. Elles n'allaient certainement pas tarder à céder sous l'excès de protéines et de stéroïdes. Il était grotesque, presque incapable de se mouvoir tant les kilogrammes de muscles l'handicapaient. Paradoxalement sa voix était restée fluette, un tantinet féminine. Avait-il souhaité gonfler son corps telle la grenouille devant le bœuf pour contrecarrer ce qui devait le défavoriser aux yeux du plus grand nombre ou pensait-il que son hypertrophie allait être un formidable atout pour faire face à la horde de jeunes sauvages des cités marseillaises ?
Allez savoir …
Toujours est-il que ce monstre ne manqua pas d'afficher un large sourire à la vue de Jeff, il lui claqua une bise magistrale assortie d'une tape dans le dos qui aurait fait mettre à genoux un bœuf. Jeff la lui rendit aussi tendrement.
- Comment ça va l'ami, interrogea le policier municipal.
- Pas mal poto, pas mal. Dis-moi, tu as pris encore, non, rajouta Jeff en lorgnant et en tripotant le biceps gauche de son ami.
- Je prépare le concours de Mister Monde, donc il faut bosser !

Jeff ne se laissa pas aller dans les palabres musculaires et recentra très vite le débat sur ce qui les motivait, lui et Éric. Il détourna son regard de la montagne de muscles pour se porter vers le nombre incommensurable d'écrans placés au mur face à eux. Les images défilaient au même rythme que les crépitements des ondes radio. Plusieurs policiers s'affairaient devant leur écran sans porter attention au trinôme placé légèrement en retrait. Jeff saisit à nouveau l'avant-bras de son ami pour l'entraîner un peu plus vers l'arrière. Il chuchota :
- Tu peux vérifier des images en off JM, interrogea-t-il.

- Tu n'as pas de requis, dit le colosse surpris.
- Ecoute JM, c'est pour me rendre service, personne n'est au courant c'est une affaire que je mène avec mon collègue, dit Jeff en désignant Éric qu'il n'avait d'ailleurs toujours pas présenté.
- C'est compliqué, Jeff …
- Je viens de rentrer des produits, ça vient directement des States. Même Schwarzenegger ne les a pas ceux-là, je te le jure, lança Jeff en riant. Pour ton concours c'est ce qu'il y a de mieux !
L'homme se gratta la tête puis caressa son front en descendant jusqu'au menton. Il dodelina puis fit signe à Jeff de le suivre. Éric ne fut pas invité.

C'était une pièce isolée des autres par un miroir sans tain, la porte se referma lourdement sur les deux hommes laissant définitivement Éric esseulé. Le brouhaha n'avait pas cessé et les policiers ne s'intéressaient toujours pas à lui.
Derrière le miroir, Jeff donna des informations afin que son ami puisse rechercher les images. Devant un écran large d'ordinateur s'affichait un défilé incessant d'images de vidéo-surveillance lorsqu'un léger clic de souris fit stopper ce cortège sur une image figée. Le cliché était pris durant la nuit.
- Voilà, dit JM, ce sont les images que tu recherches. Voilà l'angle du boulevard Cassini et de l'impasse Ricard Digne sur le 4 ème.
- Super, fais-les défiler lentement, on devrait y voir passer un scooter et puis nous derrière en cavale.
JM s'exécuta sans lâcher du regard son écran, le spectacle semblait le fasciner et pour ce policier municipal habituellement cantonné à des tâches de police subalternes, il devait avoir un sentiment, pour une fois, d'être réellement utile dans une affaire de vraie police.
- STOP ! hurla Jeff à la vue du scooter noir.
JM arrêta les images.

- Tu vois ces deux enculés ! Ils nous ont semés à cet endroit-là et on pense qu'ils ont lâché une sacoche sous les bagnoles.
- Une sacoche de quoi, interrogea JM.
- De came évidemment ! De came ! Remets les images lentement, poto, s'il te plaît.
JM lança encore le défilé mais à faible vitesse afin que chaque image soit inspectée.
- Tu vois je te l'avais dit, s'exclama Jeff lorsqu'il vit le passager du scooter abandonner la sacoche. Cette dernière alla glisser sous une fourgonnette blanche. Le film se poursuivait lentement et la mine de Jeff se décomposait à la même allure. On y voyait à peine une ombre se pencher sous la fourgonnette, saisir la hanse de la sacoche et disparaître en direction de l'impasse. Le film s'arrêta brutalement.
- Voilà, dit JM, c'est tout ce que j'ai.
- Comment ça ?
- Ensuite nous n'avons plus de caméra. Dans cette impasse, il y a trop de logements privés et nous n'avons pas la possibilité d'implanter des caméras sans déranger le voisinage. La CNIL Jeff, la CNIL tu connais ?
- Eh merde la CNIL ! Je l'emmerde moi ta CNIL ! Tu ne peux pas retrouver le gars qui a récupéré la sacoche ailleurs, avec une autre caméra ?
- Non Jeff c'est tout ce que je peux faire … vraiment. N'insiste pas s'il te plaît ! Il y a un garage au bout de l'impasse, il est possible qu'il soit entré dedans.
Jeff était agacé, il ne parvenait pas à dissimuler sa colère et frappait son poing droit contre le bureau supportant l'ordinateur.
- Bon écoute JM c'est gentil. Je te remercie vraiment.
- Pense à ce que tu m'as promis Jeff, rappela JM en tapant de nouveau sur l'épaule de Jeff.
Il lui rendit un léger sourire.

La Ford hurla encore sa douleur. Éric prit le volant et arracha la voiture du parking ensoleillé sans mot dire. Jeff ne disait rien non plus. Les rues marseillaises étaient encombrées et la Ford vint prendre place dans ce charroi, le ventilateur poussif tentait de refroidir le moteur moribond dans un vacarme assourdissant. C'est Jeff qui prit la parole en premier.
- On ne voit rien !
- Comment ça rien ?
- On voit ces deux enculés lâcher la sacoche, on aperçoit une ombre la récupérer et disparaître dans l'impasse Ricard Digne puis plus rien !
- Eh merde !
- Au fond de l'impasse il y aurait un parking souterrain, peut être que cet empaffé s'y est réfugié, rajouta Jeff.
- Et peut-être qu'il y gare sa voiture !
Les deux hommes se regardèrent fixement avant que la Ford hurle encore sa colère pour rejoindre le commissariat de la division Nord.

8

Franck était encore installé à la terrasse du comptoir Longchamp, il y sirotait un café brûlant sans pouvoir détacher son regard du majestueux palais trônant face à lui. Attablés à ses côtés, des quadragénaires identifiés clairement comme faisant partie de la nouvelle société ayant assiégé Marseille, refaisaient le monde en s'envoyant des pastis et en mâchouillant bruyamment quelques misérables arachides salées suscitant leur pépie et donc la joie du mastroquet. Il n'était que huit heures mais ces bobos néo-marseillais devaient penser que les véritables autochtones s'abreuvaient dès le petit matin d'un pastis anisé, alors pour faire bien et tenter de se fondre dans le paysage, ils s'envoyaient allègrement du pastis à profusion. Franck n'écoutait pas leur conversation mais parvenait à entendre quelques mots plus stupides les uns que les autres. Il grimaçait.

Marseille s'éveillait lentement et à peine le soleil était levé que le brouhaha avait envahi les rues et les avenues. Le palais Longchamp restait impassible, la ville aussi.
Lentement Franck quitta son siège pour faire quelques pas dans le quartier, en cernant le parc. Un léger rayon de soleil parvenait à réchauffer les faces des piétons pressés de monter dans le tramway, il contemplait ces gens courir avec un petit sourire narquois. Il était né là, dans le boulevard Longchamp au numéro 124. Il avait vu le quartier se gentrifier sans que lui ne puisse louer un logement plus grand que ce type 2 qu'il occupait. Marseille était sa ville et il l'aimait malgré ce qu'il y avait vécu. Sa carrière s'était déroulée dans les quartiers nord, les quartiers

où il avait grandi. Affecté en brigade anticriminalité il avait pu côtoyer le pire sans jamais connaître le meilleur, ensuite c'est dans un service d'enquête qu'il avait été affecté. La rue lui avait manqué, alors il aimait rester dehors à toutes heures du jour et de la nuit. Il aimait observer les noctambules et cette faune préparer des mauvais coups, chasser leurs proies et commettre des délits. Flic il ne l'était plus, il lui restait l'âme et le coeur pour ressentir encore cette adrénaline générée par une interpellation. Ce métier, il l'avait aimé tellement qu'il en avait oublié même de vivre comme les autres. Il avait délaissé sa femme et ses enfants au profit de nuits passées auprès de voyous sans envergure ne connaissant que le mal. Ils étaient parvenus à le contaminer.

Ce ne fut qu'après vingt années de service qu'il tomba dans une affaire de corruption et de racket. Son groupe entier avait été mis en cause par un dealer les accusant de le dépouiller régulièrement. Il n'en était rien mais la justice avait tranché en la faveur du voyou. Sa révocation, il ne parvenait pas à l'avaler, à l'admettre et elle n'avait fait qu'augmenter sa colère puis sa haine de tous et de tout. La police l'avait trahi disait-il lorsqu'il évoquait cette affaire mais nul ne prenait ses arguments au sérieux, la réputation de flic ripoux lui collait à la peau.

Ce matin il avait pris une décision. Après une année d'errance et de tergiversations il s'était donné comme but de reconquérir sa femme et retrouver ses enfants. Aidé par l'argent qu'il avait récupéré et s'étant retrouvé une certaine fierté, il semblait avoir recouvré aussi le courage d'aller à la rencontre de celle qui avait fini par abandonner.

Perrine vivait dans leur maison de banlieue, dans le village de Calas situé au nord de Marseille et jouxtant la plus grande zone commerciale de France, Plan de Campagne. Calas avait réussi à conserver son charme et sa sérénité.

La maison familiale était située sur un petit monticule de terre sur la route d'Eguilles, un autre village des environs. C'était là que Franck avait vécu heureux avant sa révocation et sa chute dans les abysses de la dépression nerveuse. Il avait tout perdu, pas parce que Perrine ne l'aimait plus mais parce qu'il était devenu insupportable et irascible à souhait. Sa tendre épouse lui avait demandé de partir, de les laisser seules et de réfléchir.
Son temps de réflexion avait duré un an et ce matin Franck avait décidé de parler avec sa femme. Mais la tâche était ardue et retrouver Perrine ne relevait pas que de son seul désir. Depuis un an les choses avaient évolué.

Le centre commercial des terrasses du port était animé. Depuis l'immense terrasse on pouvait admirer les bateaux partant pour le Maghreb ou la Corse. Ils appareillaient lentement sous les regards des badauds juchés sur le promontoire avant d'aller claquer leur salaire dans les boutiques du centre. Perrine travaillait là, dans les bureaux de l'administration du centre commercial. Elle y dirigeait une équipe de secrétaires et de comptables affairés dans leurs paperasses.
Ce fut par la porte principale que Franck accéda au centre. Machinalement il se dirigea vers les portes donnant accès au personnel. Il n'était que huit heures quarante-cinq minutes et Perrine ne prenait son service qu'à neuf heures. Il patienta en faisant les cent pas devant les portes sous le regard inquiet du personnel de sécurité.
Cinq minutes plus tard Perrine fit son apparition. À la vue de son mari elle se figea et blêmit.
- Que veux-tu, lui demanda t-elle.
- Te voir, seulement te voir et …
- Je n'ai pas de temps à t'accorder Franck, c'est déjà assez compliqué comme cela. J'ai du travail, rajouta Perrine sur un ton agacé.

- Accorde-moi cinq minutes. J'ai réfléchi et je veux revenir à la maison. Vivre avec vous, toi et les filles.
- Ce n'est pas si simple Franck … Les filles ont besoin de calme et … regarde-toi !

Dans un geste brusque elle poussa Franck pour dégager le passage et s'engouffra derrière les portes de métal pour se réfugier dans les bureaux de l'administration du centre. Franck resta planté sans mot dire.

- Monsieur, faut pas rester là, dit un agent de sécurité en sortant Franck de ses songes.

Dehors le mistral n'avait pas cessé. La place de la Joliette était balayée par de fortes bourrasques. Au loin un ferry fit retentir sa corne de brume, il annonçait son départ.

9

Aux rides se formant autour de ses yeux et sur son front, il était aisé de comprendre que Sofiane stressait. Il avait trouvé refuge dans un bouge immonde du marché des Capucins dans le centre-ville de Marseille. C'était un snack où régnaient de fortes odeurs de viande d'agneau grillée mêlées à celles de frites englouties dans un bain d'huile antédiluvienne. Ça reniflait le graillon et il fallait être habitué pour rester là et ne pas vomir son repas de baptême.
Sofiane avait pris place dans le fond du snack. Depuis sa table il pouvait ainsi avoir une vue sur la porte d'entrée mais aussi sur la broche à kebbab laissant échapper les fragrances abjectes. Les quelques clients attablés s'empiffraient de ces mets en échangeant parfois quelques mots en arabe. Sofiane avait commandé un thé à la menthe mais son gobelet ne laissait échapper qu'une vague odeur indéfinissable lui rappelant les parfums immondes que pouvait offrir un séjour dans les geôles de garde à vue de l'évêché. Ça sentait les pieds et le reste aussi. Il repoussa son gobelet sans y avoir posé les lèvres.

Il n'eut aucun mal à voir arriver son contact. Depuis la porte d'entrée il traînait sa bidoche comme une énorme truie trimballe son ventre adipeux et ses mamelles gonflées par un afflux de lait maternel. Rachid était obèse, un obèse à l'américaine. Jamais il ne s'était pesé mais il devait avoisiner les deux cents kilos pour un mètre quatre-vingts à peine. Sa démarche était difficile car ses monstrueuses cuisses frottaient entre elles élimant les

pantalons à la vitesse grand V. Ne pouvant se vêtir convenablement, il portait une espèce d'immense chemise recouvrant la quasi-totalité de son corps dissimulant ses gros jambons et son immense bide.
Il prit place face à Sofiane en lâchant un monstrueux pet claironnant dans tout le restaurant. Nul n'osa relever.
- Tu me fais chier Sofiane, tu entends. Tu me fais chier, dit l'obèse en cherchant du regard le serveur.
- Arrête Rachid et écoute-moi …
- Je te laisse dix jours pour remettre la main sur mon pognon, pas un jour de plus. Ensuite … rajouta le gros en faisant un geste de rejet avec son bras boudiné.
- Je n'ai aucune piste. Je ne sais rien. On avait les condés au cul et ce con de Kader a lancé la sacoche sous les voitures.
- Je m'en branle Sofiane, je m'en branle ! Retrouve mon fric ou alors cache-toi bien parce que je te ferai fumer. Rachid n'hésita pas à relever sa chemise pour lui montrer la crosse d'un revolver dont le canon se perdait dans la masse de graisse de son bas-ventre.
Sofiane quitta sa chaise et lui fit face un court instant puis sans trop hésiter il s'empara de son pistolet placé dans le creux de ses reins et vint loger une balle de 9 mm dans le front de la baleine s'apprêtant à dévorer une assiette de kebbab frites. La grosse masse s'effondra sur la table, cette dernière ne résista pas au choc, elle explosa littéralement. Calmement, Sofiane rangea son arme et se dirigea vers la porte de sortie sans que quiconque ne vienne s'interposer. L'adipeux baignait dans son sang et dans ses frites …

Il fallait maintenant fuir et ce fut sur son scooter de grosse cylindrée qu'il prit la fuite en empruntant la Canebière vers les quartiers nord. Arrivant devant la cathédrale des réformés il entendit clairement les deux-tons des voitures de police. Il était déjà loin.

La rue Marathon était étrangement déserte. Le bruit du Tmax imposa aux enfants jouant là de mettre un terme à leurs jeux de ballon prisonnier. Sofiane abandonna l'engin devant l'entrée de l'immeuble, quatre à quatre il monta les escaliers et pénétra dans l'appartement familial. À la hâte il fit un sac et quitta le logement sans un regard pour sa mère avachie sur le canapé élimé. Il fallait quitter Marseille au plus vite même s'il n'ignorait pas que personne ne l'aurait balancé. Le snack avait été atteint subitement d'un trouble puissant de la mémoire.

Le vrombissement du scooter se fit entendre alors qu'il empruntait l'autoroute. Il abandonnait son business pour sauver sa peau en sachant que demain serait encore plus dur qu'aujourd'hui.

10

- Julie, Julie Pikowsky !
- Ah oui quand même, c'est quoi comme origine, demanda l'homme passablement aviné en prenant appui sur le comptoir.
- Je n'en sais rien, répondit Julie en avalant cul-sec son Mojito.
- Moi mon prénom c'est Jawad, c'est arabe et ça veut dire « celui qui est bon et généreux » lança l'homme en souriant.
- Ben moi c'est Julie, c'est français et ça veut rien dire !
Jawad resta stoïque et sembla réfléchir à une réplique amusante qu'il aurait pu balancer mais son degré d'alcoolémie ne lui permit rien d'autre qu'un grognement et un rot bien prononcé.
La musique battait son plein au bar de la Marine et on ne s'entendait plus parler alors il fallait que les corps se rapprochent, se frôlent même. L'homme n'hésita pas à se frotter à la croupe de Julie, elle ne le repoussa pas mais quitta son siège pour se diriger vers la sortie.
Il était deux heures du matin et ce foutu mistral persistait à souffler sur le Vieux-Port. Julie était lasse de traîner là, elle avait une fois encore avalé bien trop d'alcool et avait du mal à rester droite sur ses jambes. Le vent lui fit du bien. Il fallait impérativement qu'elle rentre se coucher.
C'est dans un taxi qu'elle prit place. Difficilement elle indiqua son adresse au conducteur puis vint poser sa tête sur le dossier avant de pleurer abondamment. À quoi pensait-elle, nul ne le savait, même pas elle, et d'aucuns n'auraient osé le lui demander,

pas même ce chauffeur de taxi dont les larmes et le désespoir de sa cliente ne semblaient l'émouvoir.

La tesla modèle S filait à vive allure dans les rues désertes de Marseille. Après quelques minutes elle stoppa devant un immeuble de l'avenue de la Corse, Julie en descendit. Elle pleurait encore. Lentement et d'un pas incertain elle grimpa les deux étages pour venir s'effondrer devant sa porte. Ses larmes n'avaient pas cessé, elle y ajouta quelques gémissements de douleur. Ce n'était pas son corps qui lui provoquait cette souffrance mais bien son âme et sa tête. Depuis bien longtemps elle savait son mal-être, elle connaissait l'origine de ses maux mais pas une fois elle eut le courage de passer la porte d'un cabinet de psychologue. Comme tous les flics, elle pensait gérer sa douleur en silence en la taisant et en la conservant par-devers elle sans jamais l'évoquer de peur d'être classée de dépressive et d'être, le pire pour un flic, désarmée. Sa douleur était telle qu'elle ne parvenait pas à avancer dans sa vie personnelle et amoureuse. La seule chose dont elle était fière était sa réussite au concours d'officier de police qu'elle avait passé voilà dix années maintenant. Rien ne la prédestinait à une telle carrière et sa vision de la police était assez restreinte puisque limitée à celle des descentes musclées de la BAC dans sa cité. Elle avait même eu tendance à s'opposer à cette police et elle préférait oublier le jour où elle avait lancé quelques projectiles sur un équipage venu briser le point de deal. Par la suite son regard avait changé et voyant sa mère l'élever seule dans ce quartier, se démener pour parvenir à lui offrir autre chose que la zone et le deal, elle commença à changer d'avis. Par la suite elle tenta même de faire changer d'avis ses copains et à les remettre dans le droit chemin, en vain …

Définitivement l'événement qui lui fit prendre conscience qu'elle devait s'arracher de la cité et que son expérience de vie devait l'aider à lutter contre les trafics de stups de cité restait l'assassinat de son amie d'enfance par des dealers d'une autre

cité. Mais ce qui la rongeait était encore bien plus présent que ce macabre souvenir, celui qui lui faisait défaut était bien son père qu'elle n'avait pas connu. Un matin de printemps il était sorti pour acheter des cigarettes. Il n'était jamais revenu.
Julie avait donc grandi sans père, sans la présence réconfortante de l'homme et sa puissance pour préserver un enfant, une petite fille en demande.
Son père, elle l'avait alors imaginé comme l'on imagine le prince charmant. Elle avait pensé que comme elle il avait les cheveux noirs et les yeux marron, que contrairement à elle il était grand et robuste. Elle aurait tant espéré que son joli minois soit celui de son papa, jamais elle ne le saura.

Alors trouvant son lit encore défait elle s'y était réfugiée sans même retirer ses vêtements. L'alcool lui permettait d'oublier momentanément sa douleur puis de trouver le sommeil et enfin de rêver à ce père absent. Elle avait mal et ses larmes souillaient son oreiller.
Demain serait un autre jour, un jour durant lequel il fallait qu'elle soit forte, qu'elle soit flic.

11

Il n'était pas tout à fait six heures que déjà les véhicules à la sérigraphie police prenaient place dans la rue Marathon. Appuyée par un groupe du RAID, l'équipe de Julie allait monter à l'assaut, à l'attaque d'un appartement ciblé depuis plusieurs mois par une procédure judiciaire diligentée en commission rogatoire et émanant d'un juge d'instruction du tribunal judiciaire de Marseille. Le motif de l'affaire était celui d'un trafic international de stupéfiants et, à cette heure si matinale, la cible devait dormir sur ses deux oreilles sans suspecter que l'armada qui mettait pied à terre était motivée par son unique interpellation.

En colonne, les effectifs du RAID progressaient vers le logement. Ils se placèrent devant la porte et commencèrent à échanger par des gestes rapides et précis. Les cagoules noires qu'ils portaient n'avaient pas d'autre but que de rendre ces flics effrayants aux yeux des « targets » qu'ils venaient surprendre au saut du lit. Dissimuler leur visage était la seconde fonction de la cagoule mais ces hommes-là ne craignaient rien et certainement pas d'éventuelles représailles.

Se positionnant devant la porte, un costaud portant un harnachement conséquent se saisit d'un bélier constitué d'un énorme tube d'acier surmonté de deux poignées. Après deux balancements il vint s'écraser contre la porte concernée, la faisant littéralement exploser. Pas besoin de vérin hydraulique, pensa à voix basse le chef de groupe ordonnant à ses hommes d'investir l'appartement.

Restés sur le palier les membres de l'équipe de Julie patientaient sans parvenir à cacher leur hâte de découvrir la cible maîtrisée au sol, entravée par un lien de serflex et par un pied botté d'un membre du RAID dûment apposé sur sa joue tendre.

Il était six heures et dix minutes et le vacarme émanant de l'appartement cessa brutalement. On ne vit qu'une tête encagoulée se pointer sur le seuil de la porte afin d'inviter les enquêteurs à pénétrer. Les lieux étaient sécurisés et les occupants maîtrisés.

Ce fut Julie qui pénétra en premier. Son arme n'était pas sortie de son étui. Pas nécessaire, les ninjas avaient bien fait leur job. Une forte migraine l'empêchait de raisonner clairement, néanmoins elle devait assurer sa mission de chef de groupe et veiller à la stricte application de la Commission Rogatoire dont elle avait la charge.

L'appartement était constitué de trois pièces. Dès l'entrée à main droite se trouvait une chambre où deux membres du RAID avaient pris place pour maintenir un jeune homme en position à genoux. Ses deux mains étaient entravées dans son dos par un lien de serflex blanc. Depuis la position de Julie on ne pouvait pas voir son visage car le jeune interpellé tournait le dos à la porte et le canon de l'arme automatique placé sur sa tempe devait le motiver à rester en cette position, sans broncher. Julie poursuivit ses investigations et se dirigea vers la seconde chambre dans laquelle une femme d'environ cinquante ans avait été maîtrisée également. Elle hurlait en levant les yeux au ciel sans comprendre ou en simulant une incompréhension de la venue, dès potron minet, des effectifs de police. Elle ne semblait avoir qu'un seul souci, celui de sa porte brisée et s'adressant à on ne savait qui elle réclamait justice et remboursement des frais de réparation. Pas une seule fois elle demanda le motif de la

présence de la police dans son domicile. Julie accusait le coup et quitta la chambre pour visiter le reste de l'appartement avant de retourner dans la première chambre afin de découvrir le visage de l'interpellé. Violemment elle le retourna et le saisit par le menton. Il s'agissait d'un jeune garçon à peine sorti de l'adolescence. Son visage était recouvert de larmes et son nez d'une morve bien verte qu'il ne prenait même pas la peine d'aspirer pour la cacher du regard de ses interpellateurs.
- Qui es-tu, demanda Julie.
- Mohamed, madame.
- Où est Sofiane, insista Julie en haussant la voix. Où es ton frère ?
- Sais pas …
- Putain fait chier, merde ! lâcha Julie en donnant un violent coup de poing dans le mur. Puis, s'adressant aux hommes du RAID, descendez-le, s'il vous plaît, on verra s'il peut nous apporter des éléments sur son frère. Hurlant dans l'appartement elle ordonna encore à la seconde équipe de descendre également la mère jusqu'aux véhicules.

Durant leurs recherches les enquêteurs avaient effectué une perquisition en règle sans pouvoir mettre en évidence des éléments probants ou des objets et matières pouvant faire avancer l'enquête. Pas un moindre gramme de résine de cannabis, pas une seule coupure de monnaie et même pas une arme. Seul un vulgaire et minuscule morceau de papier supportant dix chiffres semblant correspondre à un numéro de téléphone avait été mis en évidence. Questionnée sur le papier, la femme n'avait pas cessé de hurler et avait refusé de répondre. Damien le saisit aux fins de placement ultérieur sous scellé judiciaire.
- Chou blanc putain, laissa fuser Damien en croisant le regard de sa cheffe de groupe et en cherchant désespérément quelques indices pouvant assouvir ses envies de flic.
- Faut y aller Damien avant que les autochtones ne nous attaquent comme les indiens attaquaient la diligence. Je te

rappelle que nous ne sommes ni John Wayne, ni Clint Eastwood alors barrons-nous, le mot a du être passé que les condés étaient là, rajouta Julie en frottant ses tempes douloureuses.

Julie ne s'était pas trompée, il n'était que sept heures mais déjà un comité d'accueil avait été mis en place. Depuis la porte du bâtiment jusqu'aux véhicules de police c'était un vrai jalonnement digne de celui d'une compagnie de CRS pour le passage d'une autorité. En guise d'huiles c'étaient bien les flics des stups qui étaient attendus et les invectives comme les insultes étaient, malgré l'heure matinale, fleuries à souhait. Se pointant sur le pas de la porte Julie fut visée par un four micro-ondes lancé depuis les étages. Par on ne sait quel hasard il vint s'écraser à quelques centimètres de ses pieds après avoir frôlé sa tête. Ce fut sous une pluie de projectiles que l'équipe parvint à rejoindre les voitures afin de quitter les lieux. Quelques mollards visqueux vinrent s'écraser sur la lunette arrière souillant la baie vitrée comme les âmes de ces flics.
Julie souffrait toujours d'une forte céphalée. Elle ne reconnaissait plus les cités du nord de Marseille, ces cités qui l'avaient pourtant vu grandir.

Sofiane courait encore …

12

La barrière s'ouvrait lentement pour faire entrer les voitures de police dans la cour de l'évêché. Les deux utilitaires noirs du RAID suivaient le cortège en circulant au pas comme pour inspecter les abords et les potentielles agressions. On aurait pu croire qu'ils les souhaitaient pour s'éjecter de leurs véhicules et aller s'emparer du belligérant pour effectuer une sorte d'entraînement physique et quelques minutes de boxe récréative. En l'absence de scélérats et autres opposants aux forces de l'ordre et à la force physique comme aux techniques de combat maîtrisées parfaitement par les cagoulés, les véhicules noirs durent se résigner à faire leur entrée dans l'hôtel de police sous les regards admiratifs de tous les flics sirotant leur café. Déçus…
Les policiers d'intervention n'avaient pas ôté leurs cagoules, deux d'entre eux quittèrent la cellule du fourgon en maintenant fermement un jeune jouvenceau maigrichon et une mama obèse vêtue d'une robe immense et portant un foulard dissimulant ses cheveux. Elle hurlait encore en évoquant sa porte. Le jeune Mohamed restait silencieux, sa morve n'avait pas quitté l'orée de ses narines.

- Assieds-toi là, lança Julie au jeune Mohamed.
Le bureau de la Capitaine se trouvait au premier étage de l'aile gauche de ce minable hôtel de police. La deuxième ville de France n'étant pas capable de doter sa police de locaux ad-hoc, les flics travaillaient dans des bureaux insalubres après avoir tourné durant deux heures pour trouver un emplacement à leur voiture.

- Damien, prends en compte la mère, fais-lui une audition de chique avec sa grande identité. On verra par la suite. Laisse-la un peu macérer dans la cage, cela peut l'aider à retrouver la mémoire.
- Madame je ne sais rien moi, je fais des études à Montpellier. J'étais là pour voir ma mère, dit le jeune Mohamed.
- De toi je m'en fous, celui que je veux c'est ton frère Sofiane. Dis-moi où il est !
- Je ne sais pas madame, je vous dis que je fais des études à Montpellier et que je ne vis pas à Marseille. Je suis là pour voir ma mère et moi aussi de Sofiane je m'en moque !

Julie s'installa derrière son ordinateur et débutait l'audition du jeune homme quand elle entendit des hurlements provenant du couloir desservant les bureaux de la brigade des stupéfiants. Les cris semblaient se rapprocher de son bureau et elle crut reconnaître la voix nasillarde de son homologue de la brigade criminelle. Ses doutes furent confirmés alors que ce dernier se pointait dans son bureau.
- Putain Julie, on ne t'a pas dit … dit le capitaine de la crim en tentant de retrouver son souffle.
- Dit quoi, qu'est-ce que l'on ne m'a pas dit, questionna Julie.
- Sofiane …
- Quoi Sofiane ! Merde ! hurla Julie.
- Hier en fin d'après-midi il a fumé le gros Rachid dans un snack du marché des Capucins. Il s'est mis en cavale !

Julie ne sut quoi répondre, elle repoussa violemment le clavier de son ordinateur et prit sa tête dans ses mains. La migraine s'était accentuée, elle venait frapper ses os pariétaux comme pour les pulvériser.
- Vous faites chier… vraiment vous faites chier les mecs, murmura- t-elle.

- Désolé, Julie, on est sur le feu depuis hier et on a oublié de te le dire... Je ne savais pas que tu devais lui péter la lourde ce matin. Désolé, réellement désolé, tenta de rajouter le capitaine.
- J'ai failli prendre un micro-ondes sur la tête, pour rien. Putain mais quand est-ce que l'info va circuler entre les différents services, ça éviterait que l'on se fasse fumer dans les cités.
N'avait-elle pas terminé sa phrase que le courageux capitaine avait quitté les lieux.
Elle lança un regard vers le jeune homme :
- Et alors, comme ça tu fais des études à Toulouse, toi ?
- A Montpellier, Madame, Montpellier !
- Montpellier oui c'est vrai. Dis-moi, si tu vois Vergeat, passe-lui le bonjour de ma part. Vergeat, il est à Montpellier Vergeat, lança-t-elle en s'emparant de son téléphone.
- Damien, laisse tomber, c'est foiré. Sofiane est en cavale, on a merdé complet sur le coup. J'appelle le juge et te tiens au jus.
- Vergeat, il est à Montpellier, Vergeat, lança-t-elle encore une fois sans jeter un œil sur la morve pendante du jeune Mohamed ne comprenant rien à l'allusion cinématographique de la capitaine de police.

De son côté Damien s'apprêtait à rédiger le procès-verbal de perquisition. Le seul élément qu'il avait trouvé était ce morceau ridicule de papier griffonné de dix chiffres. La série débutait par 07 et la suite ne laissait que peu de doute quant à un numéro de téléphone. Dans l'incipit de son procès-verbal Damien s'appliqua à mettre les coordonnées de la commission rogatoire, il refusait de faire comme les anciens lui avaient appris à savoir mentionner dans des termes laconiques et peu glorieux à son goût : « Vu ce qui précède et poursuivant la commission rogatoire citée dans le procès-verbal de tête ... »
Damien s'entêtait à remettre à chaque acte de procédure la totalité des mentions figurant sur la CR du juge. Il trouvait cela classe comme il le disait. Donc après avoir perdu beaucoup de

temps et d'énergie dans son incipit il démarrait le procès-verbal proprement dit. Il aimait écrire et trouvait sans cesse des mots peu usités pour remplir son procès-verbal, aussi il râla de ne pas pouvoir utiliser, pour le coup, l'expression « cognons à l'huis » puisque les costauds du RAID avaient explosé la porte d'un grand coup de bélier.

Néanmoins il précisa avoir découvert sur une table de la salle à manger le morceau de papier jauni et froissé. Il confirma cela par la fameuse phrase : « Saisissons et plaçons sous scellés numéro 1 … » Il aimait cela au point d'être fier de ses procès-verbaux qu'il passait du temps à les relire ou à essayer de les faire lire à ses collègues. Mais le style du jeune policier ne semblait pas émoustiller ses collègues. Il était donc chaque fois déçu et faisait l'objet d'innombrables railleries et moqueries.

13

Une fois de plus c'était dans une cité paumée des hauteurs des quartiers nord que la violence battait son plein. A l'entrée de la cité les camions de CRS avaient revêtu leurs apparats sécuritaires pour protéger les parties vitrées des énormes pavés lancés sur eux. Les effectifs formaient une tortue, cette formation était inspirée des méthodes des légions romaines et avait été reprise par les Compagnies de maintien de l'ordre. Bien à l'abri sous leurs boucliers les flics pouvaient entendre les pierres frapper les protections et imaginer les dommages qu'ils auraient créés s'ils avaient chu sur leurs têtes. Au parc Kalyste la haine du flic se ressentait, elle se sentait même tant les odeurs de sueur des jeunes délinquants se mêlaient aux fragrances subjectives mais pourtant bien réelles de la misère de ce quartier. Ça puait la carne trop cuite et le shit trop fumé. Ça puait surtout la merde dans laquelle on avait laissé mourir ces secteurs de la deuxième ville de France. Ça puait tout court et ça hurlait toujours sans que les hurlements de cette population ne puissent atteindre les oreilles douillettes et les tympans fragiles des responsables politiques locaux ayant omis de monter voir ce qu'il se déroulait là. Alors en guise d'assistance sociale on y avait envoyé les flics de la brigade anticriminalité avec peu d'outils mais beaucoup de motivation pour aller se faire menacer, se faire insulter et parfois s'y faire trouer la peau.

Eric et Jeff étaient à l'origine de ce bordel. Après avoir poursuivi une voiture folle ayant été lâchée par deux individus s'étant

enfuis ils s'étaient retrouvés tous deux prisonniers dans les méandres des couloirs infects de l'unique bâtiment dévasté par la misère et menaçant ruine. Entrer là-dedans était comme signer son arrêt de mort et d'autant plus lorsque l'on est flic. Jeff avait été isolé, il faisait face à quatre individus armés de barres de fer. Eric était au sol et avait perdu connaissance. À l'extérieur les CRS ne parvenaient pas à progresser vers l'immeuble tant la haine était forte et tant le nombre des délinquants était important. Seuls deux camions Boxer, à savoir dix fonctionnaires, avaient été dépêchés sur place pour venir en aide à l'appel au secours de l'équipage de la BAC. Les CRS n'étaient pas originaires de Marseille et malgré leurs connaissances des violences urbaines ils ne connaissaient pas Marseille et la folie de ses quartiers nord, aussi ils s'étaient pointés sur place avec la fleur au fusil et furent accueillis à la Marseillaise comme les supporters de l'OM auraient accueilli ceux du PSG. C'était donc une véritable scène de guerre à laquelle les spécialistes du maintien de l'ordre ne parvenaient pas à faire face. Jeff et Eric étaient toujours isolés et bien vulnérables. Depuis son poste de radio Jeff s'époumonait en demandant des renforts.
- Collègues en difficulté au parc Kalyste, vite, vite du monde !
De tout Marseille les équipages disponibles transitaient vers la cité Kalyste. On pouvait entendre des sirènes deux tons dans tous les secteurs de la ville comme on pouvait entendre l'opérateur radio hurler à qui voulait l'entendre de ne pas se rendre sur place, de laisser les CRS gérer la situation. La peur d'un débordement semblait obséder les autorités. Malgré tout les voitures de police se rendaient sur place à toute vitesse.

Jeff se tenait debout face aux quatre individus menaçants. De son corps il tentait de faire barrage afin qu'ils n'atteignent pas Eric. De son arme il les pointait et son regard laissait comprendre qu'il n'aurait pas hésité à faire feu. La tension était à son comble d'autant que Jeff, blessé lui aussi à la jambe, commençait à faiblir. Il hurlait tantôt aux individus et tantôt dans son combiné radio, ses cris faisaient peur. Voyant Jeff s'affaiblir, un des quatre tenta une approche et réussit à asséner un violent coup de barre à Jeff, il chancela mais ne tomba pas. Dans un même temps il fit feu à une reprise vers l'homme l'atteignant à l'épaule. La balle de 9 millimètres vint faire éclater la clavicule du jeune homme, il hurla et chuta lourdement en lâchant sa barre de fer. Les trois autres ne furent pas impressionnés, ils redoublèrent de violence et trouvèrent le courage de monter à l'assaut. Jeff fut violemment poussé, il chuta avant d'être tabassé et alors qu'il s'écrasait au sol, quatre policiers de la BAC firent leur apparition. Ils bondirent sur les trois jeunes délinquants et les maîtrisèrent rapidement. Jeff perdait beaucoup de sang, il était touché à la tête. Il était resté debout pour protéger son collègue plus sérieusement blessé.

Les CRS investirent la cité et les autorités arrivèrent sur place. Il était déjà bien tard : deux flics de la BAC avaient été tabassés copieusement dans une cité des quartiers nord. Dès demain la presse allait en parler sans même savoir ce qu'il s'était passé.

Jeff et Eric furent transportés aux urgences de l'hôpital de la Timone. Ils étaient les deux nouveaux héros de la police marseillaise …

14

- Je veux bien que l'on se voie mais promets-moi de ne pas crier.
- Crier ? Pourquoi veux-tu que je hurle, Perrine ?
- Je ne sais pas … J'ai peur de toi. Tu n'étais plus toi-même lorsque tu es parti il y a un an. Aujourd'hui j'ignore si tu es resté celui que j'ai poussé dehors ou bien si tu es enfin redevenu celui que tu étais … avant tout ce merdier. J'ai peur et je pense que tu peux le comprendre. Je ne suis pas seule Franck, il y a les filles également et je dois les protéger.

Sur la terrasse dominant les bateaux de croisière, Perrine et Franck échangeaient quelques mots durant la pause méridienne. Il faisait beau et chaud, Perrine portait un léger chemisier de coton bleu ciel laissant entrevoir ses seins. Franck les regardait avec envie. Il tentait de ne rien laisser transparaître de cette attraction charnelle, il savait qu'il lui fallait d'abord reconquérir la confiance de sa femme, et plus encore son cœur. De son côté, Perrine avait remarqué le regard insistant de Franck, et eut une pointe d'agacement dans ses gestes pour se rajuster. Mais le vent n'était pas son meilleur allié.

- Comment vont les filles ?
- Ça va, elles ont compris la situation mais crois-moi ça n'a pas été simple. Elles t'en ont voulu.

Franck détourna son regard vers l'horizon, il resta ainsi quelques secondes puis tenta de dissimuler une larme s'échappant de son œil droit.

- Tu sais, Perrine, j'ai compris et j'ai changé. Je voudrais les revoir.

- Nous allons y aller lentement, Franck. Elles sont encore fragiles. Ne m'en veux pas mais je dois penser avant tout à elles. Je dois y aller maintenant. J'ai du travail.
- Oui je comprends …
- Où vis-tu Franck ?
- Dans un petit appartement du côté de Longchamp. Je loue ça à une vieille connaissance.
- Et financièrement ça va ?

Franck ne put cacher un large sourire.
- Oui très bien, rassure-toi. J'ai pu récupérer un peu d'argent …
- D'accord. Allez, je te laisse Franck. Prends soin de toi et on se rappelle.

Perrine posa un tendre baiser sur la joue du père de ses filles, il éclata en sanglots avant même qu'elle ne décolle ses lèvres de sa peau. Perrine ne dit rien et, dans une démarche aérienne, elle s'éloigna pour rejoindre son bureau.

Au loin un navire annonçait bruyamment son entrée au port. Le mistral n'avait pas cessé mais il ne parvenait pas à estomper la douleur nouant les tripes de Franck. Il resta un moment à contempler cet horizon, comme s'il cherchait au loin le visage de ses filles, elles lui manquaient, sa vie d'avant lui faisait tant défaut.

Pour rejoindre la place de la Joliette il dut emprunter l'escalator le conduisant dans le chaudron bouillonnant de la ville. Sur une gamme allant du DO majeur au LA mineur, un véritable concerto dont les instruments n'étaient que des klaxons de bagnoles énervées accueillit Franck. Le boulevard Schuman était envahi par les automobiles dont les conducteurs désabusés de tenter de circuler dans la ville la plus embouteillée de France ne pouvaient masquer leur impatience comme leur colère. Franck plongea dans la station de métro, il se sentait léger, bien moins oppressé qu'auparavant. Déambulant vers le quai il aperçut son reflet dans une vitre sale et en partie brisée, il s'arrêta afin de se mirer.

Depuis quand ne l'avait-il pas fait ? Il était même incapable de se le remémorer. Son apparence avait bien changé ces derniers mois, une perte de poids considérable avait eu raison de sa masse musculaire, ses cheveux étaient ternes et mal coupés, ses joues creusées complétaient un aspect famélique et sa barbe rasée à la hâte par un ustensile jetable de supermarché discount confirmait le tout. Il resta ainsi face à lui-même sous le regard d'autres usagers du métro. Il se contempla de longues secondes pour bien mesurer sa déchéance et le spectacle qu'il venait d'offrir à celle qu'il aimait plus que tout.
Puis lentement il passa sa main dans ses cheveux gras comme il le faisait lorsqu'ils étaient doux et soyeux, lorsqu'il les laissait tomber savamment sur ses épaules afin de peaufiner ce look de vieux flic dur et parfois magnanime.
La rame entrait en station, les wagons vides n'inspiraient pas confiance, on aurait pu croire qu'un tueur en série y restait tapis sous un siège pour bondir sur un usager rêvassant d'un ailleurs moins bruyant et moins sale. Après une sonnerie annonçant la fermeture des portes, le métro démarra dans un silence surprenant en laissant échapper un violent courant d'air soulevant les quelques tickets et mouchoirs usagés abandonnés loin des corbeilles prévues à cet effet.

Franck laissait aller ses songes, il ne faisait aucun doute qu'ils s'adressaient à Perrine et à leurs deux filles. Il avait repris espoir …

15

Elle avait posé son arme dans le premier tiroir de son bureau, d'un geste aussi rapide que brutal elle la fit disparaître de sa vue. Elle ne l'aimait pas, elle la portait comme un simple outil pendu à sa ceinture, comme un maçon a sa truelle, comme un plombier porte sa clef à molette. Mais sans oublier que cet accessoire pouvait donner la mort. Les balles, elles les avaient entendues claquer, elles les avaient même vues atteindre de la chair humaine, la pénétrer et la déchirer pour venir supprimer, d'un corps de jeune femme, la vie sans espoir de retour. Elle laissa aller ses souvenirs.

À cette époque elle n'avait que seize ans et elle errait dans sa cité, elle zonait sans réel but autre que celui de voir arriver la BAC pour un contrôle d'identité. Sa présence en cours commençait à se raréfier et lorsqu'elle daignait honorer de sa compagnie le lycée Antoine de Saint-Exupéry, plus connu sous le sobriquet de lycée Nord, c'était pour rêver d'un autre destin sans pour cela s'investir dans ses études, pourtant seul et unique sésame à autre chose, à un ailleurs plus serein. Du haut de cet immense tour de béton juchée sur un monticule elle pouvait voir la mer ou plutôt le port de commerce avec ses bateaux de croisière mêlés à ceux de l'importation de marchandises, venus de Chine ou d'ailleurs. Elle n'avait pas envie de travailler, pas le besoin d'être studieuse, alors, le soir venu elle jetait son sac de classe sous son lit pour aller rejoindre une bande de jeunes errants tout comme elle. Sa mère rentrant tard avait décroché et préférait ne pas voir, même entrevoir ce que devenait son unique fille. Au pied des bâtiments le trafic de produits stupéfiant fleurissait et était sans cesse en mode recrutement. Même les filles étaient courtisées pour chouffer et pour dealer la came. Julie était l'objet de toutes les convoitises, son visage d'enfant et ses origines européennes faisaient d'elle une candidate formidable pouvant laisser les flics sceptiques quant à une réelle participation de cet ange au trafic. Jusqu'à aujourd'hui elle avait décliné les propositions, elle restait passive en contemplant le manège incessant des acheteurs pris en charge par les rabatteurs jusqu'au point d'achat. Elle connaissait parfaitement les mécanismes de ce business sans pour autant y prendre part.

Ce matin-là il n'était que dix heures et le deal se mettait en place. C'était un jour férié, un premier Mai lui semble-t-il.
Julie et son amie Rachida s'étaient donné rendez-vous au pied du bâtiment H pour ensuite se rendre en bord de mer.
Rachida était déjà installée alors que Julie quittait son bâtiment, d'un geste furtif elle rassura son amie pour lui signifier son arrivée. Elles riaient toutes deux sans voir surgir une grosse BMW noire de laquelle un homme vêtu d'une salopette sombre sauta. Dans ses mains il portait une Kalachnikov et sans hésiter il lâcha une rafale en direction du dealer local prenant sa place. Les balles claquèrent si vite qu'il fut impossible de totaliser combien cette saleté d'arme en avait lâchées. Certaines vinrent faire éclater le béton gris du bâtiment alors qu'une demi-douzaine atteignait leur cible. Le dealer tomba lourdement au sol. Très vite, il fut cerné par une épaisse marre de sang bien rouge. Il n'avait que dix-neuf ans et était mort comme il avait vécu, aussi mal et aussi vite. Ce fut un très lourd silence qui suivit et étrangement Julie n'entendait même pas le vacarme occasionné par les voitures défilant sur le ruban de bitume de l'autoroute pourtant toute proche. Elle resta figée sans pouvoir détourner son regard de ce corps sans vie.

Alors, étrangement, Julie avança vers la scène de crime sans s'assurer que la BMW avait pris la fuite. Elle était déjà pourtant bien loin. Elle fut la première à se porter vers le cadavre, il était à ses pieds et il lui semblait entendre encore les balles venir frapper le béton et la chair encore tendre de ce jeune garçon. Elle le regarda quelques instants, silencieusement, sans vraiment savoir pourquoi elle restait devant ce corps sans vie. Elle fut très vite entourée de plusieurs jeunes et réalisa soudainement que Rachida avait disparu, elle n'était plus posée sur le muret comme elle l'était quelques minutes auparavant. S'était-elle enfuie ? Avait-elle eu peur et avait-elle retrouvé son appartement et le réconfort de sa mère ?

Mais Julie eut un ressenti, une sordide impression. Elle ressentit comme une angoisse qui l'envahissait et l'empêchait presque de respirer. Lentement, elle se dirigea vers le muret et pencha son corps du côté opposé. Rachida était là. Elle gisait au sol au milieu des immondices, elle n'était plus. Son corps était inerte. Une seule balle l'avait atteinte en plein front. Curieusement l'orifice entrant ne laissait pas s'échapper de sang. Son crâne, à l'exception de ce trou, était intact. Elle avait même conservé son sourire. Comme si elle n'avait pas senti cette balle traverser sa boîte crânienne, elle n'avait sans doute pas réalisé ce qu'il venait de lui arriver. Julie enjamba le muret et se plaça à ses côtés. Délicatement elle prit la tête de son amie entre ses mains et réalisa qu'il n'y avait plus que le visage, l'arrière du crâne avait totalement disparu. Elle sentit la chaleur du sang et laissa l'extrémité de ses doigts pénétrer le peu de matière cérébrale que l'ogive avait laissée. Julie n'avait même pas poussé un cri, elle était aphone. Immobile.

- Mademoiselle, faut pas rester là.

Le marin-pompier n'osait pas insister, il n'osait pas non plus placer sa main gantée de latex sur l'épaule de Julie. Pourtant il fallait qu'elle laisse le corps de son amie, qu'elle l'abandonne. Elle ne l'avait pas lâché et refusait de le faire malgré les appels des différents intervenants. Même les policiers de la Police Judiciaire ne parvenaient pas à lui faire entendre raison. Elle avait posé le reste de la tête de Rachida sur ses genoux et restait ainsi sans bouger et sans nul doute sans comprendre. Elle ne pleurait pas. Elle ne parlait pas. Elle restait simplement là, agenouillée, près de celle que la police qualifierait plus tard de « dommage collatéral » sans se souvenir de son prénom. Rachida.

Les gyrophares léchaient les façades et les visages des badauds, les bruits provoqués par les véhicules de secours ne parvenaient pas à couvrir les hurlements des deux mamans effondrées. La première s'était couchée sur le corps de son fils pour empêcher les services des pompes funèbres de lui ôter définitivement son enfant, fut-il dealer. La seconde avait plongé ses deux mains dans le crâne défoncé de sa fille, elle fixait ses mains sanguinolentes sans mesurer totalement qu'il s'agissait de la cervelle de sa fille. Tel un mort-vivant elle divaguait en exhibant ses deux mains et en lâchant périodiquement un cri si strident qu'il aurait pu briser du cristal. Il ne pouvait faire exploser que les cœurs de tous les intervenants regardant impassiblement cette femme laissant exprimer sa souffrance. Sans retenue aucune.
Julie s'était un peu éloignée, elle ne parvenait pas à pleurer, à hurler sa douleur et sa colère. Elle avait pris place sous un arbre subsistant dans un univers de béton gris et sale. Son esprit s'était aussi assombri soudainement. Elle prenait de plein fouet une vérité effroyable à laquelle elle devait échapper.
- Mademoiselle ?
- Oui …
- Va falloir venir à l'hôtel de police pour que je vous entende.
Un hochement de tête constitua un semblant de réponse affirmative. Julie se leva et suivit d'un pas lourd le policier vers une voiture banalisée. Elle prit place sur la banquette arrière et constata que sa mère y était déjà installée. Elle avait le regard

dans le vide et se tourna vers sa fille. Après une longue hésitation, comme si elle avait peur de s'approcher d'un animal sauvage, comme si elle craignait sa réaction, elle lui ouvrit les bras, sans rien dire. Julie la regarda avec étonnement, mais elle n'hésita pas longtemps et se laissa enfin aller. Elle était redevenue, pour un court instant, une petite fille blottie contre le sein maternel.
- Il faut la présence de ta maman, tu es mineure, dit le policier en brisant le silence.
D'un bond, Julie se détacha de cet îlot provisoire et s'enfonça dans le siège élimé.

La voiture quittait les lieux, des lieux où régnaient la désolation et la misère. Rachida aurait fêté ses dix-sept ans, le 6 mai.

16

Le préfet n'avait pas mis son déguisement, il avait délaissé sa casquette à feuilles de chênes et ses rameaux d'olivier brodés pour endosser une tenue bourgeoise constituée d'un costume sobre de laine grise. Une chemise blanche était savamment fendue par une cravate noire, au col il arborait la rosette rouge de la légion d'honneur. Son pas était assuré et toute une clique de sbires tentait de ne pas l'égarer dans les longs couloirs de la Timone. Ce fut devant la chambre 204 que le groupe stoppa. Le préfet rajusta sa cravate, hocha les épaules, dodelina puis sans hésiter et surtout sans frapper il pénétra dans la chambre.
C'était une chambre à deux lits sur lesquels Jeff et Eric étaient couchés. Surpris, les deux flics tentèrent de se relever un peu afin d'obtenir une position plus confortable et surtout confirmant leur état physique dégradé. Aucun des deux ne portait de pansements, seuls quelques hématomes venaient strier la face de Jeff alors qu'Eric avait dissimulé sa cicatrice sous ses cheveux longs.
- Bonjour messieurs !
- Mes respects monsieur le préfet, répondit Eric d'une voix faible.
- Vous semblez aller bien !
- Mieux monsieur, oui nous allons mieux, lança Jeff en bégayant un peu.
- Alors racontez-moi ce qu'il s'est passé, je veux tout savoir.
Le préfet souriait à l'idée d'entendre les exploits des baqueux, il prit une chaise pour la placer entre les deux lits.
- Allez, allez donc ! Racontez vite !

C'est Eric qui prit la parole. Sans hésiter il relata le début de leur vacation.

- Dès notre prise de service nous sommes allés du côté de l'hôpital nord. On avait un tuyau sur un deal de cocaïne. Nous avons été requis par TN 13 pour deux jeunes à bord d'une voiture signalée volée qui circulait à vive allure du côté du vallon d'Ol, juste à côté. On a aperçu la voiture et nous avons décidé d'aller au contact pour les interpeller mais lorsqu'ils nous ont vus ils nous ont menacé avec une arme de poing et ont fait feu en notre direction à deux reprises.

Le préfet secouait la tête en se grattant le menton.

- Poursuivez, poursuivez !
- On a pas pu riposter mais on les a pris en cavale. Ils ont pris la direction de Kalliste et ont abandonné la voiture dans la cité. Les deux mecs sont partis en courant et l'un d'eux a encore fait usage de son arme sans nous toucher. J'ai riposté …
- D'accord !
- On est entrés dans le bâtiment H, c'est un coupe-gorge et là ils nous sont tombés dessus. J'ai de suite reçu un coup derrière la tête et j'ai perdu connaissance. Jeff, lui, a continué à faire face.

Le préfet pivota légèrement en direction de Jeff, d'un geste de la main il l'invita à poursuivre.

- Ben … euh … Je voulais protéger Eric et ils étaient quatre face à moi. J'ai tenu bon … Enfin je crois … euh …
- Bien messieurs, très bien ! C'est une belle affaire, j'ai eu le ministre au téléphone, il m'a demandé de vous féliciter. Vous êtes devenus les héros de la police marseillaise. De plus lorsque les renforts sont arrivés, outre l'interpellation de celui qui vous a tiré dessus, ils ont découvert dix kilos de résine de cannabis dans le coffre de la voiture et deux kalachnikovs dans l'habitacle. Tout nous laisse penser qu'ils s'apprêtaient à monter sur un règlement de compte. Bravo, encore Bravo !

Jeff ne parvenait pas à gérer son stress, il était sans cesse en mouvement et tentait d'éponger maladroitement les gouttes de sueur perlant sur son front.

Quittant sa chaise le préfet s'épousseta et veilla à ce que son costume ne soit pas souillé.

- Vous serez tous les deux récompensés. Je peux vous dire merci au nom du ministre de l'intérieur et de toute la police locale. Nous avons besoin de policiers comme vous et sachez que je suis fier de vous !

Sans leur adresser un au revoir il quitta la chambre d'hôpital toujours marqué à la culotte par ses subalternes obséquieux.

- Putain, s'écria Jeff.
- Normal, on a permis de mettre à jour ce qu'ils souhaitent depuis des mois. Avec cette affaire, on est tranquilles pour des années et jamais personne n'osera venir nous emmerder pour le reste.
- On est des héros, mon pote !

Jeff s'esclaffa bruyamment.

17

L'évêché sortait de sa torpeur. La ville semblait engourdie comme ensevelie sous les cendres de l'enfer, pourtant du côté de l'est ce n'était pas non plus le paradis. Le soleil y faisait une lente progression vers le zénith. Il n'était que six heures.
Julie avait passé la nuit dans son bureau, pas le courage de rentrer seule, pas la force de se coucher seule et sans doute n'aurait-elle pas eu suffisamment de motivation pour se lever le petit matin venu. Elle n'avait même pas ôté ses chaussures, des Doc Marten's à semelles compensées pour peut-être palier aux dix centimètres qui lui faisaient défaut afin d'être à la hauteur de ces nanas qu'elle croisait dans les bars du vieux port durant ses nuits de dérive. Elle les contemplait lorsqu'elles tournoyaient sur la piste de danse, elle les enviait de dépasser le mètre soixante. Elle les détestait sans réellement savoir pourquoi d'ailleurs.
Lentement elle ouvrit les yeux et se redressa de son assise inconfortable. Le fauteuil qui avait fait office de lit était sur le point de rendre l'âme après de longues années de mauvais et déloyaux services. Il avait été incommode depuis toujours ou alors Julie le trouvait ainsi parce qu'il n'était qu'un siège administratif susceptible de recevoir son fessier pour travailler et non se reposer. Peu importe pensa-t-elle en le quittant, ce qui compte c'est bien son affaire et le raté de leur descente de la veille. Elle s'était investie dans ce dossier depuis plusieurs mois et Sofiane était son seul objectif, il l'avait plusieurs fois empêché de trouver le sommeil et lui avait causé de puissantes remontées acides lui ayant sévèrement altéré l'œsophage. Elle préférait que

ce soit ainsi plutôt que de s'interroger sur son mode de vie et sur l'alcool trop ingurgité, ses nuits à traîner dans des bars et cette bouffe avalée à la hâte sur un zinc crado d'un bouge infâme à des heures plus qu'indues, bien au-delà de l'heure du laitier.
Lentement elle se dirigea vers son placard métallique et en ouvrit l'unique porte. Son image lui faisait peur et pourtant elle resta un long moment devant un petit miroir collé à l'intérieur de cette minable armoire en grande partie rouillée. Des cernes noires venaient entourer ses yeux sombres, ses cheveux hirsutes et ses traits tirés lui imposaient l'apparence d'un spectre qui aurait pu investir l'hôtel de police, un revenant de parmi ces flics morts en service ayant refusé de quitter ces lieux qu'ils chérissaient tant. Leur seconde maison et souvent leur seule famille. De famille, Julie n'en n'avait plus et comme la seule qu'elle avait eue était sa mère, trop souvent absente et dépassée, elle s'en cherchait une. Elle tentait de s'en trouver une dans la police, puis, dans les troquets glauques du vieux Marseille. En vain, ni la police et encore moins la faune des fêtards alcooliques n'avaient pu lui apporter un semblant de lien familial. Ce qu'elle cherchait n'existait pas ou alors seulement dans un rapport père-fille normal, mais où était la norme, existait-elle et aurait-elle pu la trouver chez les flics ? La police n'était pas un métier normal, il rendait fou ceux qui tombaient amoureux de lui et ceux en recherche d'autres choses qu'un simple job. Les paumés, les solitaires et les traumatisés ne pouvaient trouver en lui qu'un accélérateur de leurs maux tout en leur laissant croire qu'il pouvait leur donner beaucoup, qu'il pouvait parfois se substituer à leurs propres parents. Julie l'avait cru. Mais aujourd'hui elle savait que tout ceci n'avait été qu'illusion, qu'elle ne pourrait jamais avoir cette famille qu'elle avait tant espérée, tant voulue. Elle était orpheline une seconde fois et cette fois-ci était encore plus brutale.
La nuit passée, elle n'avait pas bu ni même erré dans les lieux où elle avait ses habitudes, elle avait lu et relu l'entière

procédure pour s'assurer que rien ne manquait et que rien ne lui avait échappé. Sofiane était malin et Julie savait presque tout sur lui comme les bars qu'il fréquentait, les filles qu'il voyait, son fournisseur et elle avait même pu évaluer sa fortune amassée durant ces années d'exercice de ses activités illégales. Il lui semblait presque le connaître intimement et n'osait avouer qu'elle aurait pu tomber sous son charme s'il n'avait pas été de son côté de la ligne, le mauvais côté. Ce fut un café noir bien serré qu'une cafetière Nespresso lui délivra dans un vacarme assourdissant. Elle regardait ce nectar s'écouler, sa tasse se remplir et son corps s'abîmer au rythme de ses sorties et divers abus. Pourtant elle n'avait pas quarante ans et elle avait passé la moitié de sa vie dans des endroits abjects. Vivre jusqu'à vingt ans dans une cité des quartiers nord laisse des traces indélébiles à force de lutter contre tous ceux et tout ce qui vous poussait vers la faute et la dépravation. Ce matin elle ne peut s'empêcher de revivre un de ces moments gravés à jamais en elle. Alors âgée de dix-huit ans, elle échappa de justesse à une tournante dans une cave d'un bâtiment sordide et n'eut sa virginité, son âme et peut être sa vie sauvées uniquement grâce à deux agents d'EDF recherchant une panne. Leur arrivée avait mis en fuite une troupe de sauvages ayant débuté leurs intentions ignobles, barbares et abjectes laissant la pauvre fille dénudée sur un matelas souillé par de précédentes festivités abominables.

C'était une sorte d'initiation, un genre d'intronisation à ce monde complètement fou des cités dans lesquelles ne règnent que la violence et la drogue, l'incurie et la connerie. Alors ce matin, elle était lasse d'avoir lutté toute sa vie et elle était épuisée d'avoir tenté d'essayer de vivre comme les autres, ceux n'ayant pas vécu là.

Sofiane était né là, il avait grandi là et avait fini par ressembler à sa cité dans les attitudes et les regards, surtout dans la haine qui bouillait en lui. Cela Julie ne l'ignorait pas et elle ne doutait pas non plus qu'il soit capable de monter sur un réglo pour

sauver sa peau ou pour éliminer un concurrent. Mais pour l'heure il avait pris la fuite, il s'était mis en cavale en sachant pertinemment que toute la police marseillaise s'était lancée à son cul et ne rêvait que de son interpellation. Mais une cavale est complexe et ce n'était pas les poucaves qui manquaient dans ce milieu et dans ces cités sordides où celui qui balance assurera son destin, deviendra sans nul doute calife à la place du calife avant de se faire lui aussi dessouder une nuit d'hiver au coin d'un bâtiment ou au pied d'une tour infecte.
Julie devait avancer dans cette commission rogatoire même avec le peu d'éléments dont elle disposait à présent à savoir un numéro de téléphone griffonné sur un morceau de papier.

Elle avala son café, il était déjà huit heures et les couloirs commençaient à s'animer.

18

- Putain les gars, vous reprenez déjà !
Le brigadier, chef de poste, ne pouvait croire qu'après avoir été blessé comme ils l'avaient été, Jeff et Eric reprendraient aussi vite du service. D'ailleurs devant son insistance Eric ne daigna même pas apporter de réponse, un geste de la main associé à un hochement de tête devait suffire.
Le bureau de la BAC était désert à cette heure si matinale. Comme à l'accoutumé, Jeff prit le fusil à pompe et, sans échanger autre chose qu'un regard, les deux flics regagnèrent leur véhicule de patrouille stationné dans la cour de l'hôtel de la division nord. Elle n'avait pas bougé depuis plusieurs jours et un orage de sable ocre avait figé, sous une fine couche, les balais d'essuie-glace. Le pare-brise lui aussi était enduit du même grain de sable rouge. Un jet de liquide ad-hoc et un mouvement des balais ne parvenaient pas à effacer cette crasse venant du Sahara. Agacé, Jeff insista et manœuvra à plusieurs reprises le commodo pour activer ce nettoyage matinal de leur voiture de patrouille. Ce ne fut qu'après une douzaine de passages des essuie-glaces que le soleil parvint à pénétrer dans l'habitacle.
- Allez roule. Casse-toi vite de là putain on a du fric à rechercher.
Eric ne pouvait pas dissimuler son agacement et après avoir reçu les innombrables félicitations de tous les flics présents dans le commissariat il lui était difficile d'en entendre plus. Aussi il avait hâte de retrouver la rue et surtout le pognon. Durant leur courte hospitalisation ils avaient appris la mise en cavale de

Sofiane et la balle qu'il avait logée dans la tête du gros Rachid. L'obèse était le fournisseur de Sofiane et de bien d'autres points de deal des cités du quatorzième arrondissement. Il occupait cette fonction depuis trois ans maintenant et avait déjà échappé à deux tentatives d'assassinat, l'une à la Kalach et l'autre à coups de barre de fer. Depuis il était reconnaissable, outre par sa corpulence, à la claudication qui l'invalidait sérieusement. La barre de fer n'avait pas cédé alors que son fémur avait éclaté en trois morceaux et ce ne fut que la dextérité des chirurgiens qui était parvenue à lui rendre une jambe presque potable, tout au moins capable de trimbaler les quelques deux cents kilos de cet homme.

- Le gros n'est plus ! Bon débarras !

Eric ne cachait pas son animosité vis-à-vis de cet homme. En effet, alors que les deux baqueux mettaient en place leur racket sur Sofiane, il avait tenté d'intervenir et n'avait pas hésité à les menacer de mort. Même pas de les balancer aux bœuf carottes, non, les fumer à coups de neuf millimètres. S'en était suivi une guerre entre le gros et les deux policiers de la BAC jusqu'à ce que Sofiane parvienne à le raisonner et le persuade de le laisser gérer son business. En clair, le pognon n'allant pas à Rachid devait être celui de Sofiane et uniquement le sien. Ce qui venait gêner Eric et Jeff n'était pas la mort brutale de l'adipeux mais bien la fuite de Sofiane donc un manque à gagner considérable et si à cela ils rajoutaient les trois cent mille euros qu'ils auraient récupérés, on comprend mieux leur hâte de reprendre du service après leur coup d'éclat dans la cité du parc Kalliste.

- Putain Eric, tu as vu les collègues ce matin, tu les as entendus ? On est des héros !

- Pauvre con ! On s'en branle d'être des héros ! Ce qu'il faut c'est se servir de ce nouveau statut. Avec l'image que l'on a aujourd'hui et l'affaire qu'ils ont faite grâce à nous, on a une immunité totale.

- Ah merde tu as raison !

- Laisse-les se branler avec ça pendant que nous on cherche notre pognon, ils vont nous laisser tranquilles maintenant.
La Ford Focus entamait l'avenue des Chutes Lavie pour rejoindre le secteur de Longchamp, là où la sacoche avait été lâchée. À faible allure, provoquant l'ire des autres automobilistes pressés de se rendre sur leur lieu de travail, les baqueux observaient minutieusement les abords. Ils empruntèrent l'impasse Ricard Digne ; à son extrémité ils constatèrent la présence du garage dont l'ami de Jeff, policier municipal, avait parlé. Il était clos. Aux abords rien d'autre n'aurait pu servir de planque ni pour un homme et ni pour une sacoche remplie de shit et de billets de banque. De leurs regards ils balayèrent les lieux puis Jeff replaça la voiture dans le sens du départ. Boulevard Cassini puis la place Levèrier et enfin le boulevard Montricher conduisant devant l'entrée magistrale du palais Longchamp. Là, juste en face, se trouvait la terrasse du comptoir Longchamp, un bar à l'immense terrasse baignée de soleil même en plein hiver. Quelques clients y prenaient un café et Eric y remarqua immédiatement la présence de Franck. Il était seul à une petite table et y avalait son jus en feuilletant le journal local.
- Putain arrête-toi, arrête-toi vite, cria Eric.
Immédiatement Jeff planta un coup de frein brutal et alors que la voiture n'était pas encore à l'arrêt, Eric mit pied à terre laissant Jeff immobiliser son auto quelques mètres plus loin.
- Salut Franck ! Putain, qu'est-ce que tu deviens ?
Franck retira ses lunettes de soleil et observa avec minutie le visage d'Eric puis celui de Jeff qui venait de le rejoindre.
- Qu'est-ce que ça peut te foutre ce que je deviens ? Qu'est-ce que tu veux ?
- Rien, je ne veux rien mais en passant j'ai reconnu ta gueule et je me suis dit : tiens si on allait le voir ! Ça ne te fait pas plaisir ?
- J'ai jamais supporté ta gueule et encore moins depuis que vous m'avez balancé aux bœufs. Allez casse-toi maintenant ! Tu me

fais de l'ombre et je voudrais profiter de ce rayon de soleil, vire ta sale tronche de là !
- Oh là garçon comment tu me parles ?
Franck quitta sa chaise pour faire face à Eric. Il rapprocha son visage du sien.
- Je te parle comme je veux et je t'emmerde pauvre con !
- On ne t'a pas balancé, connard, mais tu es toujours aussi con à ce que je vois. Tu n'as jamais compris que l'on s'est fait piéger par les ordures de l'IGPN, ils avaient sonorisé nos bagnoles et ils ont entendu c'est tout !
- Entendu quoi ? Les conneries que tu pouvais dire et que l'autre con là pouvait débiter ?
Jeff, soudain visé, tenta de prendre la parole mais Eric l'interrompit de suite.
- On a peut-être parlé oui c'est vrai mais on ne t'a jamais balancé. On a dit un jour qu'il fallait te donner deux cents grammes et voilà … Tu étais aussi pourri que nous et tu mangeais bien plus que nous.
- Je n'ai jamais mangé moi, tu entends ? Je récupérais de la came pour la filer à mes indics c'est tout. Et vous deux, bande de cons, qu'est-ce que vous foutiez ? Tu crois que j'ignore vos saloperies avec le deal des Lauriers ? Tu crois quoi ? Mais ça tu t'es bien gardé d'en parler dans ta bagnole pourrie, c'est des autres dont tu parlais, que des autres et jamais de toi et de tes saloperies ! Mais je ne suis pas inquiet, un jour ça va vous exploser en pleine gueule, pourritures !
Eric fut déstabilisé par le dernier argument que Franck venait de lui balancer. Compte tenu de ce qu'il s'était passé et de la disparition de la sacoche, évoquer leur business avec Sofiane devenait compliqué.
- Puisque tu en parles, tu n'as rien trouvé par terre ces derniers jours ?
- Trouvé quoi ?

- Je sais pas mais comme tu zones pas mal dans le quartier non ? Peut-être que tu pourrais nous aider.
- T'aider ? Tu peux crever sombre merde et puis je ne vois pas de quoi tu veux parler. Va te faire foutre !

Eric ne répondit pas et Franck reprit sa place à table pour terminer son café, il remit ses lunettes noires et reprit la lecture des nouvelles locales.

Eric et Jeff regagnèrent leur voiture.
- Putain je suis certain que c'est lui qui a notre pognon, j'en suis sûr !
- Pourquoi tu dis ça Eric ?
- Parce qu'il n'y a qu'un ancien flic pour avoir les couilles de récupérer de la came et du pognon abandonnés sur la voie publique. N'importe quel mec aurait paniqué et aurait ramené la sacoche au commissariat. C'est lui j'en suis certain.
- Comment tu peux le prouver ?
- Je ne sais pas encore mais on va trouver le moyen de le coincer. Tu as vu ses fringues et ses lunettes, c'est pas de la merde mais que des marques. Je l'ai croisé il y a un mois dans le quartier et il ressemblait à un clochard.
- Et alors ?
- Alors quoi ? Tu es con ou quoi ? Il a été révoqué et n'a pas de salaire, pas de retraite non plus. Comment ferait-il pour se fringuer comme il l'est et s'offrir des Ray-Ban à plus de deux cents balles ? Il a la haine de nous en plus et s'il a assisté à la cavale il doit se réjouir d'avoir pris notre pognon.

Eric tapait son poing droit dans la paume de sa main gauche, il ne pouvait contenir sa colère et se mit à hurler alors que la Ford s'engageait dans l'avenue de la Libération pour remonter vers les quartiers nord et leurs cités. Il rajouta :
- On va le surveiller et il va nous conduire au pognon, j'en suis certain.

Jeff ne disait mot, il semblait ne pas avoir compris le sens des propos de son collègue. Il avait l'air con.

19

Julie avait avalé une bonne dizaine de cafés aussi serrés qu'imbuvables, sa cafetière Nespresso avait rendu l'âme ce qui la contraignait de devoir se déplacer jusqu'à la machine placée en bout de couloir. Aucun de ces breuvages ne parvenait à lui donner le tonus nécessaire à la gestion de son équipe et à un raisonnement clair et cohérent pour avancer dans ce dossier. Damien avait pour mission d'identifier le numéro de téléphone trouvé chez Sofiane et d'effectuer les investigations permettant de loger le titulaire de la ligne. Le jeune flic s'affairait sur son ordinateur afin de rédiger la réquisition judiciaire, il y mettait toute son attention et son savoir-faire en citant convenablement les articles du code de procédure pénale prévoyant la réquisition aux opérateurs de téléphonie mobile. C'était un bon procédurier aimant les mots et le style et même pour un acte aussi banal que celui qu'il rédigeait, il tenait à ce que tout apparaisse, que tout soit mentionné. Il n'était pas obnubilé par un potentiel motif de nullité mais seulement par la forme et le style de sa rédaction. Julie le rejoignit dans son bureau et, lorgnant par-dessus son épaule, elle ne put s'empêcher de lui faire une remarque teintée d'humour mais surtout, en cette matinée de casque plombé, empreinte d'agacement.
- Tu en fais encore trop, Damien. Ce n'est pas de la littérature mais de la procédure pénale et tes fioritures ne servent à rien d'autre que de nous faire perdre du temps.
- Mais Julie il faut ce qu'il faut !

- Allez bouge, bouge-toi, moi du temps je n'en ai pas et j'ai passé une nuit affreuse.
- En bonne compagnie ?

Damien avait fait pivoter sa chaise pour aller planter ses yeux dans ceux de Julie et en espérant une réponse positive. Il arborait un large sourire de béatitude.
- Qu'est-ce que ça peut te faire avec qui j'ai passé la nuit ?

Déçu, Damien se replongea dans la rédaction de sa réquisition judiciaire, Julie put remarquer ses joues rougir et perçut son malaise. Depuis sa rupture avec le substitut du procureur, Julie restait discrète sur sa vie de femme. Sa déception fut telle qu'elle prit la décision de ne plus évoquer sa vie et de ne plus étaler son bonheur, mais depuis elle n'avait plus rencontré personne et s'était renfermée sur elle-même et sur son mal-être.

Pour chasser rapidement le malaise qui venait de s'installer et surtout pour ne pas se laisser envahir par cette période douloureuse, elle lança :
- Dis-moi, tu ne connais personne à la BAC Nord ? Quelqu'un qui aurait pu nous renseigner sur Sofiane et ses contacts ?
- Oui, j'ai un contact avec un collègue de promo, c'est l'officier de la BAC. Tu veux que je l'appelle ?
- Ça devrait déjà être fait ! lança Julie en souriant.

Depuis l'évêché il fallait emprunter l'autoroute Nord pour sortir aux Arnavaux et ensuite glisser lentement vers l'hôtel de police du secteur nord sis au 1 rue Odette Jasse, dans le quinzième arrondissement. Après avoir pressé la sonnette permettant l'ouverture du portail, Damien engageait sa Clio hors d'âge vers la cour centrale du commissariat. Entre des véhicules sérigraphiés et d'autres banalisés, il immobilisa sa voiture. Julie quitta l'habitacle avant Damien, elle semblait découvrir cet hôtel de police abritant la Brigade Anticriminalité, le RAID, et d'autres services de police tous œuvrant dans cette partie de la

ville sinistrée. La bâtisse était plutôt moderne et propre, elle dénotait par rapport à l'évêché.
- Viens, c'est par là.
Julie emboîta le pas de son collègue qui semblait connaître les endroits aussi bien qu'un flic exerçant en ces lieux. Elle fut surprise.
- Tu connais les lieux ?
- Oui, enfin un peu, je suis déjà venu pour boire un verre avec Antho. C'est lui le patron de la BAC Nord.
Facilement, tous deux gagnèrent le bureau de l'officier après avoir croisé et salué une bonne dizaine de flics en tenue civile semblant préparer un assaut. Armes longues, gilets pare-balles et gros sacs de sport étaient manipulés pour être placés dans les coffres des voitures de patrouille. C'était impressionnant de voir ces effectifs prêts à mordre, prêts à bondir sur la délinquance des quartiers nord. Tous semblaient motivés pour aller au combat et leur détermination pouvait se lire sur leurs visages. La police de ces quartiers était particulière, elle ressemblait, sous certains aspects, aux cités et à ceux qui les peuplaient, à ceux qui y faisaient régner la terreur. Là tout était frayeur et misère et Julie semblait retrouver ses anciens repères, revoir ce monde dans lequel elle avait grandi. Elle stoppa devant un écusson ornant le mur du couloir desservant les différents bureaux. Ce qui lui vint en mémoire fut un sentiment étrange mêlé de fierté d'appartenir à cette police et de souvenirs douloureux de la mort de Rachida comme les images de ces flics intervenants à cette époque dans sa cité. Tous portaient ce blason sur la manche droite de leur blouson. Elle ne l'avait pas oublié tout comme le visage de son amie et son crâne éclaté venant résonner dans sa tête. Souvenirs douloureux.
- Oh Julie !
- Oui j'arrive, répondit Julie en sortant de ses songes.
Le bureau d'Antho était grand et sommairement meublé. L'unique occupant de ce lieu quitta son siège et accourut vers

Damien en riant aux éclats. Les deux jeunes flics n'hésitèrent pas à se donner une grande accolade. Elle semblait franche et sincère, comme leur lien d'amitié.

- Je suis content de te voir mon ami ! lança Damien.
- Moi aussi, très heureux même.
- Je te présente ma capitaine, Julie Pikowsky. Elle est de quatre promotions plus vieilles que nous, donc attention, tu lui dois le respect !
- Bonjour Julie, Anthony Fraquet, capitaine aussi de cette bande de fous furieux de baqueux du nord de la ville.
- Enchantée ! répondit Julie en serrant fermement la main que Anthony lui avait tendue.

Il se dirigea vers la porte pour la fermer puis invita les deux policiers à prendre place face à lui autour de son bureau.

- Qu'est-ce qui vous amène dans ce secteur de Marseille ?
- Ben écoute, on est en ce moment sur le cul de Sofiane Belkiche, on a une CR pour trafic de stups. On lui a pété la porte hier et on a fait chou blanc. Tu es au courant qu'il s'est mis en cavale ?
- Évidemment que je le sais ! Il a fumé le gros Rachid.
- Ouais, dit Julie en prenant la parole. Cela nous met dans la merde et on ne comprend pas pourquoi Sofiane a buté son fournisseur.
- C'est pourtant simple ! Rachid fournissait Sofiane en matière, ça c'est certain on l'a mis en évidence depuis plusieurs mois. Leur business fonctionnait très bien et donc si Sofiane l'a buté c'est parce qu'il lui devait du pognon !
- Du pognon ?
- Y a que ça Damien, que ça qui les intéresse. Ils se fument entre eux pour le pouvoir et l'argent, Sofiane tenait le deal des Lauriers et rien ni personne ne pouvait le faire trembler donc il ne reste qu'une affaire d'argent, rajouta Anthony.
-Tu as une équipe qui bosse en particulier sur cette cité ? questionna Julie.

- Oui … Enfin ils y bossent un peu tous, mais j'ai une équipe qui aime y traîner régulièrement. C'est d'ailleurs l'équipe qui a été prise à partie au Parc Kalliste et qui a tiré pour s'en sortir. On a trouvé des armes et de la came.
- On peut les voir ? interrogea de nouveau Julie.
- Évidemment, mais aujourd'hui ça va être compliqué, ils sont occupés à …
Julie s'empressa d'interrompre son interlocuteur.
- Dis-leur de descendre à l'évêché le plus tôt possible et qu'ils me demandent à la brigade des stups de la Sûreté Départementale.
Julie quitta son siège et adressa un sourire à Anthony. Damien reprit son ami dans les bras.

L'autoroute était en croix, il leur fallait patienter dans les embouteillages.

20

- Tu fais attention à ce que tu dis ! insista Eric en rangeant ses cheveux et en essuyant les quelques gouttes de sueur perlant sur son front.
Jeff acquiesça de la tête et d'un sourire niais. Il était craintif et cela se voyait dans chacun de ses gestes, de ses attitudes et de ses traits.
- Le mieux c'est que tu fermes ta gueule et que tu me laisses parler. Tu es capable de dire une connerie.
Jeff ne disait mot alors qu'il rangeait la Ford focus dans la cour de l'évêché. Il ne pouvait cacher ses appréhensions et on aurait pu croire qu'ils se rendaient à une convocation en règle chez les bœuf-carottes pour y subir un interrogatoire dans le cadre d'une affaire de violences illégitimes où un mis en cause aurait été tabassé sans raison. Eric semblait à l'aise. Sans doute porté par leur récente réussite et leur nouveau statut de légende au sein de la police marseillaise, il parvenait à rester serein. D'ailleurs n'avait-il pas dit à son binôme que nul n'oserait à présent venir les déranger et aller mettre le nez dans leurs affaires et dans leur façon de les gérer ? Il était sûr de lui alors que son acolyte avait peur de son ombre ce qui dénotait pour un flic de la BAC la plus exposée à la criminalité de tout le département des Bouches-du-Rhône. Ce qui l'effrayait n'étaient pas les affrontements avec les voyous, pour cela il était même excellent mais dès qu'il fallait se justifier auprès d'une autorité ou de devoir mentir pour couvrir une affaire foireuse, il perdait ses moyens et était capable de faire basculer une version mise au point dans un habitacle de voiture ou à l'abri des oreilles de ceux plus frileux et bien

respectueux des codes de déontologie et pénal. Aussi Eric préférait prendre les devants et tenir le crachoir à cette officier des stups désireuse de les entendre sur le trafic des Lauriers et sur Sofiane.

Les bureaux des stups étaient étonnamment silencieux, il n'était que quatorze heures et en ce mercredi de vacances scolaires une partie des enquêteurs devait se trouver près de leurs mioches à faire des pâtés de sable ou à faire de la bicyclette sur des sentiers de l'arrière-pays. Le bureau de Julie était ouvert, elle y sirotait un mauvais café attrapé dans cette machine détestable,

- Bonjour Capitaine, Major Eric Sinibaldi et Brigadier Jean-François Battesti de la BAC Nord. Vous vouliez nous voir ?

- Ah oui, bonjour entrez. Vous voulez un café ? Je ne peux vous proposer qu'un liquide infâme provenant de la machine du bout du couloir, ma Nespresso m'a lâchée.

- Non merci ça ira.

Damien fit son apparition sur le pas de la porte, il signifia sa présence d'un geste rapide de la main sans s'annoncer. Il prit appui sur le chambranle.

- Oui j'ai voulu vous rencontrer car d'après votre officier vous connaissez bien les Lauriers et Sofiane Belkiche. Ça fait des mois que l'on est sur son cul en CR pour stups et comme il a pris la fuite on recherche des renseignements.

- Oui évidemment que l'on connaît Sofiane, c'est une personnalité aux Lauriers ! Il a installé son plan stups depuis quelques années et nous non plus on ne parvenait pas à le faire tomber. On sait qu'il a buté le gros Rachid mais …

- D'après vous pourquoi aurait-il fumé le gros ? demanda Damien sans quitter son point d'appui.

- Je ne peux pas vous dire, ils bossaient ensemble. Rachid lui fournissait la came et ça fonctionnait plutôt bien. Honnêtement je n'en sais rien, répondit Eric.

- On croit qu'il y a une affaire de pognon là-dessous, une dette peut- être. Qu'en pensez-vous ?

- Je n'en sais vraiment rien. Ils sont tellement cons dans ces cités qu'ils sont capables de se fumer pour rien, dit Jeff qui était resté silencieux jusqu'alors. Sous le regard d'Eric, il poursuivit.
- Rien ne peut expliquer ce meurtre …
Il essuya de nouveau son front ruisselant. Julie reprit la conversation.
- Nous ce que l'on sait c'est que Sofiane faisait sa collecte de ses points de deal chaque soir avec un de ses gars sur un scooter. Quelques jours avant qu'il ne tue Rachid nous étions en planque devant les Lauriers mais il nous a filé entre les mains. On l'a perdu dans les rues juste devant l'hôpital Lavéran.
- Ah !? Et il était chargé ?
- Certainement puisqu'il avait fait sa collecte.
- Pensez-vous qu'il aurait pu se faire la belle avec le pognon sans payer Rachid ? interrogea Julie.
- Je ne sais pas … C'est peu probable, dans ce milieu ça ne rigole pas.
- Ben justement, vous pensez que Sofiane avait envie de rire lorsqu'il a mis une balle dans la tête de l'obèse ?
Eric, pourtant habitué aux interrogatoires, ne pouvait cacher sa gêne et lui aussi il dut éponger de sa manche son front dégoulinant.
- Je ne sais pas … dit-il en bafouillant.
Damien s'était redressé, il tenait ses bras croisés sur son thorax et obstruait complètement le passage. Même si les deux flics de la BAC avaient voulu partir sans doute n'auraient-ils pas osé lui demander pardon, aussi ils restèrent plantés au milieu du bureau dans un silence monacal en disant long sur leur embarras.
- Bon, je vais pas vous garder plus longtemps … Sachez que nous cherchons, comme la brigade criminelle maintenant, notre ami Sofiane. Pouvons-nous compter sur vous si vous avez des renseignements ?
- Évidemment capitaine, évidemment, dit Eric en se dirigeant vers la porte. Sans saluer leurs homologues, Eric et Jeff prirent

littéralement la fuite de ces locaux où régnait subitement la suspicion.
- Je les sens pas ces deux cons ! dit Damien en les regardant fuir.
- A quoi penses-tu ?
- Je ne sais pas, un ressenti. Mais je ne saurais pas dire …

21

Au bout de la ville, côté sud, se trouvait une zone désertique faite de rochers escarpés donnant accès à un minuscule port de pêcheurs. Des pointus semblaient avoir été posés sur l'eau uniquement pour embellir la carte postale. Le port de Callelongue était l'ultime point de vie humaine avant d'attaquer les sentiers de grandes randonnées conduisant dans les calanques de Marseille. Autour du port quelques cabanons de pêcheurs avaient été retapés pour accueillir un petit nombre de privilégiés pouvant vivre là, au bout du monde, au bout de l'agglomération Marseillaise. En voiture on ne pouvait pas aller plus loin que là, il fallait l'abandonner sur le bas-côté de la chaussée pour se rendre à pied jusqu'au hameau préservé. Posée dans ce havre de paix, coupée du monde turbulent et bruyant, une pizzeria améliorée, une belle adresse connue de tous les Marseillais, trônait à l'entrée du port. Pour pouvoir déjeuner dans le patio il fallait réserver deux mois auparavant, « La Grotte » se faisait désirer. Il fallait la mériter. C'était bien là que Franck avait convié Perrine, il avait tout préparé avec minutie et était même parti s'acheter de jolis vêtements pour lui faire honneur. Sa barbe était savamment tondue pour ne laisser qu'un petit millimètre de poils, il savait que Perrine n'était pas insensible à cela. Il était même allé chez le coiffeur. Il était beau et patientait à l'orée du village de Callelongue. Il ne pouvait cacher ses appréhensions comme ses craintes mais il prenait sur lui pour rester calme et surtout ne pas tout foutre en l'air sur un détail. Pour ne pas se laisser submerger par les émotions, il s'était appliqué à tout préparer, même ses propos. Il les avait maintes fois répétés et s'était regardé dans un miroir alors qu'il récitait ce texte, son texte. Il était fait de mots doux et d'excuses, il était tendre et le voulait efficace. Reconquérir celle qu'il aimait, qui lui avait donné deux enfants et qu'il avait perdue suite à sa révocation, s'avérait être une tâche bien difficile. Il en avait conscience. Pourtant, il se voulait confiant même s'il craignait qu'elle ait accepté l'invitation pour décliner ce qu'il voulait lui proposer. Il était plus de vingt heures et Perrine ne montrait pas le bout de son nez. Viendrait-elle ? Franck était inquiet et agacé au point de ne pas répondre à un couple recherchant La Grotte. D'un revers de main, il chassait ces intrus venant perturber sa concentration à tenter de déceler dans les lueurs des phares la marque de la voiture, en espérant à chacune d'elle que ce soit sa Perrine. Pour le moment il était toujours déçu, aucun phare n'était ceux de la Fiat 500 de la femme qu'il aimait. Il s'impatientait, il ne tenait plus en place.

Il portait à son annuaire gauche la bague qui ne l'avait pas quitté malgré leur séparation. Il en avait passé des nuits à la tourner autour de son doigt, à la contempler. Les seules fois où il l'avait retirée c'était pour contempler la gravure, presque effacée, qui était inscrite à l'intérieur. Il l'avait même embrassée quelquefois, les soirs où sa solitude se faisait trop oppressante. Aujourd'hui, il la regardait à la lueur de la lune rousse venue s'installer dans le ciel étoilé et percevait dans le reflet doré de cet anneau jaune, comme une lueur d'espoir.

Vers vingt heures trente, la Fiat de sa belle fit son apparition à très faible allure, elle s'avança et vint se placer dans un espace semblant être prévu pour cette mini voiture. Elle effectua un créneau avec brio et quitta l'intérieur de sa voiture en soufflant profondément.

- Je te prie de m'excuser mais ça roule mal …

- Ce n'est pas grave, ne sois pas inquiète. Viens, ils doivent nous attendre, faudrait pas qu'il donne notre table à quelqu'un d'autre, dit Franck en souriant.

Perrine, elle aussi, avait fait un effort vestimentaire, elle semblait marcher dans un halo de parfum et son pas aérien lui donnait des airs de mirage volant au-dessus du bitume. Elle était très belle. Franck n'osait la contempler de peur qu'elle le surprenne, alors, il se mit à marcher juste devant elle en pivotant légèrement sa tête pour parfois lui adresser la parole. Malgré tout il ne put s'empêcher de lui dire qu'il la trouvait très belle et qu'il était heureux de passer la soirée avec elle. Elle lui répondit par un léger sourire teinté de gêne. Depuis une année, Perrine avait appris à vivre seule en se recentrant sur l'essentiel, à savoir ses deux filles qu'elle avait tenté de protéger de tout et de tous, et même de leur père. Ses sentiments ne s'étaient pourtant pas amoindris, ils étaient toujours présents, mais elle ne voulait pas prendre le risque de perturber à nouveau leurs deux enfants. Elle avait gardé la maison et s'y était réfugiée avec Chiara et Olympe, leurs deux adorables filles. Franck, lui, avait pris la fuite, ou plutôt avait fui la réalité de ce qu'il lui était arrivé et de ce qu'il devenait sans comprendre que ce n'était pas la fin de tout mais seulement de quelque chose, et surtout le début de quelque chose de différent, de mieux pour lui, sa femme et leurs deux enfants. Cela Franck ne l'avait pas saisi et la perte de son job ou plutôt de ce qui lui avait donné une raison de vivre, un sens à sa vie, avait été un véritable cataclysme, le renversant totalement et foutant en l'air tout ce qu'ils avaient construit ensemble. À cette époque il semblait devenir fou, il tournait en rond dans la maison à ressasser ses idées noires, il finit même par devenir violent. Il s'était coupé de tout, de ses amis et surtout de son noyau familial. Il était devenu un autre. Aujourd'hui, il semblait le réaliser enfin. Perrine lui avait alors demandé de partir faire le point, de réfléchir. Plus d'une année après, Franck avait changé, il était sur le chemin de la rédemption et même d'une forme de sagesse.

Bien évidemment la somme trouvée lui avait donné des ailes, il considérait cela comme un juste retour des choses sans mesurer que conserver cet argent pouvait lui causer de gros ennuis. Il semblait n'en avoir cure et puis comme personne n'en avait connaissance, il se sentait en position de force.
Le patio était déjà quasiment complet et la seule table qu'il restait disponible était la leur. D'un geste, un serveur leur indiqua la table. Ils y prirent place. Franck commanda du champagne et ils le sablèrent amoureusement comme ils l'avaient fait auparavant et durant leurs vingt ans de vie commune. Les plats se succédèrent et une bouteille de vin de Cassis du domaine du Paternel fut vidée. Les sourires s'étaient installés sur leurs visages et l'alcool aidant, leurs mains s'étaient même frôlées puis entrelacées.
- Tu restes avec moi ce soir ? demanda Franck.
- Non pas ce soir, laisse-moi du temps.
- Je comprends oui, je te laisserai le temps que tu voudras. Mais de grâce, ne romps pas le lien.
Perrine dit non en secouant sa tête de façon déterminée, presque violente. Franck n'avait pas cessé de sourire et il le confirma alors que le serveur posait sur la table l'addition. Avec fierté il dégaina sa carte bancaire de la Banca Catalana et la présenta dans la fente du terminal que le serveur lui tendait. Il apposa son code sous le regard de Perrine.
- Tu peux … ? dit Perrine d'une voix douce et discrète.
- Oui, rassure-toi, je peux, crois-moi, et je peux même beaucoup plus que cela.
- Ah ? Tu as trouvé du travail ?
- Non mais j'ai pu me renflouer, rassure-toi, il n'y a rien d'illégal, rajouta Franck en riant. La nuitée était bien installée et un léger vent venait rappeler que le printemps n'était pas prêt d'arriver. Perrine s'emmitoufla sous une veste de coton et resta statique face à Franck en espérant visiblement qu'il la prenne dans les bras. Il hésita puis l'enlaça. Ils restèrent quelques instants ainsi

en occultant le vent et les regards indiscrets des autres clients de la Grotte regagnant leur voiture.
- Merci, dit Perrrine sans ôter son menton posé sur l'épaule de Franck.
- Je t'en prie c'était un réel plaisir de te retrouver et de passer du temps avec toi comme s'il ne s'était jamais rien passé. Tu m'as beaucoup manqué tu sais ?
- Toi aussi mais prenons le temps.
- Oui tu as raison, il nous faut du temps mais j'ai hâte de retrouver les filles.
- Je leur parle un peu et il leur faut aussi encore un peu de temps, elles ne refusent pas de te voir mais il faut y aller doucement. Promets-le-moi !
Franck essuya une larme et hocha la tête pour acquiescer.
- Je t'aime, dit-il doucement.
- Je t'aime aussi.
Perrine s'extirpa des bras de Franck et rejoignit sa voiture. La Fiat 500 s'éloignait lentement, Franck n'avait pas bougé, il venait de gagner une bataille. Il était de nouveau heureux.

22

L'exit café était l'endroit où il fallait être lorsque l'on avait moins de quarante ans et que l'on souhaitait faire la fête. Sur le quai de Rive-Neuve de nombreux établissements de nuit offraient aux fêtards des lieux où circulaient l'alcool et les décibels tous deux souvent à des niveaux exagérés. Julie avait pris place au comptoir où elle vidait des verres de Vodka sans réellement savoir pourquoi et surtout en ignorant leur nombre. Elle était seule et semblait n'avoir qu'un seul but, celui de se mettre sur le toit, de se renverser pour oublier ses idées noires et ce spectre de père lui faisant tant défaut. Parfois, entre deux verres, elle parlait à haute voix pour insulter les bouteilles et les verres qu'elle voyait passer au-dessus de sa tête. Elle était totalement ivre et ne devait sa stabilité sur ce tabouret qu'au nombre de teufeurs s'agglutinant autour d'elle. Parfois elle vacillait mais elle était remise en place par une âme charitable ayant repéré cette âme errante et sa vulnérabilité flagrante. Le son frappait ses tympans, l'alcool martelait sa tête et ses yeux humides laissaient échapper inexorablement de grosses larmes venant choir sur le zinc.
- Oh, Julie, faut arrêter maintenant, précisa le barman. Va te coucher, ce serait mieux.
- Va te faire foutre ! rétorqua Julie en lui adressant un magnifique doigt d'honneur. Sers-moi encore un verre au lieu de dire des conneries.
- Non, Julie, je ne te sers plus, tu es dans un état lamentable.
- Je t'emmerde, sale con !

Le barman souffla et tenta de chercher du regard une aide parmi les clients, en vain. Ce fut un homme qui s'approcha du comptoir, il posa ses coudes entre les verres que Julie avait vidés et s'adressa à elle.
- On va aller dormir maintenant, je vais te ramener chez toi.
L'homme fit un geste de la tête pour rassurer le barman puis il prit Julie par le bras afin de la faire descendre de son tabouret. Elle était quasiment inconsciente et ne tenait presque plus debout, aussi il dut la soutenir avant de la porter.
L'avenue de la Corse était désertée et par chance une place de stationnement était libre à quelques mètres de l'entrée de l'immeuble de Julie. L'homme y stationna son gros SUV Mercedes. Elle n'avait pas bronché et avait même sombré dans un profond sommeil, l'homme dut encore la prendre en poids pour rejoindre le logement de la jeune femme.
Délicatement, il vint coucher Julie. Il lui retira ses chaussures et son jean et la glissa sous la couette en veillant qu'elle ne soit pas trop en position allongée afin de ne pas ingurgiter l'alcool qu'elle pourrait rendre. Il lui mit un second oreiller et vint placer à la tête du lit une bassine et une serviette après avoir retiré le pistolet de service dissimulé sous le traversin. Il sourit et le posa sur la table de chevet, enfin il prit place au pied du lit et contempla quelques secondes la jeune femme. Elle était vulnérable. Puis, après s'être enquis de son état et avoir constaté qu'elle dormait profondément, il se dirigea vers le séjour et se laissa tomber lourdement dans le canapé. Il bascula sa tête vers l'arrière et sombra à son tour dans un profond sommeil. Marseille dormait aussi, la vierge de la garde semblait avoir posé ses mains, tel un couvercle, sur les Marseillais comme pour les protéger durant une nuitée. Julie elle ne disposait que d'une couette de plumes en guise de bouclier. Les minutes et les heures s'écoulèrent paisiblement, la nuit vint laisser la place au jour.
- Qu'est ce que vous foutez là ? hurlait Julie en braquant son arme en direction de l'homme avachi sur son canapé. Elle ne

portait qu'un string de coton blanc, des chaussettes noires dont l'une recouvrait sa cheville tandis que la seconde laissait apparaître la presque totalité du pied. Son tee-shirt froissé et ses cheveux en vrac confirmaient son état négligé. Elle renchérit.
- Putain de merde ! Qui êtes-vous et qu'est-ce que vous foutez chez moi !?
- Calme-toi et baisse ton arme, dit l'homme venant d'être extrait brutalement de ses songes. Julie ne baissait pas son pistolet et elle devenait même de plus en plus menaçante, son index se faisait pressant sur la queue de détente.
- Lève les bras et ne fais pas de gestes brusques sinon je t'allume. Julie tentait de saisir son téléphone portable afin d'appeler les secours et notamment composer le 17 pour qu'un équipage de police secours intervienne au plus vite.
- Bon, arrête de déconner, je vais t'expliquer bordel ! Je t'ai raccompagnée hier soir, tu étais totalement ivre. Je t'ai mise au lit et je me suis assis cinq minutes mais j'ai du m'endormir … Baisse ton arme, s'il te plaît, baisse la !
L'homme se tenait face à elle, à trois mètres de distance. De sa main droite il tentait de lui indiquer de devoir détourner le canon de son pistolet alors qu'il maintenait craintivement la gauche bien au-dessus de sa tête. Il ne paniquait pas vraiment mais avait compris que Julie ne plaisantait pas et qu'elle n'hésiterait pas à faire feu en cas de geste déplacé. Alors il reprit.
- J'ai trouvé ton calibre hier soir et je l'ai posé sur ta table de nuit. Si j'avais voulu te le voler ou pire encore abuser de toi, j'aurais pu le faire … Réfléchis, merde !
Julie tentait encore de retrouver ses esprits, encore embrumée par les effets de l'alcool ; sa respiration était rapide et ses mains commençaient à trembler rendant encore plus la position de l'homme délicate. A tout moment elle aurait pu tirer.
- Putain mais merde réfléchis un peu ! hurla-t-il soudain.
- Qui es tu ?
- On se connaît Julie, on se connaît.

Julie baissa son arme et vint prendre appui contre la table de la cuisine. Elle envoya valser son pistolet, heurtant un vase. Il le brisa en plusieurs morceaux.
- Putain Kader, Abdelkader Melki !
- Oui c'est ça Julie, ça y est, tu te souviens maintenant ?
- Mais qu'est-ce que tu branles chez moi, comment es-tu arrivé là ?
- Hier soir tu t'es mise sur le toit à l'Exit. J'étais dans la salle et je t'ai reconnue. Au moment de partir je t'ai raccompagnée chez toi. C'est le barman qui m'a dit où tu habitais. Je t'ai couchée et je me suis endormi là comme un con. Je te prie de m'excuser.
- Mais tu te fous de ma gueule ou quoi ? Il y a six mois tu as failli me faire perdre mon job, mon mec m'a quittée par ta faute et aujourd'hui …
- Aujourd'hui est un autre jour Julie.
- Un dealer chez moi, je le crois pas ! s'écriait Julie en déambulant dans son appartement mais en occultant le fait de ne porter qu'un string miniature.
- Va mettre un pantalon avant que … rajouta Abdelkader en souriant.
Julie s'empara de nouveau de son arme et la chaussant elle lui lança :
- Vas-y, tente quelque chose et je te fume ! Néanmoins, elle retourna dans sa chambre afin d'enfiler un survêtement.
- Tu as du café ici ? interrogea Abdelkader.
- Là, dans le placard et la machine est là. Julie désigna sa machine à café et attendit qu'on lui serve un café bien serré. Elle se laissa tomber dans le canapé et prit sa tête dans ses mains. Elle souffla fort puis éclata de rire alors que Kader lui tendait un mug de café fumant et odorant. Il prit place face à elle sur un fauteuil aux coussins élimés. Lui aussi sirotait un café.
- Il paraît que tu es sur une sale affaire ?
- Tu crois quand même pas que c'est à toi que je vais en parler ?
- Et pourquoi pas ?

- Parce que tu m'as fais un bébé dans le dos et la confiance est cassée Kader, c'est terminé.
- Julie, c'est le jeu. On est resté quatre jours ensemble durant la garde à vue et tu as failli me faire monter aux gamelles mais voilà, c'est moi qui ai gagné.
- Comment as-tu su que j'étais avec le proc ?
- Tout simplement. J'étais dans le bureau d'à côté lorsque tu l'as appelé pour lui rendre compte de l'affaire et tu t'es laissé aller à quelques mots doux. Mon baveux s'est ensuite régalé ! C'était tout simple pour nous, ajouta Kader en avalant son café. Julie souriait encore, elle contemplait son café dans le fond de son mug.
- Écoute-moi Julie, je peux t'aider.
- M'aider ? Toi, m'aider ? Tu vas me balancer Sofiane ?
- Non, je ne te donnerai pas un voyou mais par contre je peux te balancer certains qui ne se trouvent pas du bon côté. Tu vois ce que je veux dire ?
- Non, pas vraiment et après la nuit que j'ai passée je n'ai pas envie de jouer aux devinettes.
- Alors reste assise et tu vas m'écouter, dit Kader en se dirigeant de nouveau vers la cafetière.

23

La Bricarde se trouvait sur un monticule surplombant l'anse de l'Estaque, à quelques encablures de la cité reine dans le domaine de la vente de shit à Marseille : La Castellane. Composée de quelques bâtiments, tours et barres, la Bricarde n'était pas la pire cité de la ville mais comme toutes les autres elle avait son point de deal avec ses guetteurs, ses rabatteurs et ses structures identiques à celles d'une entreprise conventionnelle. Il n'était que neuf heures lorsque la Ford Focus de la BAC Nord y pénétra. Depuis l'orée de la cité l'arrivée des poulets avait été annoncée aussi Jeff et Eric n'avaient pas à se cacher pour faire leur entrée au milieu des bâtiments. Ironiquement, le guetteur juché sur son fauteuil salua, d'un grand geste, les policiers. La Ford s'avançait lentement, elle était prise en compte par un scooter monté par deux individus cagoulés. A leur silhouette on aurait pu deviner leur âge, ils étaient frêles comme des enfants de quinze ans, comme des minots gâchés d'être entrés dans ce business qui les conduirait inexorablement vers la mort. Ils le savaient d'ailleurs, cela faisait partie de leur vie, de celle qu'ils avaient librement choisie. Mais avaient-ils choisi de vivre ici ? Eric et Jeff ne s'étaient jamais posé cette question, pour eux ces jeunes n'étaient que des ennemis à combattre dans une guerre étrange où les deux camps devaient se porter des coups sans qu'une quelconque convention de Genève ne vienne réglementer les modes et les usages comme les façons de guerroyer. Il n'y avait donc aucune règle si ce n'est celle du plus fort, de celui qui amasse le plus d'oseille et celui qui sait comment sortir indemne ou vivant de ces traquenards, de ces cités dévorées par la came et la kalachnikov. Dans ce domaine-là Eric et Jeff s'étaient fait une place de choix et avaient réussi à imposer une forme de respect, une espèce de règlement basé sur le donnant-donnant entre flics et voyous. Ils avaient mis la moitié des cités des quartiers nord à l'amende et percevaient chaque semaine des sommes considérables contre la paix et le loisir de vendre la came sans être trop gênés par les flics. Le raisonnement qu'ils avaient eu était simple puisqu'il permettait aux dealers de gagner leur argent tout en en reversant une partie à ces flics chargés, initialement, de les empêcher de travailler. La difficulté était de faire croire à la hiérarchie qu'ils œuvraient pour la paix publique et contre les trafics tout en tirant de sérieux dividendes de ces derniers. Pour cela aussi ils étaient forts et vu que la hiérarchie n'attachait plus que de l'importance aux chiffres, il leur suffisait d'interpeller quelques consommateurs et parfois un petit dealer, dûment balancé par leurs indics, pour satisfaire les tableaux excel du commissaire chargé du secteur nord et du préfet heureux de montrer les chiffres en réunion hebdomadaire. Finalement tout le monde semblait y trouver son compte et une sorte d'équilibre était instaurée pour le bien de tous, ou presque. La Ford circulait lentement, les flics inspectaient minutieusement les lieux.

- Allez casse-toi, il n'est pas là, dit Eric d'une voix douce. La Ford rejoignit le parking en terrasse du centre commercial de Grand Littoral et se fondit dans les embouteillages.

- Putain de merde mais où est-il ce con ? interrogea Jeff en tapant sur le volant.

- Ailleurs, répondit Eric. C'est pas là qu'on le trouvera, faut obtenir le tuyau par un tonton des Lauriers.

- Mais les Lauriers, on peut plus y aller, Eric !

- Donc faut aller le cueillir ailleurs ce tonton et le faire cracher ! lança Eric. Je connais un snack du côté du Castellas où ils vont bouffer un kebab le vendredi soir. Ils s'y retrouvent pour faire le

point sur leur semaine de deal et échanger des informations sur les condés.
- Et alors ? questionna bêtement Jeff.
- Putain parfois tu me fais peur toi ! Eh ben on va y aller et on va ramasser l'adjoint de Sofiane et crois-moi qu'il va cracher.
- Mais on est que mercredi.
- Ben reste là dans le coin, on va se faire un consommateur pour faire notre chiffre et ils seront contents ces cons !

24

Ils avaient avalé chacun quatre mugs de café brûlant sans manger quoi que ce soit. Julie sortait lentement de sa léthargie, elle écoutait avec attention Kader balancer ses arguments. Il était sûr de lui et son propos était agrémenté d'exemples concrets que Julie pouvait vérifier. Elle ne disait mot et buvait ses paroles.
- Tu comprends maintenant, ce sont deux crevures et ils ont mis la moitié des quartiers nord au tapin. Chaque semaine ils prennent chacun dix mille euros, tu entends, dix mille !
- Et depuis tout ce temps personne n'a jamais rien dit, questionna Julie en sollicitant un cinquième café.
- Non personne et sais-tu pourquoi ?
- Ben non !
- Parce que ces deux cons font du chiffre et n'ont pas peur de monter dans les cités chaque fois qu'il faut y aller. Dernièrement ils sont entrés au parc Kalliste alors que plus personne ne veut y aller, ils ont tiré même.
- Oui je sais cela.
- Donc tu comprends, maintenant tout le monde est complice car tout le monde sait comment ils fonctionnent. Ils sont fous et dangereux. Souviens-toi que c'est eux qui m'avaient interpellé avant que tu récupères le dossier et …
- Et quoi … rajouta Julie en attrapant le mug que Kader lui tendait.
- Et ce jour-là ils m'ont interpellé car je ne voulais plus payer !
- Pourquoi tu payais toi ?

- Comme tout le monde, Julie, tout le monde paye sinon ils t'emmerdent tous les jours et t'empêchent de travailler. Ils devenaient de plus en plus gourmands et j'ai refusé de payer.
- Et donc … Continue Merde ! s'impatienta Julie.
- Ce jour-là ils sont venus à la cité de la Buisserine pour prendre leur enveloppe. J'ai pris la fuite avec mon blé mais ils m'ont rattrapé. Ils m'ont dépouillé de tout ce que j'avais sur moi à savoir trente mille euros.
- Et tu n'as rien dit ? Durant ta garde à vue tu n'as jamais rien raconté ! Tu me prends pour une conne ou quoi ?
- Non Julie mais la règle c'est de ne rien dire sinon ils m'auraient fumé.
- Tu pars en vrille Kader, tu racontes n'importe quoi ! C'est des flics, merde, des flics tu entends !
- Eux des flics ? Mais ma pauvre Julie y a bien longtemps qu'ils ne sont plus flics. Ils sont pires que les dealers de cité !
Julie vida son mug d'un seul trait en se brûlant le gosier. Elle toussa fortement et essuya du revers de sa manche sa bouche puis l'ensemble de son visage.
- Je peux t'assurer que s'ils trouvent Sofiane avant toi ils lui mettront une balle dans la tête en inventant une légitime défense et en lui mettant un calibre dans les mains. Mais apparemment tu n'es pas au courant pour les trois cent mille euros.
- Qu'est-ce que c'est encore cette merde !?
- Sofiane a perdu trois cent mille euros dont la moitié appartenait à Rachid. Tu comprends maintenant ?
- Oui, je comprends pourquoi Sofiane a tué Rachid mais les baqueux là-dedans, ils font quoi ?
- C'est eux qui faisaient la cavale à Sofiane le soir où il a lâché la sacoche et crois-moi qu'à l'heure qu'il est ils n'ont qu'un seul but c'est de retrouver la somme et Sofiane deviendra donc encore plus gênant. Ça y est, ça fait son chemin ? dit Kader en désignant le crâne de Julie pour lui demander si elle saisissait ses propos. La jeune femme resta stoïque et tendit de manière

lymphatique son mug pour que Kader lui fasse couler un sixième café.
- Allez, je me casse, rajouta Abdelkader après avoir rempli le mug de Julie.
- Merci ! dit-elle tout doucement.
Kader lui adressa un sourire et lui tendit une carte de visite supportant son patronyme et un numéro de téléphone. Julie prit le temps de la lire puis s'esclaffa.
- Chef d'entreprise !? Tu plaisantes ou quoi, chef de quoi ?
- Eh oui ma belle, je vends des bagnoles de luxe que je vais chercher en Allemagne. Rassure-toi, tout est légal, c'est terminé les conneries !
Julie lui adressa un large sourire sans en donner la définition. Il fut impossible pour Kader de savoir si la fliquette se moquait de lui ou si elle était satisfaite de voir un dealer devenir un honnête vendeur de voiture.
- Appelle si tu as besoin et si tu veux un conseil, arrête de boire comme tu le fais. Je peux aussi te donner l'adresse d'un psychologue pour lui parler. Tu verras, ça fait du bien, c'est grâce à lui que je suis devenu honnête.
- Les psys c'est fait pour les fous et moi je ne suis pas folle. Je suis flic c'est tout.
Kader leva les yeux au ciel et quitta le logement laissant Julie seule face à elle-même et avec ce qu'il venait de lui raconter. Comment allait-elle le gérer, comment faire avec cela ?

Un septième café devrait l'aider …

25

Bien qu'il ait passé une soirée avec Perrine, Franck n'avait pas quitté son logement et n'avait pas cessé d'errer dans le quartier de Longchamp la nuit venue. Certes son apparence avait évolué, il ne ressemblait plus à un clochard. De ses balades nocturnes Franck ne pouvait se passer, il aimait l'ambiance des rues, la nuit, comme il adorait sentir les odeurs âcres de la résine de cannabis fumée sous un pont ou sous une porte cochère. Durant ses patrouilles, c'était ainsi qu'il les qualifiait, il ne soutenait le regard de personne par peur d'éveiller des colères et des ennuis. Dans le quartier certains ne tournaient que pour en venir aux mains comme si casser la gueule d'un chaland était une prouesse, un trophée qu'ils pourraient accrocher à un tableau de chasse pendu dans un salon minable. Alors Franck arpentait les rues avec un peu plus d'assurance qu'auparavant. Cela lui était conféré par cette arme qu'il avait découverte dans la sacoche et qu'il aimait porter dans le creux de ses reins comme il le faisait alors qu'il était flic. Il n'avait aucune prétention, aucune envie même de résoudre un quelconque problème de rue ou de procéder à une vengeance suite à une agression gratuite comme l'avait fait l'inspecteur Harry et son Colt à canon six pouces. Il aimait la rue et les armes et pour le coup il était comblé. Cette nuit il faisait froid et une fois encore le mistral utilisait l'avenue des Chutes-Lavie comme un corridor pour se charger en froidure et venir la décharger près de la gare Saint Charles sur les quelques pauvres âmes ayant établi domicile dans une tente de toile minable plantée sous les grands escaliers. Il faisait froid, très froid. Malgré tout, Franck était sorti, il dissimulait son visage derrière une grosse écharpe de laine et maintenait ses pognes dans ses poches. Les poings fermés. Il passa sous le petit pont séparant en deux l'ancien jardin zoologique. Deux hommes ne posèrent pas leurs regards sur lui et continuèrent leur chemin en discutant à voix haute. Franck stoppa à l'angle de l'impasse Ricard Digne, celle au bout de laquelle se trouvait son garage, il jeta un rapide coup d'œil dans le cul-de-sac pour s'assurer que personne ne l'attendait. Malgré tout, depuis sa trouvaille, il restait sur ses gardes mais ne trouvait pas la raison capable de l'empêcher de déambuler la nuit dans ces rues. Il savait pertinemment qu'il se mettait en danger en venant là, il savait qu'il risquait gros en se montrant près de cette impasse et pourtant rien ne pouvait le contraindre à rester chez lui. Sans doute était-il animé par une amertume et un fort sentiment de revanche vis à vis des flics de la BAC qui manifestement cherchaient la sacoche et le fric. Sans nul doute, faire monter son taux d'adrénaline était une autre motivation comme celle de provoquer ces flics pour aller au contact. Il se sentait puissant avec cet objet de métal qui lui glaçait les reins et aurait-il poursuivi ses patrouilles nocturnes s'il ne l'avait pas trouvé ? Toujours était-il qu'il était bien là dans la rue. Il effectua un tour du jardin par le boulevard Montricher, le boulevard Philippon et reprit le boulevard du jardin zoologique en passant devant la station de métro des 5 avenues. Le froid avait repoussé les zonards qui habituellement stationnaient là et faisaient un vacarme d'enfer l'empêchant parfois de trouver le sommeil. Il reprit machinalement le boulevard Cassini comme s'il cherchait quelque chose et comme si ce cheminement pouvait le conduire ailleurs alors qu'il n'ignorait pas que cet itinéraire pouvait signer simplement son arrêt de mort. A l'angle de Ricard Digne il vit précisément la Ford Focus de la BAC. Elle était rangée en double file et ses deux occupants n'avaient pas quitté l'habitacle. Franck poursuivit son chemin et releva encore un peu plus son énorme écharpe laineuse. Il était méconnaissable sans ignorer

que cet accoutrement allait provoquer l'attention des flics pouvant dès lors procéder à son contrôle. Malgré tout il avançait vers la Ford.
Immanquablement, alors qu'il arrivait à leur hauteur, ce fut Eric qui bondit de la voiture et héla fermement Franck. Il fut rejoint par Jeff tenant son arme en main.
- POLICE ! Arrêtez-vous et sortez les mains des poches.
Franck stoppa mais refusa de mettre ses mains à la vue des deux policiers.
- Tu comprends pas ce que je te dis ?! Sors tes mains de tes poches, sale con !
Lentement Franck retira la main droite de sa poche et vint tirer sur son écharpe afin de faire apparaître son visage. Malgré la pénombre et la faible lueur du candélabre voisin, Eric fut surpris.
- Encore toi ?!
- C'est mon quartier ici, je fais ce que je veux !
- Qu'est-ce que tu branles là en pleine nuit ? questionna de nouveau Eric.
- Je promène et ça te dérange ?
- Tu promènes à 23 h en plein hiver, toi ?
- Et alors, qu'est-ce que ça peut te foutre ?
- Ce que je constate c'est que tu es à un endroit que l'on surveille depuis quelques jours. Tu n'as rien trouvé ici, non ?
- Ça fait deux fois que tu me poses la question et que je te dis non, je n'ai rien trouvé. Mais qu'est-ce que tu cherches au fait, l'honnêteté ?
- Qu'est-ce que tu sous-entends, connard ?
- Je ne sous-entends rien, j'affirme que tu es un voleur et que tu dépouilles, avec ton abruti de collègue, les dealers des quartiers nord.
- Tu me casses les couilles, Franck, tu entends ?
- Je t'entends bien oui et je t'emmerde toi et ton connard de musclor !

Soudain Eric saisit Franck par le col et le plaqua contre le mur. Franck suffoqua puis s'empara d'un doigt de la main lui serrant le cou et le tordit violemment, imposant à Eric de le lâcher. Eric fit un bond en arrière et dégaina son arme pour la braquer en direction de Franck.
- Je vais te fumer, connard !
Franck éclata de rire et vint poser sa main droite sur la crosse de son arme.
- Si j'apprends que c'est toi qui as pris le pognon, je te fumerais, lança Eric.
- Le pognon ? Quel pognon ? Celui des dealers ?
- Je te promets que je te finirai à coups de pied dans la tête !
- Va te faire foutre !
Au bout de la rue une voiture pointait son nez, elle circulait à très faible allure et ses feux étaient éteints. Eric détourna lentement son regard et vit qu'il s'agissait d'une voiture de police portant la sérigraphie tricolore, il hésita quelques secondes puis rangea son arme dans son étui. La patrouille vint se porter à leur hauteur et stoppa.
- Y a un problème ? questionna le passager avant en s'adressant à Eric.
- C'est la maison, dit-il en exhibant son brassard POLICE. Tout va bien merci, on contrôle.
- OK, on va rester là le temps de ton contrôle.
Eric grimaça et s'adressant à Franck :
- On se retrouvera !
- Quand tu veux et où tu veux. Tu sais maintenant où je traîne ! rajouta Franck en souriant.

Jeff reprit sa place au volant, Eric se positionna comme passager. Instinctivement, Jeff adressa un salut à l'équipage en uniforme et enclencha la première. Il fit crisser les pneus de la Ford avant de disparaître du regard de Franck.

26

Ce que l'on pouvait remarquer le plus était le changement d'attitude d'Eric et Jeff, irascibles et tempétueux ils étaient devenus taiseux et semblaient éviter leurs collègues pour ne pas avoir à se justifier sur leur comportement. Sans nul doute le reste du groupe de la BAC pensait que le binôme avait été sérieusement impacté par leur dernier coup d'éclat à la cité du parc Kalliste et que les coups reçus comme les coups de feu les avaient marqués au point de se mettre en retrait. Mais il n'en n'était rien puisque ce qui chagrinait les deux flics était bien l'argent égaré et la fuite de Sofiane leur occasionnant un sérieux manque à gagner. Ils étaient à cran et voyaient tous deux leur pactole s'amoindrir et peut-être même la fin de la poule aux œufs d'or, la fin de ce système qu'ils avaient réussi à mettre en place dans les cités. Mais au-delà de la perte sèche d'argent sonnant et trébuchant, c'était leur aisance dans les quartiers qui commençait à être fragilisée et remise en cause. La fuite de Sofiane avait provoqué un véritable séisme aux Lauriers et dans les cités voisines que le bellâtre tenait, une concurrence jusqu'alors contrainte à rester silencieuse, commençait à montrer les dents et les ambitions allaient bon train et ne se cachaient plus. Depuis la cavale de Sofiane il y avait eu deux règlements de compte ayant fait trois morts. Tous appartenaient à son clan et chacun d'entre eux avait fait savoir leurs intentions et leurs ambitions de s'emparer des marchés laissés vacants par le fuyard. La guerre, dans les cités du treizième arrondissement, semblait avoir été déclarée. Eric et Jeff semblaient perdre pied et le pseudo équilibre qu'ils avaient eux-mêmes établi était soudainement déstabilisé, menaçant de s'effondrer. Les risques d'être démasqués étaient omniprésents et seul Eric semblait en mesurer les éventuelles conséquences alors que Jeff peaufinait ses biceps à coups d'haltères et de protéines. Il leur appartenait de prendre les devants pour se couvrir et assurer éventuellement leur défense en cas de retour de bâton. La difficulté, s'ils étaient balancés par les dealers, était de démontrer leur innocence et bien que leur réputation d'excellents flics était connue de tous, elle ne s'avérerait certainement pas suffisante pour empêcher à minima une enquête administrative et au pire une mesure de garde à vue à l'IGPN. Tous deux ne pouvaient pas imaginer tomber, il leur fallait donc retrouver Sofiane avant tout le monde afin de le neutraliser et l'empêcher de raconter tout ce qu'il savait sur les comportements des deux baqueux. Mais comment faire, comment parvenir à obtenir un tuyau leur permettant de mettre la main sur le dealer des Lauriers alors que plus personne, à présent, ne daignerait leur adresser la parole et donc leur donner un renseignement même si Sofiane était tricard et sa place très convoitée. Dans les cités, la tendance venait brusquement de s'inverser et ceux qui jadis semaient la terreur et avaient mis à l'amende Sofiane étaient lâchés en pâture à une horde de dealers avides de gains et de pouvoir. Sans aucun doute leurs têtes étaient mises à prix. Eric ne l'ignorait pas, Jeff non plus et bien que son quotient intellectuel faisait de lui un suiveur plus qu'un leader, il savait pertinemment que ses jours étaient comptés si Sofiane n'était pas mis hors d'état de nuire. Dans ces quartiers-là et lorsque les flics se comportaient comme des voyous, il existait une solidarité entre les criminels se formant en collectif dont l'unique but était de supprimer physiquement les gêneurs, fussent-ils flics. Eric devait trouver une solution rapide, ses nuits étaient incapables de lui apporter le repos et il prenait conscience que leur exploit récent n'allait pas suffire pour rester la tête hors de l'eau. Les pieds voulant leur appuyer

sur la tête allaient être nombreux et provenir de tous azimuts. Il y avait réellement urgence.
Dans leur bureau les deux flics prirent place sur des chaises élimées, ils se faisaient face et ne dirent pas un seul mot durant plusieurs longues secondes puis :
- Comment tu le sens, questionna Jeff en caressant ses pectoraux gonflés.
- Je ne sens rien, vraiment rien ou alors ce que je ressens n'est pas bon, pas bon du tout.
- Où peut-il se cacher ce con de Sofiane ?
- Pas loin, pas loin ça j'en suis certain. Il doit impérativement mettre la main sur la sacoche et le pognon mis il n'a pas les infos que nous avons.
- Tu penses vraiment que c'est ce con de Franck qui a ramassé la sacoche ?
- Ça aussi j'en suis sûr ! Je le connais tellement bien et il en veut à la terre entière depuis sa révocation. Il nous hait, ça je te le jure il nous hait. On l'a balancé dans une affaire pour sauver notre cul, il a morflé pour nous et il veut nous le faire payer ! C'était il y a deux ans, tu n'étais pas encore à la BAC.
- D'accord, affirma timidement le musclé sans cesser de caresser amoureusement son torse.
- On va monter au Castellas ce soir et on va ramasser Farid, il est le seul à pouvoir nous donner un tuyau mais je te préviens, va falloir être très convaincant.
- Pas de problème, compte sur moi !

27

Le Castellas se trouvait sur le quinzième arrondissement et sa configuration faisait de cette cité un véritable traquenard pour tout policier désireux de s'y égarer. Il n'y avait qu'un seul accès se faisant par une sorte de large corridor entre deux barres de béton donnant accès à une placette où les épaves de voiture étaient aussi nombreuses que ce qu'elles représentaient comme obstacle à toutes interventions belliqueuses des forces de l'ordre. L'ordre ici il n'y en avait qu'un, celui que les dealers avaient imposé à toute la population, il tournait autour de deal, de shit et de cocaïne et de la terreur ambiante liée à ce trafic très juteux. Dans le fond du corridor, mais à droite, subsistaient quelques commerces dont un snack ne disposant d'aucune licence mais où on pouvait allègrement s'y abreuver d'alcools forts et sans pour cela être obligés de s'y restaurer. La broche à kebbab tournait inexorablement en faisant fi des énormes mouches vertes tentant de se positionner sur cet amas de viande chaude et y aspirer quelques gouttes de jus tout en y déposant quelques belles déjections chargées de bactéries provenant d'une autre planète. Peu importe car les clients ne venaient pas pour y dévorer un kebbab, même pas y siroter une bière bas de gamme mais seulement pour échanger des informations sur leur business loin des oreilles chastes d'une concurrence terrible. Ce qui les attirait dans cet endroit était sa configuration et la réputation du tenancier. Tout en longueur il bénéficiait d'une seconde issue connue uniquement des habitués et Gilbert n'aurait laissé aucun inconnu pénétrer dans son établissement, même pas les flics. Ses deux mètres et ses cent quarante kilos ne donnaient aucune opportunité de forcer le passage. De plus le colosse avait échappé, à trois reprises, à trois tentatives d'homicide. Touché par deux fois par des balles de Kalachnikov, il survécut alors que la troisième tentative s'était soldée par le décès brutal et inopiné de l'agresseur devenu, face au monstre, la victime. Il s'était emparé de son pistolet et l'avait retourné contre lui, quatre balles dans la tête mit fin à toute envie de finir Gilbert. Depuis, il s'était auto-proclamé mastroquet sans faire une quelconque demande administrative, il s'était donné pour mission d'être l'hôte des dealers en mettant à leur disposition ses locaux pour leurs réunions hebdomadaires.

Il était vingt heures et le froid mordait les corps de ceux ayant eu l'envie de sortir. La Ford était immobilisée sur le parking d'un supermarché voisin, bien positionnée afin d'avoir un œil sur l'unique entrée de la cité. Surplombant quelque peu la chaussée, la Ford occupait une position stratégique, Jeff l'avait ainsi positionnée en pensant être invisible du regard des dealers mais il réalisa très vite, au passage d'un scooter sous leur nez, que son choix n'était pas si judicieux. L'engin motorisé, piloté par un individu au visage masqué, avait effectué deux passages sur le parking en marquant un temps d'arrêt devant la Ford. Très vite il reprit la direction de la cité afin d'annoncer à chacun des membres du réseau de vente de came local que les condés planquaient à proximité. De toute évidence ils furent détronchés et il ne servait à rien de rester là en statique si ce n'était d'énerver les dealers et de provoquer une potentielle envie d'en découdre.
- Allez, barrons-nous, on est repérés, dit Eric.
- Eh merde !
Jeff plaça la voiture sur la rampe conduisant sur la chaussée, à faible allure il s'engagea pour s'imbriquer dans le flot de la circulation. Malgré tout, Eric avait décidé de faire un passage devant l'entrée de la cité afin d'y jeter un dernier coup d'œil. A l'intersection ils tombèrent sur une Golf noire dans laquelle se

trouvaient deux individus tentant de se dissimuler à la vue des policiers. Eric sursauta :
- Putain, Jeff, c'est Sofiane dans la Golf ! Bloque-le, bloque-le !
Immédiatement le conducteur de l'Allemande bascula sur sa tête la cagoule de sa veste de jogging alors que Sofiane, occupant la place du passager avant, ne cessait pas de se retourner afin de voir le comportement des policiers. Le pilote de la Volkswagen accéléra pour se sortir de cette impasse et afin d'éviter le nez de la Ford que Jeff venait de placer en barrage. Au passage, la Golf percuta la Ford et prit la direction de l'hôpital Nord par le chemin de Saint Antoine à Saint Joseph. L'artère était large et rectiligne, peu d'automobiles l'encombraient et cela rendait la fuite plus aisée. Jeff parvint à se positionner au cul des fuyards alors qu'Eric mit en branle le gyrophare sur le toit et actionna le deux-tons. La poursuite débutait à grande vitesse. Arrivés au sommet de la légère côte, la Golf ne marqua pas l'arrêt au feu rouge manquant de percuter une voiture venant de sa gauche. Le père de famille bloqua les freins de son auto afin d'éviter la collision et imposer à la Golf une embardée aussi rapide que dangereuse. Ses roues vinrent frapper le parapet, le choc pourtant puissant n'imposait pas un arrêt de la folle course depuis la cité du Castellas. Sofiane était visiblement inquiet et pivotait sans cesse sa tête pour voir si les policiers parvenaient à les tenir, le conducteur effectuait de brusques manœuvres chaque fois que Jeff parvenait à se placer à leur hauteur. Eric avait sorti son arme et la braquait en direction de la Golf, il hésitait encore à faire feu. Cherchant un bon angle de tir il patientait en hurlant sur Jeff pour qu'il parvienne à stabiliser la Ford et lui offre une opportunité de tir. Allait-il tirer sur les individus ou dans les pneus de la voiture afin de l'immobiliser. Allait-il garder son sang froid ou allait-il abattre froidement Sofiane au risque de blesser un autre usager de la route ? Eric ne semblait pas se poser ces questions, bien trop préoccupé à

aligner ses organes de visée vers les fuyards et à presser la détente.

Subitement la Golf, après avoir laissé penser qu'elle allait rester dans les rues marseillaises, bifurqua vers l'autoroute conduisant vers Aix-en-Provence. La course poursuite prenait une autre intensité puisque les deux véhicules atteignaient rapidement des vitesses excessives en slalomant entre les voitures aux conducteurs éberlués ne sachant comment se positionner face à ces deux bolides fous. Arrivant à la sortie Saint-Antoine le conducteur de la Golf laissa croire qu'il allait sortir et plaça sa voiture à cheval sur le marquage au sol puis, au dernier moment, reprit l'autoroute. Eric ne tenait plus et son impatience n'avait d'égal que sa colère et sa haine. La tension était à son comble lorsque l'on put entendre la première détonation suivie de suite d'une deuxième. Les projectiles atteignirent leur cible, à savoir la lunette arrière sur laquelle on pouvait dénombrer les deux impacts ronds. Visiblement il n'avait pas fait mouche puisque ni le conducteur ni le passager ne semblait blessé. Malgré tout Sofiane se pencha en avant comme pour saisir quelque chose se trouvant à ses pieds puis, d'un seul coup, il se releva et laissa apparaître son buste par la vitre laissée ouverte. Immédiatement, il fit feu à trois reprises en direction de la Ford des policiers. La première ogive vint se ficher dans le montant avant droit du pare-brise, la deuxième manqua sa cible alors que la troisième vint faire éclater le rétroviseur intérieur. Eric entra dans une colère terrible et tira de nouveau sur la Golf alors qu'ils atteignaient la hauteur des Pennes Mirabeau. La circulation se fit plus dense car ralenti par des travaux en cours, Jeff parvint à venir percuter violemment la Golf à l'arrière, le choc secoua sérieusement les deux occupants mais le conducteur parvint à remettre les gaz et à s'extirper de l'embouteillage en poussant la voiture les précédant. Il réussit à se faufiler jusqu'à la bande d'arrêt d'urgence. Eric, excédé, fit feu de nouveau à trois reprises malgré la présence des usagers réguliers de l'autoroute. Sa

première balle vint faire éclater le pneu arrière droit, la seconde n'atteint pas la Golf. Malgré cette avarie, l'Allemande reprit de l'élan et de l'avance sur les policiers. Le deux-tons hurlait encore mais ne parvenait pas à contraindre les autres automobiles à se ranger pour laisser la Ford reprendre la course. Mal engagés, les policiers perdaient de vue les fuyards et après s'être dégagés ils ne parvinrent pas à la retrouver.
- Merde, merde et merde ! s'écriait Eric.
- Attends, on va les retrouver …
- Mais non abruti, on les a perdus. C'est mort ! Laisse tomber.
Eric mit un terme aux hurlements du deux-tons et jeta sur le tapis de sol le gyrophare encore en action.
- On a même pas avisé TN 13, dit-il en rangeant son arme dans l'étui.
- Merde c'est vrai !
- Bon allez rentre, je vais aviser maintenant. Ensuite on s'arrangera sur ce que l'on dira.
La Ford quitta l'autoroute pour retourner en direction du centre ville de Marseille. Eric s'empara du combiné radio :
- TN 13 de BAC 122 ?
- TN 13 écoute.
Il prit le temps de réfléchir puis :
- Avons pris une Golf noire refusant d'obtempérer au Castellas. Elle nous a fait la cavale en direction des Pennes Mirabeau. Deux individus armés à bord dont le passager pouvant être Sofiane Belkiche, individu recherché pour meurtre. Usage des armes à cinq reprises, pas de blessé …
- BAC 122, quelle est votre position ?
- De retour sur la circo, on les a perdus aux Pennes. Ils nous ont tiré dessus à trois reprises. Véhicule administratif endommagé. Pas de blessé chez nous.
Puis s'adressant à Jeff :
- Voilà, ça c'est fait ! On les a niqués ces cons !

28

Les bureaux de l'Inspection Générale de la Police Nationale, les bœufs dans le sabir policier, se trouvaient en centre-ville face à la préfecture de région. Ils étaient perchés au dernier étage d'un bâtiment minable mais bénéficiaient d'une vue imprenable sur la ville. On pouvait y voir jusqu'au chemin de Morgiou, celui-là même conduisant à la prison des Baumettes, lieu où peut-être certains enquêteurs bovidés auraient eu des velléités à faire embastiller quelques flics soumis à la question et à une pression dont ils détenaient le monopole.

Jeff fut le premier à être auditionné par un commandant au regard déterminé et aux intentions non dissimulées de vouloir encrister du flic de la BAC. Il pointa son nez sur le pas de la porte de la salle d'attente et énonça le patronyme de Jeff en lui signifiant de le suivre jusqu'à son bureau. Sans dire un mot, Jeff emboîta le pas du commandant en adressant un léger sourire à Eric restant sur son siège et patientant qu'on vienne aussi le chercher. Eric ne rendit pas le sourire à Jeff et bien que tous deux aient mis en place une stratégie et une version des faits adaptée et bricolée de façon à la faire entrer dans l'entonnoir des enquêteurs de l'IGPN. Il fallait donc rester sur ses positions et Eric avait pu constater à ses dépens que son binôme pouvait parfois oublier la promesse faite et même les détails élaborés minutieusement pour se faire passer pour des héros alors qu'ils n'étaient que des flics ne respectant aucune règle à l'instar des voyous. Il lança le magazine qu'il avait feint de lire au moment même où un policier enquêteur héla d'une voix puissante Eric.

Ne voyant personne se pointer sur le pas de la porte, il ne bougea pas malgré une relance. Finalement le demandeur daigna faire son arrivée.
- Vous n'entendez pas lorsque l'on vous appelle ?
- J'entends très bien, oui, mais je ne suis pas un chien que l'on siffle.
- Ça commence bien, me semble-t-il. Allez, venez jusqu'à mon bureau, Major !
Eric se leva lentement, rangea ses cheveux sur l'arrière de son crâne et s'avança sans lâcher le regard de son interlocuteur. Les deux hommes se jaugeaient.
- C'est là sur votre droite, dit l'enquêteur de l'IGPN.
Eric entra dans un bureau immense. Dans le fond se trouvait le bureau sur lequel trônait un ordinateur et divers dossiers, à sa droite un coin salon composé d'un canapé à deux places de tissu bleu auquel faisaient face deux fauteuils club du même ton. Au centre se trouvait une petite table basse de bois clair.
- Installez-vous, ajouta l'homme à la voix grave.
Eric prit une chaise et s'installa face au bureau. L'homme en fit autant de l'autre côté.
- Commissaire Brunner, chef de l'IGPN de Marseille. Je vais vous auditionner suite aux coups de feu et de la course poursuite de cette nuit.
- Pas de problème, je vais répondre à vos questions.
- Pouvez-vous donc me relater cette histoire, s'il vous plaît ?
- Ce n'est pas une histoire, c'est le quotidien des flics des quartiers nord …
- Les flics des quartiers nord dites-vous ? Croyez-vous que tous les flics de ce secteur tirent sur une voiture et ne s'annoncent pas à la radio alors qu'ils sortent de la circonscription après avoir percuté plusieurs voitures dans leur course poursuite ?
- Les autres je ne sais pas mais mon collègue et moi oui car on bosse là et on a pas peur de rentrer dans les cités ! Vous, les cités, vous connaissez ? rajouta Eric sur un ton ironique.

- Nous ne sommes pas là pour parler de moi mais de vous et vos exploits, alors reprenons.
- C'est simple, on a levé une Golf noire à la sortie du Castellas et on a reconnu un individu très défavorablement connu des services et recherché pour le meurtre de son fournisseur en came. La cavale a commencé et on a pas pris la peine d'annoncer à la radio. Voilà c'est tout !
- C'est tout !? Vous croyez que c'est tout ?
- Je ne crois rien, moi je bosse dans des quartiers pourris et je tente de survivre. Ils nous ont tiré dessus à trois reprises et ça, vous l'avez oublié ?
- Oh non, nous n'oublions rien ici, absolument rien mais ce qui nous frappe c'est que vous affirmez dans votre procès-verbal avoir riposté alors que des témoins affirment que vous avez tiré bien avant que vous ne deveniez les cibles des tirs des voyous tentant de prendre la fuite.
- Ce qu'il s'est passé est écrit dans mon procès-verbal !
- Donc vous maintenez avoir riposté ?
- Tout à fait !

Le commissaire s'empara d'un dossier, il l'ouvrit et le feuilleta rapidement. Il stoppa sur un procès-verbal et :
- Cet individu en fuite que vous auriez reconnu, le connaissiez-vous ?
- Ben je vous l'ai dit, tous les flics du nord le connaissent. C'est un dealer notoire, il tient le deal des Lauriers.
- Vous aviez quels types de liens avec cet homme ?
- Des liens, quels liens ? Je n'ai aucun lien avec ce mec, c'est un dealer !

Le commissaire procéda à l'ouverture d'une grande enveloppe de papier kraft, il en sortit des clichés et les exposa sous le nez d'Eric.
- C'est bien vous là, non ? Et là aussi, non ?
- Je ne sais pas, dit Eric en repoussant les photos.

- Je vous trouve bien proche de cet homme et notamment sur cette photo où vous lui mettez votre main sur l'épaule et celle là où vous lui adressez un large sourire.
Eric fut déstabilisé, il prit une nouvelle fois quelques secondes avant de formuler une réponse.
- Ça veut dire quoi ça ?
- Ça veut dire que vous connaissez cet homme mieux que ce que vous l'affirmez et que ce vous me déclarez et je crois que vous êtes un menteur, Major !
Eric ne répondit pas. Le commissaire rangea ses photos et remit le dossier en ordre.
- Alors ?
- Il est probable que nous ayons eu des contacts pour avoir des tuyaux mais pas plus.
- Moi je crois autre chose !
- Et vous croyez quoi ?
- Je crois que vous avez une relation étroite avec cet homme et que vous bénéficiez même de quelques largesses.
- Vous savez monsieur ce que j'en fais de ce que vous croyez ? Vous pouvez imaginer où je me les mets vos avis et vos doutes ? lança Eric sur un ton agacé.
- Attention de ne pas aller trop loin, attention à vous !
- Je vous emmerde ! C'est clair ça, je vous emmerde! Ça fait des années que je travaille là-bas moi alors vos leçons de morale vous pouvez vous les tailler en pointe et vous en faire un suppositoire.
Le commissaire fut à son tour déstabilisé et chercha une réponse toute faite mais rien ne semblait venir. Soudain un homme pointa sa tête depuis la porte du bureau et s'adressant au commissaire :
- Viens voir, vite !
Il quitta son siège rapidement comme si cet appel le sauvait de l'agression verbale qu'il venait d'essuyer. Il disparut dans le couloir. Les deux hommes se firent front et, gêné, celui ayant surgi déclara :

- On vient de recevoir un appel du Préfet de Police. Il veut que l'on relâche les deux là.
- Quoi ?
- Écoute, ils sont connus de tous les flics de Marseille et font régulièrement des coups d'éclat, dernièrement au parc kalliste. Ils étaient en difficulté et leur intervention a permis la découverte d'armes et de came. C'est des héros !
- Des héros ? Ce sont deux ripoux et je vais les faire tomber crois-moi !
- Ben, écoute, tu ne feras tomber personne, le préfet veut te parler, il attend au téléphone dans mon bureau.
Immédiatement il se dirigea vers le bureau concerné et y attrapa le combiné :
- Mes respects, monsieur le Préfet.
- Bonjour commissaire. Vous allez relâcher les deux policiers de la BAC et ne pas procéder à leur audition. Cela n'est pas nécessaire.
- Mais comment monsieur … ?
- Ils ne sont pas en garde à vue donc vous n'avisez personne et vous les invitez à retourner chez eux. C'est clair ?
Le commissaire ne réagit pas, il posa le combiné et quitta le bureau sans un regard pour son collègue.

29

Le cabinet de la praticienne caracolait au sommet du boulevard Longchamp, sur le quatrième arrondissement. Il s'agissait d'une psychothérapeute clinicienne et Julie resta dubitative à la lecture de la plaque de cuivre vissée dans les pierres de taille encadrant la lourde porte de bois. Clinicienne ne voulait rien dire pour la jeune fliquette et déjà se rendre en son cabinet pour y raconter sa vie lui était rédhibitoire, il ne fallait pas non plus qu'elle se fasse un nœud au cerveau avec des appellations pompeuses destinées à faire perdre pied aux patients déjà désorientés. Julie avait décidé de franchir le cap et du coup le pas de la porte d'une psy, et c'était bien Abdelkader qui l'avait convaincue. Dans un échange laconique de sms, il lui avait communiqué les coordonnées de sa psy. Cette fois ça y était, elle ne pouvait plus faire marche arrière puisqu'elle avait pris un RdV et qu'elle se devait de l'honorer. Loin du commissariat et de sa zone de confort Julie se sentait perdue, elle, qui avait pour habitude de se confronter à des dealers dans des cités défavorisées, venait de réaliser que la seule idée de raconter sa vie et par delà ses maux à une inconnue allait s'avérer complexe, impossible même pensait-elle. Pourtant elle était bien là devant cette lourde porte. Hésitant, son doigt mit du temps avant de presser la sonnette qui allait libérer l'accès, elle savait qu'une fois la porte ouverte c'en était fait et que sa thérapie allait débuter. Consciente d'en avoir besoin et ayant fait les premiers pas elle avait compris que la moitié du chemin était d'ores et déjà parcouru, celui qui restait à faire devait se faire lentement et au rythme que la psy déciderait. Pourtant ses maux elle les connaissait, ils hantaient son crâne et ses nuits depuis sa plus tendre enfance et avaient été dévastateurs pour l'enfant qu'elle fut, l'adolescente qu'elle était et la femme qu'elle voulait être. Rien ne s'était fait comme prévu, comme inconsciemment elle aurait aimé que la vie se déroule avec un bon mari et des beaux enfants. Son avenir, elle ne le voyait pas dans la police à pourchasser des gens plus malades qu'elle et ayant connu les mêmes conditions de vie. Minote elle se voyait travailler dans des bureaux situés dans le sud de la ville, en bord de mer. Elle aurait tapé sur un ordinateur sous les ordres d'un directeur, elle aurait rangé des dossiers et aurait parlé des heures au téléphone avec des clients de l'agence sans réellement savoir en quoi son travail aurait consisté. Elle prenait place sur les hauteurs de sa cité en contemplant la mer et les quartiers qu'elle pensait être riches. Mais rien ne s'était déroulé comme elle l'avait programmé.

Sa mère s'en était allée aussi un jour de printemps alors que Julie n'avait que trente ans. Trop de vie de labeur et de regrets d'avoir enfanté sans garantie de pouvoir vivre auprès du père de sa fille. Il était parti un matin, Julie n'était pas encore née. Elle l'avait idéalisé et c'était bien cela qui la minait depuis tout ce temps. Elle en était malade.

L'escalier desservait plusieurs cabinets. Des acupuncteurs, des conseillers conjugaux puis madame Lantieri Elisabeth et son cabinet de psychothérapie occupaient ce bâtiment. Elle entra et prit place dans la minuscule salle d'attente, elle était seule. Elle prit le temps d'observer autour d'elle comme elle l'aurait fait lors d'une perquisition chez un dealer, chaque recoin de la pièce était inspecté, chaque photo ornant le mur était détaillée. C'était sa façon d'être, celle de tout flic en somme.

- Bonjour madame, s'exprima la praticienne venue chercher sa patiente.
- Bonjour.
- On y va ?

Julie suivit en silence celle qui allait désormais l'entendre, l'écouter puis la connaître parfaitement. Pour le moment, elles n'étaient que deux étrangères et une distance s'était installée. Il fallait la briser pour avancer.
- Prenez place, je vous en prie.
Julie s'exécuta et se lova dans un immense fauteuil de cuir marron quelque peu élimé par le temps et les milliers de fesses s'étant posées là avant les siennes. Elle avait peur et cela se voyait et se ressentait.
- Détendez-vous madame Pikoswki, détendez-vous.
- Ça va merci, je vais bien.
Un sourire devait convenir en guise de réponse. Très habituée, la psychologue ne releva pas. Elle poursuivit :
- Parlez-moi de vous, pourquoi êtes-vous là ?
- Je ne sais pas … Un ami, enfin une personne que je connais m'a conseillée de venir … Je pense que j'ai fait une bêtise en fait.
- Pourquoi dites-vous cela ? Pensez-vous avoir commis une erreur en venant me voir ?
- Je ne sais plus … Vous savez, je suis officier de police et …
- D'accord ! Sans trahir le secret professionnel je peux vous dire que j'ai de nombreux policiers dans mes clients.
Une grimace en guise de réponse et d'objection, une simple grimace apparaissant sur son visage marqué par la fatigue et l'inquiétude. La psy reprit :
- Souvent les maux dont souffrent les policiers sont révélés par leur fonction.
- Moi je ne sais plus, je ne sais plus où j'en suis mais mon métier m'aide à tenir le coup. Vous savez, j'ai grandi dans une cité des quartiers nord, en plein milieu de la violence et de la came, je suis devenue flic pour combattre cela.
- Bien évidemment mais c'est un métier particulier et êtes-vous certaine que la lutte contre les trafics soit l'unique motivation ? Parlez-moi de vous et de votre enfance.

- Mon enfance ? interrogea Julie.
- Oui votre enfance, c'est bien cela.
- Je ne sais pas par quoi commencer … J'ai grandi avec ma mère dans un HLM miteux du nord de la ville. Je suis la fille unique de cette femme qui m'a élevée sans réellement le faire puisque c'est la cité qui m'a tout appris. J'allais à l'école communale et ensuite au collège dans cet univers de béton, le lycée se trouvait à quelques encablures mais toujours dans les quartiers nord. Ma mère travaillait comme femme de ménage à la Joliette, elle partait le matin et rentrait le soir. Pas le temps de s'occuper de moi. J'ai traîné dans la cité en tentant d'échapper à la drogue et aux viols collectifs imposés aux jeunes filles de la cité par les caïds afin de les soumettre. Voilà, je pense qu'il vaut mieux que j'arrête !
- Pourquoi il vaut mieux que vous vous arrêtiez ? Avez-vous peur d'aller plus loin dans votre récit ?
- Peur, non, je n'ai peur de rien !
- Alors, allez-y, poursuivez.
- Posez-moi des questions et j'y répondrai.
- Vous m'avez parlé de votre maman mais il me semble que vous avez oublié votre papa …

Sur le visage de Julie on pouvait voir des rides naissantes et des larmes emplir ses yeux, elle détourna son regard de celui de la Psy. C'en était terminé pour aujourd'hui, elle ne pouvait pas aller plus loin. Le mal venait d'être réveillé, néanmoins Julie trouva la force de répondre.

- Je n'ai pas de passé, je vis mon présent et mon avenir est incertain.

Elle écrasa une grosse larme échappée de son oeil droit et quitta son fauteuil. Un orage venait d'éclater, elle se plaça sous les trombes d'eau et resta figée ainsi quelques longues minutes en espérant que l'intérieur de son crâne soit lavé par cette pluie fraîche et puissante. Rien ne parvint à lui faire oublier les mots de la psy, elle avait encore plus mal.

30

La frontière entre les flics et les voyous était mince et la franchir était aisée. Les quartiers défavorisés du nord de Marseille offraient de multiples raisons de la pulvériser tout en laissant aux flics devenus faibles l'impression de conserver leur honnêteté et leur intégrité. Ce mécanisme intellectuel se retrouvait dans chacun de ces policiers devenus ripoux et c'était le cas d'Eric et Jeff qui culminaient au sommet de la corruption, de l'extorsion et de la mythomanie érigée par eux-mêmes comme étendard d'une nouvelle police qu'ils étaient parvenus à croire indispensable et même nécessaire au rétablissement de l'ordre face à une criminalité ne connaissant aucune règle. Le problème était qu'ils en avaient oublié de faire la police au profit d'un simple et unique enrichissement personnel en devenant des voyous à la place des voyous et en dépassant allégrement le degré de violence des dealers. Leur haine viscérale de ceux engrangeant illégalement des sommes astronomiques s'était muée en une recherche de profit obsédante. Eric et Jeff avaient perdu pied et n'étaient plus flics depuis longtemps. Malgré tout leur présence dans les cités semblait être jugée indispensable par une hiérarchie ne souhaitant pas se passer de têtes brûlées capables de rentrer à deux effectifs dans un quartier en passant brutalement les check-points établis par les mercenaires du deal pour se rendre au plus près des revendeurs de résine de cannabis. Le motif était celui d'interpeller mais il ne leur servait plus que de justification au vol du pognon des dealers. Pourtant, pas un ne s'était plaint, pas un n'avait osé porter à la connaissance de la hiérarchie ce dont ils étaient les victimes. En l'absence de plainte, les chefs faisaient mine de ne pas savoir laissant un blanc seing à ces deux allumés. Sofiane avait, dans un premier temps, refusé de s'y soumettre mais une mise à l'amende ne se faisant pas facilement, les deux condés avaient été contraints de devenir violents et d'augmenter leur pression sur le point de deal. Sofiane fut roué de coups et jeté sur le macadam de la cité des Lauriers une nuit d'été, son point de deal fut atomisé à trois reprises par des hommes cagoulés. Par la suite, cabossé et résigné, il accepta de collaborer à ce duo de ripoux et s'acquitta mensuellement d'une somme versée en guise de protection policière. Un comble pour celui qui avait réussi à établir sa puissance sur les quatre cités voisines des Lauriers. Pourtant aux yeux des autres Sofiane passait pour une poucave, pour un lâche même et pour un traître souvent. A son tour il dut prendre les armes et rétablir la vérité en réglant ses comptes à la Marseillaise : une balle dans la tête et un barbecue. Après deux grillades, il redevint le maître incontestable et incontesté. Après tout, les deux ou trois mille euros versés à des flics restaient une obole au regard des cent mille que lui rapportaient, chaque jour, ses cinq points de deal.

Ce que ces deux flicards étaient parvenus à mettre en place était considérable pas tant par l'ampleur ; en effet, Marseille comptait environ quarante cités dont la grande majorité était implantée sur le secteur nord et seulement cinq étaient passées sous le joug des baqueux, mais surtout par la violence de leurs méthodes et leur détermination exponentielle de dépasser les dealers pensant bénéficier d'une impunité judiciaire. Ayant réalisé cela, Eric et Jeff s'étaient résignés à se substituer à la police et à la justice. Ils avaient établi leurs propres règles dûment calquées sur celles de ceux qu'ils détestaient. Mais la haine était évidemment réciproque et Sofiane, depuis son lieu de planque, avait certainement mis un contrat sur la tête de ces deux ripoux. Ils ne l'ignoraient pas.

Néanmoins, dans ce secteur sinistré, avoir des flics comme eux arrangeait tout le monde et particulièrement la hiérarchie obnubilée par les chiffres et l'efficacité. Alors, malgré les rumeurs, elle avait laissé faire laissant penser à ces deux policiers qu'ils bénéficiaient d'une sorte d'immunité et l'intervention du préfet l'avait récemment confirmé.

Ce qu'il fallait à présent c'était bien de mettre la main sur Sofiane et le neutraliser catégoriquement pour qu'il ne porte pas des accusations contre eux et surtout qu'il ne parvienne pas à retrouver l'argent. Depuis la terrasse du café où ils avaient pris place, Jeff interrogea Eric.

- Qu'est-ce qu'on fait maintenant ?
- Faut coincer ce connard de Franck, c'est lui qui a mis la main sur le fric. J'en suis persuadé. Sofiane, on verra plus tard.
- Il ne nous le rendra pas.
- Évidemment si on lui demande gentiment … Idiot !
- Alors dis-moi, qu'est-ce que l'on va faire ?
- Laisse-moi faire, tu vas voir.

31

Perinne l'avait senti monter lentement, depuis le bout de ses orteils jusqu'à ses paupières. Un long frisson s'était formé pour terminer en apothéose, en extase. S'il avait fallu qu'elle définisse l'orgasme, elle n'y serait pas parvenue et sans doute aurait-elle écourté la conversation pour ne pas avoir à décrire cette formidable sensation que Franck venait de lui procurer. Lui aussi avait atteint son plaisir. Après un puissant cri, il s'était écroulé comme un animal mort sur celle qu'il venait d'honorer. Ils restèrent ainsi plusieurs minutes, sans dire un seul mot et sans bouger. Seuls leurs doigts s'étaient mélangés avant de se contracter jusqu'à craquer bruyamment. Puis il vint s'allonger à ses côtés et jeta, par pudeur, le drap sur leurs corps nus. Franck hésita puis :
- J'en mourrais d'envie. Tu m'as tellement manqué.
Perinne approuva de la tête et ajouta un beau sourire pour confirmer sa satisfaction.
- Va falloir que j'y aille, Franck. Les filles vont rentrer et il faut que je sois là.
- Oui bien sûr, je comprends.
Elle quitta le lit pour rejoindre la salle de bain. Franck ne bougea pas, il écoutait le ruissellement de l'eau dans la douche et espérait percevoir le doux bruit de ses mains savonneuses caresser sa peau. A la hâte elle enfila ses vêtements et retrouva Franck dans la chambre, il avait quitté le lit et s'était enroulé dans un drap blanc, tel un empereur de Rome il déambulait et provoqua le rire de Perinne.
- C'est bon de te voir ainsi !

- Tu reviens vite ?
- Doucement Franck, allons-y doucement.
- Je te prie de m'excuser mais j'ai tellement envie de retrouver les filles et notre vie d'avant.
- Patiente, s'il te plaît. Dis-moi pourquoi ce soudain revirement et cette envie de nous retrouver ? C'est quoi qui a fait que tu ailles soudainement mieux ?
- Un coup du destin, une revanche sur ce que j'ai pris dans la gueule.
- Tu veux m'en parler ?
- Non pas encore mais crois-moi ce n'est que du bon !

Perrine respecta le choix de Franck de ne pas évoquer ce qu'il nommait coup du destin. Elle lui envoya un baiser et quitta l'appartement. L'empereur se laissa tomber sur le lit, il venait de remporter une autre bataille. Maintenant, il lui fallait reconquérir son trône. Il était confiant.

32

- Alors ça donne quoi ? questionna Julie en avalant son café brûlant.
- C'est une entrée libre SFR donc on n'a pas l'identité du titulaire de la ligne mais elle n'a pas fonctionné depuis plusieurs jours.
Damien lui-même ne semblait pas satisfait de sa propre réponse, il tournait en rond dans son bureau sans trouver plus d'éléments qu'il aurait pu apporter à sa capitaine.
- Je vais appeler le juge d'instruction et lui demander de placer la ligne sur écoute, on ne sait jamais. Mais on a les bornages ou pas ?
- Oui, on les a, mais ça ne nous apporte pas grand-chose. Elle a déclenché une fois du côté de la pointe rouge, donc au sud de la ville et une seconde fois près de l'hôpital nord, rajouta Julien.
- Eh merde ! Pas de sms ?
- Non aucun …
Julie quitta le bureau pour retourner dans le sien, elle s'y laissa tomber sur un fauteuil prêt à exploser. La moleskine avait cédé, elle laissait échapper le rembourrage de mousse sale. Le carrelage du bureau en était recouvert. Elle shoota dans une boule de coton synthétique venant caresser la pointe de sa chaussure et se laissa aller à ses songes. Ils étaient faits d'angoisse de ne pas parvenir à résoudre cette affaire qui la mobilisait depuis plusieurs mois mais aussi de gestion des éléments apportés par Kader concernant les deux flics de la BAC. Elle n'avait pas encore trouvé l'angle pour attaquer et la méthode pour aller vérifier ce que Kader lui avait fourni. Porter de telles accusations était grave et elle n'ignorait pas les

difficultés rencontrées par cette unité dans les cités. Alors comment gérer toutes ces informations, comment parvenir à se sentir à l'aise lorsque l'on a été destinataire de telles choses et que l'on doit encore prendre conscience que sa vie personnelle, bien trop liée à sa vie professionnelle, n'a été qu'une succession d'échecs et de recherche d'un idéal masculin ?

Ce matin, elle était face à elle-même et l'image que le miroir lui rendait ne la satisfaisait pas mais elle avait enfin trouvé la force de la regarder. N'était-ce pas le premier pas vers une guérison ? Pour l'heure, pensa-t-elle, ce n'était pas de son propre cas qu'il fallait qu'elle s'occupe mais bien de cette affaire et de Sofiane et de sa potentielle envie de se venger. Les quelques maigres éléments dont elle disposait n'étaient évidemment pas suffisants à la résolution de l'enquête et les mois passés à poursuivre les investigations n'avaient servi qu'à collecter des « billes » afin de démontrer la puissance de sa cible dans le deal du quatorzième arrondissement. Pour cela elle avait amassé tant de choses que le juge d'instruction n'avait plus qu'à demander l'incarcération après avoir consulté, par respect de la procédure, le juge de la liberté et de la détention. En bon officier de police judiciaire elle lui avait mâché le travail. Mais en ce matin frais où le chasseur se sent bredouille il était pénible pour elle de déposer les armes et de s'avouer vaincue. Sofiane, elle le voulait, il le lui fallait, quitte à passer encore des nuits blanches de planque à l'orée de la cité des Lauriers, quitte à sacrifier encore un peu plus sa vie personnelle. Pourtant Kader l'avait mise en garde et son retour dans sa vie, de façon étrange, n'était pas le fruit du hasard. Cela elle l'avait compris mais elle refusait de le croire et puis le charme de cet homme ne la laissant pas insensible, elle se devait de rester éloignée de cet ancien voyou qui avait lourdement impacté sa vie amoureuse et presque sa vie de flic. Depuis qu'il l'avait reconduite chez elle et même couchée, ils avaient échangé quelques sms courtois et parfois timides. Elle n'était pas dupe de ses intentions mais avait-elle la

place dans sa vie et aujourd'hui pour une relation amoureuse aussi compliquée ? Certainement pas, pensa-t-elle en consultant son téléphone et en vérifiant s'il ne lui en avait pas envoyé un. Que dalle, pas de messages. Elle se recentra sur le dossier.
La technique avait bien évolué et pour intercepter les conversations téléphoniques, nul n'était besoin de dispositifs sophistiqués, une réquisition judiciaire adressée à l'opérateur suffisait pour que le renvoi des discussions comme des sms soit effectué et que le tout soit consultable sur l'ordinateur de l'enquêteur. Le juge mandant ne s'y était pas opposé, c'était donc une question de quelques jours maintenant.
- Damien ! hurla-t-elle sans quitter son bureau.
Il rappliqua immédiatement.
- Oui, Julie.
- Ton pote à la BAC Nord accepterait de nous revoir ?
- Ben oui, je crois !
- File lui rencard à l'escale Borely, on sera mieux sur le sud.
- Qu'est-ce que je lui dis ?
- Que j'ai appris certaines choses et que je voudrais les vérifier. Précise-lui que c'est du lourd et qu'il ne l'ébruite pas. Damien s'empara de son téléphone et vint s'isoler dans le bureau de la Capitaine de police. Derrière lui, il poussa la porte.

33

Était-ce pour s'embourgeoiser ou pour tenter de ressembler à d'autres communes du littoral plus riches, plus belles aussi, que Marseille s'était dotée, il a une trentaine d'années, d'une esplanade gagnée sur la mer. A grands coups de remblais, la mer avait été repoussée pour laisser la place à des plages de gravier, des espaces verts et des brasseries. C'était à la terrasse d'une d'elle que Julie et Damien avaient pris place autour d'un café. Anthony avait délaissé ses quartiers nord pour les rejoindre, il pointa le bout de son nez assez vite. Il prit place à la table après avoir salué Damien en lui claquant une bise bruyante et adressa un geste à Julie.
- Salut les stups ?
- Salut la BAC, rétorqua Damien en souriant largement.
- Alors encore des soucis ? J'espère que vous avez une bonne raison de me faire venir depuis mes quartiers nord.
- Oh oui, crois-moi, on a une très bonne raison mais je pense qu'elle ne va pas te faire plaisir, lança Julie en avalant le fond de son verre d'eau gazeuse.
- Ah oui quand même !
- Écoute, on a eu un tuyau, un vrai tuyau, crois-moi et pas un tuyau percé. Cela concerne tes gars, tes deux gars Sinibadi et Battesti.
- Ben, vas-y, poursuis, je t'écoute, dit Anthony tout en commandant une bière pression.
- Ce qui va se dire là doit impérativement rester entre nous. On ne se connaît pas mais tu dois me faire confiance et vice et versa. Ce que je vais te dire est grave !

- Oh la ! Écoute, je t'arrête de suite si c'est pour me dire qu'ils font un peu des magouilles, je le sais déjà et m'en branle ! Je peux te dire que ces deux cons sont les meilleurs flics du secteur nord et qu'ils ramènent à eux deux le chiffre de l'unité. Donc tu vois un peu comme leurs magouilles je m'en branle !
- Comme tu le dis, ils magouillent, oui, mais bien au-delà de ce que tu peux imaginer, surenchérit Julie.
- Je m'en branle ! Tu comprends ça et toute la hiérarchie s'en branle aussi. D'ailleurs ils étaient convoqués récemment chez les bœufs et le préfet les a fait mettre dehors. Donc tu vois comme de tes révélations on s'en moque !?
- Je vois oui, je comprends même qu'en ne réagissant pas tu te rends complice et s'ils tombent, moi, je ne manquerai pas de dire que j'ai tenté de t'en alerter et …
Julie exhiba son téléphone portable en lui indiquant qu'il était en position dictaphone. Anthony posa son verre, s'essuya la bouche d'un revers de manche et :
- Salope ! Tu m'as baisé !
Anthony quitta brutalement son siège et renversa volontairement son verre de bière sur la table.
- Allez-vous faire foutre, bande de cons !
- Assieds-toi et ferme ta gueule, je te tiens par les couilles maintenant et tu vas m'écouter, dit Julie sur un ton hargneux.
Anthony fit quelques pas, stoppa et prit le temps de réfléchir. Depuis la table Julie le regardait sans broncher. Après un court instant il fit demi-tour et reprit sa place.
- Allez, balance tes merdes ! Mais je te garantis, si tu te manques, moi je ne te louperai pas.
- C'est ça oui, arrête je tremble ! Tes deux gars sont les pires des ordures, ils ont mis à l'amende la moitié des cités du nord de Marseille. Ils prennent du blé et font régner la terreur par la violence. Actuellement ils sont à la recherche d'une sacoche perdue par Sofiane, du deal des Lauriers et ils tueront pour la retrouver.

- Et alors que veux-tu que cela me fasse ? Ces ordures de dealers n'ont qu'à se dessouder entre eux, je m'en branle !
- Oui mais ce que tu sembles ignorer, c'est que s'ils tombent tes deux connards n'hésiteront pas à se cacher derrière la hiérarchie, dont toi !
- Mais ce que tu dois comprendre dans ta petite tête c'est que ce sont des héros aux yeux de la hiérarchie et même du préfet. Alors la sacoche tout le monde n'en a rien à secouer, même moi. Et puis même qu'est-ce que tu attends de moi ?
- Ce que j'attends de toi, c'est que tu te comportes en officier, en flic pas plus et donc que tu nous aides à les faire tomber.
- C'est toi qui veux les faire tomber pas moi ! Pour moi ils font en sorte que tout se passe bien, ils tiennent les cités et permettent de faire de très belles affaires alors moi de tes intentions je te le répète je m'en tamponne ! Démerde-toi et ne compte pas sur moi !
- Tu es vraiment qu'un sale con, Anthony, et crois-moi, à présent, tu vas m'avoir sur le dos !
- Tu crois me faire peur ? Tu n'es en fait qu'une branleuse de cité et tu préfères les dealers aux flics, rajouta Anthony en quittant de nouveau son fauteuil sans veiller aux gestes que pourrait avoir Julie. A peine la phrase terminée elle lui avait déjà sauté dessus et l'avait empoigné au col.
- Ne me parle plus jamais comme ça, tu entends ! Plus jamais !
Surpris par la violente empoignade et par le regard de la jeune femme Anthony ne bronchait plus. Il comprit que Julie n'hésiterait pas à lui porter des coups et prenait la mesure de ce qu'il venait de dire. Pour cette jeune fliquette ayant grandi dans une cité défavorisée et ayant intégré les rangs de la police avec une vocation sans bornes c'était sans nul doute la pire des insultes et le pire des affronts. Aussi il ne réagit pas et sans apporter de réponse il semblait attendre de Julie qu'elle lâche sa prise. Elle resta ainsi quelques longues secondes, ses yeux fixes

s'étaient plantés dans ceux d'Anthony, il avait du mal à soutenir ce regard et préféra baisser le sien.
- Lâche-moi, dit-il simplement d'une voix lente et douce.
- Ne me parle plus comme ça, lança la jeune capitaine en desserrant son emprise.
- J'ai compris, c'est bon mais je ne balancerai jamais des collègues, jamais !
Anthony disparut dans la foule laissant Damien bouche bée. Julie commanda une bière. Le soleil avait décliné, il n'était plus efficace. Elle avala d'un trait son grand verre de binouze et se leva. Lançant un regard vide à Damien :
- Allez, bouge ton cul, on rentre ! C'est un blaireau ton ami !

34

Le soleil était à peine levé et commençait à laisser errer ses rayons sur le bitume encore humidifié par les balayeuses motorisées de la ville. Leurs énormes balais de plastique rigide avaient tenté d'effacer les traces des beuveries nocturnes mais les soûlards de la nuit passée n'avaient pas abandonné que des bouteilles vides, leurs dégueulis n'avaient pas traîné pour sécher et coller fortement au mobilier urbain. Dans les rues ça puait le vomi et la merde imprégnée de mauvais whisky bien trop massivement ingurgité. Marseille sortait de sa léthargie.

Du côté de la préfecture de police les huiles étaient matinales. Les haleines et les costumes sentaient le renfermé et un café même dégueulasse aurait suffit à rendre les expirations moins fétides, quant aux costumes de mauvaise coupe du commissaire de la division nord c'en était autre chose. Pas même la puissance d'une bonne centrale vapeur n'aurait pu lui rendre son éclat, il était d'un gris uni et terne, les nombreux faux-plis qu'il exhibait auraient pu laisser croire qu'il était à rayures fines. Il était moche tout simplement et le commissaire y était engoncé. Le préfet, lui, n'avait pas endossé de costard, il s'était contenté d'un jean et d'une chemise bleutée. Il se tenait debout, tournait le dos à son bureau en laissant ses bras croisés sur son torse. Le directeur départemental de la sécurité publique fit son arrivée tardivement, il entra dans le bureau et pria qu'on l'excuse. Lui aussi avait, sans doute à la hâte, enfilé un costume minable. Il était assorti au commissaire de police.

Le préfet daigna se retourner sans prendre place à son bureau, il fit quelques pas et semblait songer à ce qu'il allait dire. Il fit ainsi quelques tours de son immense bureau puis :
- Bon je suis emmerdé ! On vient de porter à ma connaissance des informations et je ne sais pas quoi en faire.
- Des informations, monsieur, quelles informations ? questionna le DDSP.
- Deux flics de la BAC Nord … Le préfet reprit sa cavalcade autour de son bureau et visiblement cherchait ses mots. De sa main droite il frottait son front, son menton puis grattait son crâne. Le commissaire de la division nord renchérit :
- Ce sont donc deux gars de chez moi monsieur, que se passe-t-il ?
- Il se passe que si ce que je sais explose dans la presse, on saute tous et moi avec ! Sinibaldi et Battesti auraient mis à l'amende la moitié des cités du nord de la ville. Ils prennent du pognon à outrance et …
Le préfet se tut brusquement et se laissa tomber dans son immense fauteuil.
- C'est la merde, croyez-moi, c'est la merde ! rajouta-t-il en basculant vers l'arrière.
Le DDSP prit la parole en arborant un léger sourire au coin des lèvres.
- Je ne vois pas où est le problème monsieur, il existe l'IGPN, on a qu'à leur confier les infos et les laisser faire leur travail.
- Vous ne comprenez rien, absolument rien. Les deux flics dont je parle sont les meilleurs de la ville et par leurs actes de courage, ils nous ont permis de résoudre de très nombreuses affaires dans lesquelles nous avons découvert armes et drogue. Le ministre de l'intérieur est venu les féliciter et leur remettre une médaille et je vous en passe.
- Et alors ?
- Alors monsieur le Directeur nous sommes tous complices !

- Complice ? Mais je ne suis complice de rien moi ? Je ne vous comprends pas monsieur le préfet.
- Nous savions tous que ces deux flics fonctionnaient comme ça, dit le préfet en regardant fixement le commissaire. Et on les a laissé faire parce que ça nous arrangeait, n'est-ce pas, monsieur le commissaire ?

Il avait essuyé son front pour dissimuler sa gêne mais le reste de son corps attestait de son malaise. Il hésita avant de prendre la parole puis le commissaire balança :
- Oui c'est vrai on le savait tous ! On a laissé faire pour les chiffres, les statistiques. On a couvert leurs saloperies.
- Mais moi je n'ai rien couvert messieurs, rien du tout !

Ce fut le préfet qui reprit la parole :
- Vous commencez à m'emmerder sérieusement ! Je vous tiens par les couilles parce que si je tombe vous tombez avec moi parce que votre carrière aussi vous l'avez faite grâce à ces deux flics pourris et leurs belles affaires ! Alors mettez-la en veilleuse et essayons de trouver une porte de sortie honorable avant que ces deux cons balancent à la presse ou aux boeuf-carottes que nous étions tous au courant de leurs méthodes.

Les deux interlocuteurs firent triste mine et un lourd silence s'installa dans cet immense bureau. Les costumes étaient toujours aussi laids et les haleines toujours aussi affreuses, le soleil était maintenant plus haut et luttait ardemment contre une masse nuageuse venant assombrir les rues et le bureau du préfet.
- Laissons-les tomber et affirmons que nous ne savons rien, affirma le commissaire.
- On peut faire comme ça, oui, mais ce qui s'est dit dans ce bureau ce matin ne doit pas en sortir, autrement nous sautons tous. Il faut être solidaires et au cas où cela déraperait, restons sur la même ligne en affirmant que nous n'avons jamais eu connaissance de leurs pratiques et que nous les condamnons avec force. Lâchons-les …

- Mais qui pourrait venir affirmer que nous avons été complices, que nous étions au fait de tout cela ? dit le commissaire.
- Eux déjà et celui qui m'a donné le renseignement.
- De qui s'agit-il ? interrogea le directeur.
- Je ne vous le dirai pas … Pas pour le moment mais croyez- moi, je n'ai aucune raison de douter de mon indicateur et surtout de sa capacité à soulever la merde. Ce qui me gêne ce n'est pas que ces deux cons de la BAC Nord soient vermoulus comme un vieux buffet normand abandonné dans une grange depuis des années, non, ce qui m'emmerde c'est que celui qui m'a sollicité sait que nous savons. Et ça c'est la merde car il n'a plus rien à perdre ! Il est dangereux. Après ce laïus, le préfet s'étira et se dirigea vers sa machine à café. Il enfila une dosette dans la fente et pressa l'interrupteur. Après avoir contemplé le liquide s'écouler, il avala d'un trait le contenu de sa tasse et s'en fit couler un second sans en proposer un à ses deux compagnons d'infortune. Tous deux semblaient désirer un tel nectar et regardaient patiemment le café choir dans la tasse. Le préfet resta muet et d'un geste de sa main indiqua la porte pour se débarrasser de ces deux intrus désireux de lui dérober ses très désireuses dosettes. Lentement tous deux quittèrent leur siège et gagnèrent la porte sans saluer leur autorité.
Dehors le soleil avait remporté la bagarre contre les nuages, il s'était imposé et avait épongé les eaux souillées ayant précédemment jonché le pavé des rues. Il faisait chaud.

35

La cité Frais-Vallon était l'une des plus actives dans le domaine de la vente de came. Composée de deux bâtiments en forme de longue barre, elle trônait entre la rocade L2 et la cité affreuse du petit séminaire à l'orée du quartier bourgeois de Montolivet. A Marseille tout était contraste, les pauvres côtoyaient les riches ou plutôt les moins pauvres se croyant riches et les bâtiments affreux frôlaient les villas propres comme si tout cela était normal, comme si une cohabitation était possible. En fait il n'en était rien et les moins fauchés rêvaient de voir les plus pauvres quitter leurs quartiers, fuir dans des banlieues moches et sales du côté de l'étang-de-Berre et de ses industries pétrolières. Mais depuis quarante ans personne ne fuyait la métropole marseillaise où le plus démuni pouvait subsister d'un trafic de cigarettes ou de résine de cannabis. Ici tout semblait possible puisque la voyoucratie était, depuis toujours, institutionnalisée, érigée en unique référence. C'était un mode de vie en somme, un anathème que nul ne pouvait briser faisant de cette mégalopole méditerranéenne la capitale française de l'homicide par arme de guerre venue tout droit des Balkans. Ce soir-là, il était vingt heures, la cité voulait s'endormir dans le calme ; sans réellement l'expliquer, les rabatteurs à scooters avaient disparu, les guetteurs avaient perdu de leur vigilance malgré les dealers qui patientaient en retrait pour fourguer leur merde à l'odeur âcre. La poussive Ford Focus était à l'arrêt dans une minuscule impasse faisant face à l'immense barre de béton. Jeff reluquait encore ses biceps et caressait affectueusement ses pectoraux

saillants faisant gonfler son tee-shirt. Eric, lui, tirait inlassablement sur une cigarette de grandes bouffées de fumée qu'il relâchait puissamment dans l'habitacle en pestant contre la nocivité supposée et, pour le coup, flagrante de ces tiges de contrebandes. Le matin-même ils en avaient saisi quelques cartouches sur un migrant égaré du côté du marché aux puces. Le pauvre homme fut dépouillé de tout ce qu'il possédait, à savoir quatre cartouches de cigarettes contrefaites qu'il espérait revendre aux chalands pour le tiers du prix des vraies dûment achetées dans un bureau de tabac.
- Putain mais quelle merde ces clopes, s'exclama Eric entre deux quintes de toux rauques.
- Fume pas ça, c'est dégueulasse !
Eric lança un regard à son binôme et leva les yeux au ciel en pensant à tout ce qu'il se mettait dans les veines pour forcer ses muscles à gonfler telle une grenouille naine de Cubaya devant un prédateur. Il le trouvait grotesque et parfois pathétique avec son ambition de prendre sans cesse du volume et ce côté narcissique omniprésent chez ce type d'individus. Chaque fois qu'il passait devant une vitrine de magasin il se contemplait, il ne portait que des tee-shirts de taille inférieure à la sienne pour envelopper sa musculature et pensait, sans jamais en douter, que tout le monde se prosternait devant sa masse comme si le muscle était la référence et l'apanage d'un bon flic. Jeff était un flic atypique, il ne savait faire que de l'anticriminalité dans des quartiers difficiles sans jamais regarder ailleurs, dans une autre unité. L'action et uniquement l'action, le terrain et seulement le terrain, il ne savait faire que cela. Dès lors qu'il fallait établir un procès-verbal il paniquait et comme lui disait souvent Eric, papa ne prend pas trois P, alors laisse-moi écrire !
En revanche lorsqu'ils étaient sur le terrain, Jeff excellait. Il n'avait peur de rien ni de personne, sans doute son côté irréfléchi lui donnait ce côté téméraire qu'il fallait finalement avoir pour évoluer dans ces cités du nord de la ville. Leur association allait

célébrer ses dix ans et même si aucun d'entre eux n'avait l'intention de souffler les bougies, ils ne manqueraient pas de préciser, le jour venu, qu'une décennie venait de s'écouler sans jamais évoquer les monceaux de saloperies qu'ils avaient faites ensemble.

De son côté, Eric était le plus futé ou le moins con des deux selon comment on décidait d'étudier ce duo ou selon comment un anthropologue aurait orienté ses investigations afin de cerner les profils psychologiques de ces deux lascars. Depuis dix années tous deux avaient mis en place ce mode de fonctionnement et l'anthropologue sus-cité aurait encore pu mettre en avant une forme de facultés importantes à s'adapter aisément au milieu dans lequel ils évoluaient. Car s'adapter c'est survivre et lorsque l'on est flic ici, survivre est extrêmement compliqué. Alors l'adaptation s'était transformée en ressemblance et les deux élèves avaient fini par dépasser leurs maîtres. C'était bien le risque de laisser des flics dans ces quartiers pour gérer l'ingérable, pour administrer les misères sociales et pour avoir un œil attentionné sur des criminels assoiffés uniquement de fric et de sang de condés qu'ils aimeraient tant voir s'écouler dans le caniveau longeant leur cité. A force de se côtoyer, ils se ressemblaient et les flics semblaient avoir remporté la bataille en devenant pire que les voyous. Entre ces deux clans la guerre avait été déclarée sans qu'une espèce de convention de Genève n'ait été signée, dès lors il n'y avait plus aucune règle exceptée celle de gagner et surtout de survivre dans un univers de violence sur fond de trafic de stupéfiants.

A Frais-Vallon, le deal allait bon train et même si ce n'était pas là que l'on pouvait trouver le meilleur shit la cité parvenait à faire un chiffre d'affaire avoisinant les cinquante mille euros par jour. Ce business suscitait les convoitises et générait des ambitions d'autant que le chef du réseau avait perdu la vie récemment après avoir tenté de stopper la trajectoire rectiligne de deux balles de 5,56 avec sa tête. La rumeur disait que Sofiane s'était imposé, avant sa fuite, comme le nouveau responsable de la cité Frais-Vallon. Son implantation dans la cité voisine des Lauriers et sa réputation lui avaient permis de devenir le maître des lieux, et tout laissait supposer que les tueurs avaient été commandés par Sofiane. Eric avait reçu les confidences d'un tonton sur ce bouleversement de chef et de stratégies créant des discordes au sein de l'équipe en place. Il avait encore effectué quelques recherches avec plus ou moins de force de persuasion et les résultats qu'il avait pu obtenir ne laissaient aucun doute sur un passage prochain de Sofiane sur le chantier de Frais-Vallon. Le fuyard devait maintenir son autorité et sa cavale lui coûtant cher, il devait récupérer de l'oseille en évitant les sbires de Rachid voulant lui faire la peau pour venger leur obèse de chef. Ainsi la vie du beau Sofiane s'était bien compliquée dernièrement et évoluer dans les quartiers nord devenait pour lui quasiment impossible. Il devait être aux abois et avoir été lâché par tous et notamment par ceux qu'il pensait être ses amis. Dans ces cités, dès qu'un chef de réseau était en difficulté, c'étaient des milliers de pieds qui venaient lui appuyer sur la tête pour le voir couler. Savoir Sofiane en cette position était plutôt positif pour Eric et Jeff et sans nul doute pensaient-ils qu'ils n'auraient pas à le supprimer eux-mêmes compte tenu de la horde souhaitant l'abattre et lui succéder.

Il était maintenant vingt deux heures et Sofiane n'avait pas pointé le bout de son nez, le point de deal s'apprêtait à fermer tel un commerce de proximité. Au loin les phares au xénon d'une puissante berline allemande balayaient la chaussée humide, l'engin circulait à faible allure en direction du point de vente. Était-il un acheteur tardif ou … ?

36

- Putain, c'est Tonio ! s'exclama Eric en regardant la grosse Audi RS6 marquer l'arrêt au pied du grand bâtiment.
- Tonio ? Qui c'est ça ?
- Tonio Fernandez, un gagio de Marignane. Un gitan. J'étais certain qu'il était crevé cette ordure ! Qu'est-ce qu'il vient branler ici ?
- On le tape ? questionna Jeff.
- Non, pas là, non. On va le laisser repartir et on le tapera plus loin. Je veux savoir pourquoi il est là. Par contre, fais gaffe, c'est un tordu.
- Les tordus je les redresse moi, affirma Jeff en contemplant ses deux biceps hypertrophiés.
Un regard furtif vers son collègue confirma ses pensées. Malgré tout Eric, ajouta :
- Mais qu'est-ce que tu peux être con des fois !
Ce fut un homme fluet qui descendit de l'Audi. Il ne devait pas mesurer plus d'un mètre soixante dix et la largeur de ses épaules n'atteignait pas la moitié de celle de Jeff. L'homme fut formellement identifié comme étant Tonio Fernandez par Eric. Il se rapprocha du point de deal et, en quelques gestes, se fit remettre une sacoche de cuir noir. Lentement et sans tourner le dos au jeune dealer, il reprit sa place au volant du bolide noir. Le V8 hurla sa colère pour emporter la berline loin du point de vente. Dès la sortie de la cité, il mit plein gaz et étrangement marqua l'arrêt au premier feu rouge. Jeff plaça la Ford Focus au cul du puissant break. Au vert, tous deux démarrèrent en empruntant la rocade en direction de Saint-Just.

L'artère était large et à sens unique, elle longeait la ligne de métro aérien. Comme si Tonio avait remarqué la Ford des policiers, il n'accéléra pas et respecta les limitations de vitesse. Arrivant au niveau du siège du conseil départemental et juste avant qu'il puisse emprunter la passerelle de Plombières conduisant à l'autoroute, Eric fit retentir à deux reprises l'avertisseur deux-tons pour signifier à Tonio qu'il devait s'arrêter. Immédiatement, il enclencha son clignotant droit et ralentit. Sans problème, il stoppa son break sur le bas côté. Jeff plaça la Ford derrière l'Audi et chaussa son arme en quittant sa place. De son côté Eric n'hésita pas à sortir son pistolet de son étui en le plaçant le long de sa jambe. Lentement ils prirent leurs précautions d'usage en interpellant vocalement Tonio. Les quatre vitres de l'auto étaient opaques, on n'y voyait rien de ce qu'il se passait à l'intérieur. Subitement la portière côté conducteur s'ouvrit.
- Oh la les gars ! Calmez-vous, cria en souriant Tonio.
- Salut Tonio, je te croyais mort, dit Eric en le pointant de son arme.
- Je ne le suis pas mais si tu continues à me braquer je ne vais pas tarder à l'être, calme-toi et range ça ; tu vois bien que je ne suis pas armé et tu me connais assez bien, Ricou. Si j'avais voulu te fumer, je l'aurais déjà fait, même avant que tu ne descendes de ta bagnole qui pue le flic à cent mètres ! Tu crois que je ne vous avais pas repérés ?
Eric rangea son Sig-sauer dans son étui et fit un signe à Jeff pour qu'il en fasse autant. Le musclé s'exécuta avec une moue de dépit.
- Qu'est-ce qui nous vaut l'honneur de ton come-back, Tonio ? Ça fait des années que je ne t'ai pas vu traîner par ici !
- Tu me manquais Ricou, s'esclaffa Tonio. Comment tu vas poto, ça fait plaisir de te voir, depuis le temps ! Tu n'as pas pris une ride !
- Et si je te dis que c'est pas réciproque, tu vas me croire ?

- Tu es donc rancunier, Ricou ? Allez c'est vieux tout ça, passe à autre chose. Tu veux mes papiers ?
- Je m'en branle de tes papiers, je veux savoir ce que tu fais à Marseille et sur mon secteur. La dernière fois que je t'ai vu ça m'a coûté deux mois d'hosto alors tu peux comprendre que j'ai le souvenir douloureux lorsque je vois ta gueule.

Tonio reprit son rire bruyant mais il maintenait encore ses mains à hauteur de son visage comme pour démontrer qu'il contrôlait ses gestes et que les policiers n'avaient rien à craindre.
- Écoute, Ricou ne tourne pas autour du pot, que veux-tu savoir ?
- Pour commencer, ce que tu es allé faire à Frais-Vallon ?
- Arrête de me casser les couilles, Ricou, tu sais ce que je fais là et ce que je suis allé faire à la cité, tous les deux on se connaît et je sais très bien que tu as déjà la réponse à ta question.
- File-moi la sacoche ! Tu as raison, on va arrêter les palabres !
- Ah ! Alors là, on ne va pas être d'accord, flicard ! Visiblement la leçon que tu as reçue il y a douze ans ne t'a pas suffit ! affirma Tonio après avoir perdu son sourire et avoir placé ses mains le long de son corps. Il avait décalé sa jambe gauche pour y prendre appui, il était prêt à bondir, il n'était plus le même. Même son regard avait changé, il s'était modifié complètement pour devenir totalement sombre comme celui d'un chien féroce prêt à mordre.
- Alors comment on fait ? questionna Eric en retirant son flingue de son étui et en pointant instantanément le gitan.
- C'est à toi de me le dire, condé. Tu sais bien que ce pognon, je ne peux pas te le donner, tu connais les règles et ce que je risque en te le donnant, si tu le veux va falloir me buter. Alors fais ton choix.
- Tu crois quoi, connard ? Que je vais hésiter à te loger un pruneau entre les yeux ? Tu sais, Tonio, depuis douze ans j'ai changé et crois-moi que tu ne calmeras pas tes nerfs sur moi comme tu l'as fait avec tes potes il y a douze ans ! Fais un pas, un seul et je t'éclate la tête !

Jeff s'était également placé face à Tonio, il braquait le gitan et ne dissimulait pas son envie de le fumer, de voir son crâne éclater sur le capot de l'Audi RS6.
- Bon, écoute Ricou, on peut discuter ? tenta Tonio en mesurant la détermination des deux flics.
- Ça dépend de quoi tu veux parler gitan, de l'OM je m'en branle, moi ce qui m'intéresse, c'est ce que tu as récupéré à Frais-Vallon, renchérit Eric.
- L'OM c'est des chèvres et je m'en tamponne aussi mais je te répète que ce fric je peux pas te le donner.
- Alors on fait quoi ? Tu es prêt à mourir ce soir ?
- Fais pas le con arrête ! Tu veux quoi ? Tu veux Sofiane, c'est ça que tu veux ?
- Là tu commences à me passionner manouche ?
- Ne manque pas de respect à ma communauté Ricou, c'est pas parce que tu as un calibre que tu peux tout te permettre. Je sais ce qu'il s'est passé et je sais aussi que tous les deux vous êtes dans la merde. Je te fais un marché !
- Allez, vas-y, balance ! s'impatienta Eric.
Le silence de la ville ne surprenait pas les trois hommes. Les rues désertes étaient propices à cette entrevue et au marché qui allait suivre. Le temps était suspendu comme les deux flics l'étaient désormais aux lèvres de Tonio.
- Je garde mon fric et je te donne Sofiane, je te le livre sur un plateau !
Eric fit une grimace difficilement interprétable. Son index se retira lentement de la queue de détente pour venir se placer le long du pontet. Il resta ainsi encore quelques secondes qui parurent une éternité pour Tonio. Pas un mouvement, pas un mot. On pouvait apercevoir quelques gouttes de sueur perler près de la ride du lion juste entre les yeux sombres du gitan. Il ne faisait aucun doute qu'un plus gros ruissellement, ayant pris naissance dans sa nuque, s'était prolongé le long de sa colonne vertébrale

pour aller s'échouer entre ses fesses maintenues serrées par la peur de mourir.
Tonio connaissait Eric, la raclée qu'il lui avait infligée il y a quelques années était gravée à tout jamais dans l'esprit du flic de la BAC. Il savait aussi que dans ce milieu, la rancune est tenace et, ayant eu connaissance des derniers exploits d'Eric, jamais Tonio n'aurait pris le risque de se retrouver dans une telle position. A cet instant, il se savait faible et évidemment vulnérable. Il avait cette sensation que tout pouvait basculer dans un sens comme dans l'autre. Aucune nuance de gris, c'était tout blanc ou tout noir. Pour briser ce silence pesant, il tenta alors une approche.
- Je sais ce que tu es devenu, affirma Tonio.
- Et qu'est-ce que je suis devenu, connard ?
Eric plongea ses yeux dans ceux de Tonio, déterminé et sûr de lui.
- Allez arrête ton cirque ! Tu vois bien que j'ai peur là et si j'ai peur c'est parce que je sais que tu es capable de tirer. Tout se sait, je sais qui tu es, Ricou !
- Tu as raison d'avoir peur. J'aurais dû te fumer il y a douze ans.
- Mais à cette époque tu ne valais rien tandis qu'aujourd'hui tu me fais peur et pas seulement parce que c'est toi qui porte le flingue. Tu as changé Ricou, quelque chose en toi a changé.
- Allez, dégage de là, ordonna Eric afin de s'avancer vers l'intérieur de la voiture. Tonio fit trois pas en avant en restant sous le contrôle visuel de Jeff le maintenant dans la trajectoire de son pistolet. Eric s'engouffra dans l'Audi pour en ressortir instantanément en possession d'une sacoche de cuir noir. Comme celle que Franck avait récupérée, elle portait l'inscription Chabrand mais aucune odeur âcre ne s'en échappait. Eric ouvrit le sac et y jeta un rapide coup d'œil. L'argent était rangé en liasses égales, il devait y avoir plus de trente mille euros. Eric conserva par devers lui la Chabrand.
- Alors vas-y, je t'écoute, lança-t-il.

Tonio ne pouvait lâcher la sacoche des yeux, son inquiétude était bien présente et il ne pouvait pas la dissimuler.
- Fais pas le con, ce pognon n'est pas à moi. Je ne suis que le collecteur.
- Et pour qui tu collectes ?
- Pour Sofiane … Tu le sais bien !
- Allez, vas-y, balance, je t'écoute. Je te préviens, ne me prends pas pour une truffe, on est d'accord sur le marché. Tu me donnes Sofiane et je te rends ton pognon.
- Écoute les choses ont bien changé et Sofiane est en sursis depuis qu'il a tué le gros Rachid. Il m'a chargé de récolter son blé, rajouta le gitan en souriant.
- Tu imagines flicard, juste à moi il a demandé ça.
- Allez continue !
- Ben alors je te le donnerai quand tu auras remis la sacoche à sa place et que vous aurez rangé vos flingues. Parole d'homme !
Eric rangea son pistolet, Jeff aussi, puis d'un geste précis il renvoya la Chabrand sur le siège du passager avant.
- Allez maintenant c'est à toi.
Tonio baissa ses bras et vint prendre appui sur sa voiture. Il souffla longuement. Comme si cet air expiré de ses poumons avait été trop contenu. Son tee-shirt était marqué par les auréoles de transpiration trahissant ses émotions.
- Je ne vais pas te dire où il se planque mais je vais te l'emmener où tu veux. Ensuite tu en feras ce que tu veux.
Eric chaussa de nouveau son arme et se raidit sur ses jambes.
- Ça y est, tu recommences ?
- Je ne peux pas te dire où il se cache, ce serait signer mon arrêt de mort par ma propre communauté. Fais-moi confiance je te l'emmènerai où tu veux. Tu as été réglo, je le serai aussi. Ne prends pas de décision de suite, je te laisse quelques jours pour mettre en place ton plan et dès que tu es prêt je te l'emmène.
- Sors ton téléphone, balança Eric.

Sans discuter Tonio attrapa dans sa poche son téléphone portable et patienta.
- Enregistre mon numéro et appelle-moi dans deux jours. Si tu disparais, je te promets que je passerai le reste de ma vie à te chercher et lorsque je t'aurai trouvé …
- OK j'ai compris Ricou, j'ai compris. Je t'appelle dans deux jours.
Lentement Eric énonça un numéro de téléphone. Le gitan prit le temps de l'enregistrer dans son répertoire puis, sans mot dire, il se mit au volant de son Audi. D'une légère pression sur le bouton rouge il fit hurler le gros moteur. Il disparut instantanément sur le boulevard Alexander Flemming.

Il fallait maintenant attendre …

37

Depuis Gignac-la-Nerthe, on aurait pu croire qu'en levant les bras on pouvait caresser les avions se présentant sur le tarmac de l'aéroport de Marignane. Les appareils de Ryan Air succédaient à ceux d'Air France en un ballet continu et rythmé dans un tempo de deux minutes. La ville de Gignac n'avait aucun charme, comme la plupart des agglomérations du pourtour de l'étang de Berre, d'ailleurs. Là s'était installée une forte communauté de gens du voyage dont la plupart était sédentarisée dans des HLM locaux. La communauté avait fourni, à la classe sociale des voyous locaux, un grand nombre de figures devenues légendaires au fil du temps. Mais il fallait avoir suivi l'évolution des familles Santiago, Fernandez ou Contreras pour comprendre qui faisait dans quoi et qui fourguait à qui sans déranger qui que ce soit mais tout en aidant un quelconque membre de la communauté gitane. Parmi ces grands noms du banditisme, certains s'étaient faits connaître sur des coups d'éclats ou par des calibrages sanglants ayant laissé au tapis des non gitans, des rivaux souvent issus de la phalanstère maghrébine. Tonio en faisait partie et après avoir donné dans le petit, il prit son envol pour casser du magasin à la voiture bélier avant de tirer allégrement sur des flics et en avoir blessé sérieusement un. Il était redoutable et avait disparu de la région durant deux années sans donner signe de vie jusqu'à laisser croire qu'il était mort. Durant sa grande période, Tonio avait étendu son aire de jeu. Depuis Gignac la Nerthe, il montait au braquage jusque dans la Drôme, le Vaucluse et le Var en évitant le centre de Marseille. Peut-être ne voulait-il pas raviver les mémoires des flics ayant

assisté au tabassage d'un des leurs sur un contrôle de routine. Eric avait salement dérouillé. Interpellé, Tonio avait promis de revenir sur Marseille pour tuer du flic. Il n'avait pas tenu parole puisqu'après ses deux ans de gamelles il fit parler de lui dans les départements limitrophes sans jamais être interpellé par les pandores ou les flicards. Tonio était un malin, un dangereux aussi car il n'hésitait pas à ferrailler contre tous ceux qui auraient tenté de lui mettre des bâtons dans les roues. Les flics s'en méfiaient.
Au volant de sa puissante Audi break il circulait à faible allure dans l'immense zone industrielle de Vitrolles. Une fois à droite et deux fois à gauche et encore une fois à droite pour s'immobiliser devant un portail de métal ajouré. Une légère pression sur une télécommande permit au portail de libérer l'accès, lentement et sans aucun bruit il roula pour aller se ranger sur la gauche. L'Audi pénétra dans l'enceinte d'une usine désaffectée bien à l'abri des caméras de vidéosurveillance que la municipalité avait installées partout. Cet endroit ne semblait représenter aucun intérêt, il n'y régnait ni vie industrielle ni présence humaine. C'était glauque. Le gros V8 cessa de ronronner. Tonio ne sortit pas de suite, il patienta en attendant que le portail se referme. Concomitamment à la fermeture du grand portail, ce fut Sofiane qui mit le nez dehors en quittant l'un des deux entrepôts à l'abandon. Méfiant, il observa les abords avant de s'avancer dans la cour, à distance se tenait Tonio. Il venait de quitter l'habitacle de l'Audi et restait statique, semblant attendre que Sofiane le rejoigne. Ce dernier fit quelques pas en direction de la voiture puis s'immobilisa. Faisant un geste de la main, il signifia à celui qui venait d'arriver de s'avancer. Toni s'exécuta, il tenait dans sa main droite la sacoche contenant le fric, sa démarche était franche et plutôt rapide. Il se planta face à Sofiane et jeta la sacoche à ses pieds.
- Voilà encore un transport et on sera quitte, je ne te devrai plus rien.

- Ça s'est bien passé, pas de flic ? questionna Sofiane sur un ton inquiet.
- Ton fric est là, prend-le et ferme ta gueule. Je te ferai encore un voyage et puis ce sera terminé. Ensuite je ne veux plus te voir !
A la hâte Sofiane attrapa son pognon et rejoignit l'intérieur du grand hangar afin de s'y réfugier.
Tonio resta planté. Il cracha au sol et rejoignit sa voiture en insultant copieusement Sofiane dans un jargon gitan. Le portail roula encore une fois pour libérer la grosse Audi. Son pied vint presser la pédale droite pour projeter l'engin hors de la zone industrielle. A peine quelques minutes après, il était de retour à Gignac-la-Nerthe. Dans le ciel, le ballet incessant des avions n'avait pas cessé.

38

Franck errait encore dans le quartier. Des nuits durant, il arpentait le pavé sans but. Insomniaque, il était resté. Cette nuit-là, après avoir tourné plusieurs fois autour du parc Longchamp, il avait décidé de poser son jean sur un banc de la place Leverrier, une placette insignifiante à quelques centaines de mètres de son logement. Pas de but précis, pas d'envie particulière non plus, seulement tuer le temps qui semblait s'écouler moins vite une fois le soleil couché. Les nuits étaient longues, interminables, elles semblaient s'étirer sans but et sans fin, tout comme lui à cet instant précis. Il était déjà deux heures et le sommeil ne semblait pas vouloir se pointer. A son poignet, la montre neuve lui rappelait que l'heure semblait figée. Par réflexe Franck avait emporté le pistolet trouvé dans la sacoche, il l'avait placé dans le creux de ses reins pour se laisser croire qu'il serait capable de l'utiliser. Il parvenait même à imaginer qu'il était encore flic et rêver ce soir à une belle interpellation. Pourtant il savait que les choses avaient changé, que la faune des cités qu'il avait connue n'était plus tout à fait celle qu'elle était devenue. Plus déterminée, plus sauvage aussi. Ces jeunes des quartiers ne connaissaient aucune règle si ce n'est celle de l'argent et l'argent justement il leur en avait volé, et cette idée le faisait sourire. Faisant fi de ce qu'il risquait, Franck avait sombré dans une autre dimension, trop longtemps esseulé, trop souvent paumé à chercher à comprendre ce qu'il lui était arrivé. Pourquoi finalement avait-il été révoqué, pourquoi la police qu'il avait tant aimée l'avait poussé vers la sortie ? Ces questions il se les était posées plusieurs fois et, sans jamais trouver de réponse, il ressassait les événements passés, ces événements que tout le monde avait oubliés. Pas lui.

La genèse de son affaire datait maintenant de plus de trois ans. A cette époque il était enquêteur à la Sûreté Départementale, à la section stupéfiants. Le réseau qu'il avait tissé était un véritable vivier pour tout son service, inépuisable en termes de renseignements il pouvait permettre la résolution de nombreuses affaires où se mêlaient la haine, le fric, le sang, le tout sur fond de came. Son secteur favori était celui du nord de Marseille avec ses cités et son flot de violence. Il y était chez lui. C'était son secteur et il le connaissait dans ses moindres recoins et surtout dans chacun de ses travers. La violence, Franck y avait plongé depuis son entrée dans la police et il était parvenu à aimer cela, à penser que c'était son mode de vie, qu'elle lui était indispensable. C'était cette violence quotidienne ayant fait de lui l'homme qu'il était, il avait oublié celui qu'il était auparavant. Il était né là-bas, dans ces quartiers au nord de la ville. A la fin de sa carrière il ressemblait à ceux qu'il pourchassait. La même faconde, une méfiance identique et une colère similaire avaient fait de lui le meilleur flic des stups du département des Bouches-du-Rhône. Il était connu et surtout reconnu de ses pairs mais aussi des trafiquants ayant su voir en lui un flic impartial mais pouvant aussi donner pour recevoir. Dans les trafics de came Franck nageait comme un poisson dans l'eau. C'était sa vie et elle s'était substituée à celle qu'il aurait dû mener auprès de Perrine et de ses filles. Mais lorsque l'on est flic, disait-il, il faut l'être 24 h sur 24 et la came l'avait phagocyté, dévoré. Aussi lorsque les flics de la BAC Nord furent pris dans une affaire de corruption, certains d'entre eux balancèrent leurs homologues des stups pour se dédouaner, pour éviter le pire. Dénoncé pour être un flic corrompu, Franck ne put justifier les échanges nombreux qu'il entretenait avec des dealers et d'aucuns n'avaient voulu entendre que ces relations même sulfureuses permettaient la résolution de grosses affaires. Les médias avaient lynché les quelques flics lâchés en pâture par une hiérarchie frileuse et un ministre ambitieux. Franck ne put expliquer ses méthodes et procédés. Il fut révoqué avec un de ses collègues, traînés dans la boue et abandonnés par toute une police qu'il ne reconnaissait plus. Pourtant, lui avait gardé ses secrets et jamais il n'avait balancé les agissements des flics de la BAC et notamment ceux de Eric et Jeff, ceux-là même qui l'avaient balancé. Il était resté fidèle à lui-même et à une conception qu'il s'était fait de la police, une solidarité sans faille entre flics. La découverte de la sacoche était une aubaine, un coup du sort même, avait-il pensé. Il y avait vu une forme de revanche alors qu'il rêvait de vengeance. Aussi il mit sa main sur la crosse de son arme pour s'assurer qu'elle se trouvait encore dans le creux de ses reins, comme pour se rassurer. Des armes, il en avait manipulées toute sa carrière, toute sa vie même puisqu'il ne pouvait pas dissocier son job de sa vie personnelle. En posséder une ne représentait rien de particulier pour lui tout en sachant à quoi elle pouvait servir, ce qu'elle pouvait donner : la mort ! L'acier froid vint lui rappeler le corps de son ami qu'il avait découvert un matin de printemps. Ce collègue, ce frère d'arme n'ayant pas supporté sa mise au ban de la police et l'humiliation de sa révocation avait fait le choix d'en finir. Alors, avant de rendre son arme, il l'avait placée dans sa bouche et, après avoir recouvert son lit d'une bâche de plastique, il avait pressé la détente pour faire exploser sa boîte crânienne. A son arrivée, Franck avait trouvé son ami étendu sur la bâche devant empêcher que le sang et les morceaux de cervelle ne soient venus entacher les draps et les murs. Mais la couverture de plastique n'eut qu'un effet limité, une gerbe était venue tapisser le mur blanc et le portrait encadré du flic en tenue d'honneur qu'il fut. Franck s'effondra. Cette image, il la revivait comme si elle était encore présente devant ses yeux. Il se revoyait régulièrement, impuissant et incapable de bouger. Mais les coupables, il les connaissait, c'étaient bien ceux qui l'avaient balancé.

Ce soir-là, il était resté un long moment sur le même banc de bois et à présent cette pause n'avait servi à rien, excepté de lui remémorer cette macabre découverte et l'odeur de sang caillé, cette satanée odeur ancrée dans sa mémoire olfactive. Il la ressentait jusqu'au fond de sa gorge, elle lui piquait les narines encore aujourd'hui, jusqu'à le brûler.
Il quitta son assise pour rejoindre son chez lui, il était seul mais savait à présent que Perrine l'attendait.
Avait-il changé ?

39

Julie avait vidé le gros paquet de mouchoirs en papier qui était posé sur la table basse à disposition des patients. Après l'avoir totalement imbibé de grosses larmes, elle en maintenait un ne servant plus qu'à lui offrir une contenance tant sa capacité d'absorbance était saturée. Bien que plus une mantille ne pouvait effacer son chagrin, ses glandes lacrymales venaient encore grossir le torrent déversé par ses grands yeux noirs. Étrangement elle ne gémissait pas. Bien sagement installée dans un fauteuil confortable, la psychologue ne détournait pas son regard de sa patiente sans interrompre ses pleurs que d'ailleurs elle avait provoqués. Le dialogue avait débuté une heure auparavant par un succinct retour sur leur précédent échange. Elles avaient repris la conversation là où elle l'avait laissée à savoir au moment d'aborder la relation supposée que Julie entretenait avec son père. L'évocation de son père était difficile, terrible même pour celle qui ne l'avait pas connu ou plutôt l'avait connu à travers le peu de choses que sa mère avait bien voulu lui confier et tout le reste qu'elle avait imaginé. Pour se construire elle avait eu besoin d'un père mais elle avait dû se contenter de pas grand-chose, de quelques bribes glanées ici ou là lorsque sa maman, à bout de nerfs, finissait par céder aux questions de sa fille. Le quartier dans lequel Julie avait grandi imposait notamment aux jeunes filles d'être protégées et malheur à celles ne bénéficiant pas auprès d'elle d'une vigilance masculine incarnée par un père. Cette carence, Julie en avait souffert toute sa jeunesse, alors pour y pallier elle avait dû se battre sans cesse et s'imposer face à une violence terrible et impitoyable. Sur le plan psychologique, Julie était donc en manque, comme une énorme hypoglycémie de père, un défaut d'autorité et de bienveillance. L'image du père était floue, mal définie et les quelques hommes ayant traversé sa vie avaient jeté l'éponge en comprenant que Julie souffrait d'un trouble psychologique ou en étant confrontés à son caractère bien trempé et son manque d'ouverture d'esprit. Bizarrement c'était dans son boulot qu'elle se sentait le mieux, c'était aussi là qu'elle parvenait à poser ses douleurs, à les oublier pour ne se consacrer qu'exclusivement aux investigations judiciaires et à la traque des dealers de cité. C'était son exutoire. Là, au milieu des dossiers et des enquêtes, elle se sentait bien, elle se sentait vivante. L'absence de son père l'avait profondément marquée, lui avait permis d'intégrer la police mais lui avait évidemment rendu sa vie de femme chaotique voire impossible, et elle s'était persuadée que c'était mieux ainsi, peut-être même que cette vie était la seule pouvant lui convenir. Pour elle tous les hommes se valaient, ils étaient tous capables d'abandonner un matin leur femme et leur progéniture. Après quelques mois de relation elle cherchait systématiquement un motif pour y mettre un terme et parvenait, sans aucune difficulté, a en trouver un. La peur d'être abandonnée lui faisait prendre les devants et la contraignait à quitter avant d'être laissée. La seule relation qu'elle aurait souhaitée durable fut celle qu'elle avait entretenue avec ce magistrat du parquet. Pour la première fois, elle se sentait en confiance et n'avait plus peur de l'abandon. Il avait réussi à faire tomber ses barrières, à les effacer même. Elle avait connu durant quelques mois un sentiment de plénitude et de bien-être, sans penser à ses peurs et à ses angoisses. Cette fois, ce fut Abdelkader et son baveux qui parvinrent à la briser. Depuis, elle était persuadée qu'elle n'était pas faite pour avoir une relation amoureuse et encore moins pour fonder un foyer, une famille. Cette idée était ancrée au plus profond d'elle-même, gravée dans son esprit.

Julie avait raconté cela sans être interrompue par la Psy. Elle avait même réussi à ne pas pleurer jusqu'à la question sur son besoin actuel d'un potentiel papa.
- Je ne viens pas ici pour pleurer, lança Julie et tentant de rattraper une coulée de morve s'échappant de son nez. La psy lui tendit un second paquet de kleenex.
- Je ne tiens pas non plus à vous faire pleurer mais l'évocation de votre besoin actuel est essentielle.
- Je ne pensais pas avoir encore aujourd'hui besoin de mon père, c'est ma venue chez vous qui me l'a déclenché je crois.
- Ce sont surtout mes questions, ironisa la Psy.
- Je ne peux pas réellement dire si aujourd'hui je ressens un besoin. Je l'ai d'abord détesté puis je crois que je suis parvenue à l'indifférence. Je me suis construite sans lui et bizarrement celle qui m'a servi de père n'est pas ma mère mais c'est bien la police. Ce métier m'a tout donné, il m'a beaucoup appris aussi. Je me suis faite à son image, solitaire et parfois acariâtre.
- Acariâtre c'est fort !
- Je sais oui, mais je me suis renforcée pour ne plus être victime et notamment des hommes.
- Justement, parlez-moi des hommes de votre vie.
- Les hommes de ma vie ne font que passer et je ne parviens pas à en garder un. Je crois que je n'en supporte pas un plus de deux mois auprès de moi. Ensuite je les vire sans même savoir pourquoi et j'en suis malheureuse !
- Voilà le problème Julie, vous venez d'y mettre le doigt dessus. Vous quittez les hommes, car vous craignez qu'ils vous abandonnent.
Julie éclata une nouvelle fois en sanglots. Elle tira sur un mouchoir, puis un autre et encore un autre pour y déverser ses larmes salées. Elle prit sa tête dans ses mains et resta ainsi sans bouger. Silencieuse.
- Nous allons arrêter pour aujourd'hui, dit la psy calmement, mais promettez-moi de réfléchir avant de revenir me voir.

Julie acquiesça sans lever la tête, un poids venait de se retirer de ses frêles épaules sans qu'elle en prenne totalement conscience.

40

Même si la technologie avait progressé les flics restaient encore dépendants des opérateurs téléphoniques pour connaître, sur réquisition judiciaire, les noms et adresses des titulaires de lignes téléphoniques. Damien s'était appliqué à remplir la sienne et avait attendu patiemment que l'opérateur daigne lui adresser une réponse. Il ne suffisait que de quelques jours pour obtenir les éléments demandés. Pour le jeune flic, ce laps de temps était bien trop long, aussi, dès réception de l'enveloppe, il en déchira le haut pour en extraire le document tant convoité. À la lecture de la missive, on aurait pu constater que sa mine ne s'orna pas d'un sourire, mais elle afficha une moue de mécontentement flagrant : il s'agissait d'une entrée libre et elle n'était pas identifiable. En revanche la ligne était maintenue active seulement pour recevoir des appels, le forfait prépayé étant épuisé et non renouvelé. L'historique des appels ne mettait en évidence qu'une heure de communications sortantes vers divers numéros. Les appels ne dépassaient jamais les quelques secondes, pour les appels entrants c'était quelque peu différent puisqu'un seul numéro avait pris attache avec la ligne concernée par l'enquête et ce durant seulement trois secondes. Depuis que Damien avait fait branché la ligne, il n'avait pu recueillir aucune écoute, l'appareil semblait désactivé ou au moins inutilisé. Damien orienta sa lecture vers le bornage à savoir les cellules téléphoniques déclenchées par la ligne lors des différents appels. Il put constater que même si l'utilisation du téléphone avait chaque fois mis en service une cellule située sur le secteur nord de la ville, elle était souvent différente, laissant donc aux enquêteurs

que peu de marge de manœuvre quant à des exploitations fines et un décorticage des appels ayant transité sur chacune des différentes cellules. En clair, la tâche était ardue, fastidieuse et ni Damien ni Julie ne disposait de suffisamment de temps pour investiguer dans ce sens-là. Ainsi il fallait espérer que le téléphone redevienne actif et qu'une conversation soit captée.
- C'est pas top, pesta Damien en présentant le courrier sous le nez de Julie.
D'un revers de la main elle repoussa le document et prit place dans le siège usé de son bureau.
- Et les écoutes ?
- Que dalle …
- Persiste, on sait jamais, de toute manière on a que ça.
Elle ne pouvait pas dissimuler sa fatigue, elle semblait peinte sur sa face tant ses yeux étaient cernés de noirs et ses orbites rougies par les larmes trop répandues chez la psychologue. Elle ressentait une lassitude et se mit à en vouloir à Kader qui, non seulement avait provoqué la rupture d'avec son dernier amant, mais lui avait donné le numéro de cette psy aux questions précises et piquantes. Son corps lui semblait lourd, elle n'arrivait plus à se mouvoir et à quitter son siège. Consciente du spectacle qu'elle offrait aux yeux de son collègue intrigué, elle lui lança sans se tourner vers lui :
- Laisse-moi, Damien, lui ordonna-t-elle.
Son binôme resta planté quelques secondes, intrigué, puis rejoignit son bureau en s'interrogeant sur l'état de sa collègue. Pourtant habitué à son caractère et à ses sautes d'humeur, il lui semblait avoir décelé autre chose. Il souffla fort et posa sur ses oreilles un casque en espérant que la ligne avait été active en son absence.

41

L'Exit Café était, comme à l'accoutumée, plein jusqu'à la gueule. Dans la salle comme sur la terrasse, on pouvait avoir quelques difficultés à supporter les décibels et les hurlements d'un groupe de jeunes femmes sur lesquelles l'alcool avait fait non seulement des effets mais allait certainement provoquer de gros dégâts. Elles s'envoyaient des bières et l'événement qu'elles devaient célébrer avait sans nul doute un lien avec un mariage ou tout au moins la fin d'une vie de jeune fille. Pour ce faire l'une d'entre elles portait, comme si leurs comportements n'étaient pas suffisamment humiliants, une robe jaune poussin dont l'extrémité basse ne recouvrait pas son pubis, sur ce dernier ne se trouvait aucun sous-vêtement. Pas gênée ni troublée la donzelle sautait de table en table en exhibant son fessier et son pubis glabre. Julie se tenait au comptoir, elle avait avalé déjà deux grands verres d'une mousse blanchâtre. Discrètement elle lâcha un petit rot dans son poing porté à sa bouche puis s'étira longuement en jetant un regard désapprobateur sur les quatre femelles en rut. Elle commanda une autre bière.
- Salut, lui lança une voix grave.
Lentement elle pivota et croyant à un dragueur aux méthodes lourdes et pénibles, elle accompagna son pivot d'un geste instinctif de refoulement. Dans son dos se tenait Abdelkader, il était souriant.
- Tu m'offres une bière ?
La réponse sembla tenir dans un signe lui désignant le tabouret jouxtant le sien. Il y prit place et commanda une bière.

- Alors, tu me traques ? rétorqua Julie après avoir avalé une grande gorgée de bière.
- Je passais par là… et puis je commence à te connaître, je savais que tu serais ici… et seule.
- Évidemment ! Tu viens pour quoi ? Pour savoir si ta psy est efficace ?
- Oh non, car efficace, je sais qu'elle l'est, mais est-ce qu'elle te convient ?
- Ben écoute je ne sais pas mais toujours est-il qu'elle parvient à me faire dire ce que je n'ai jamais dit.
- Et ça te fait du bien ?
Une grimace servit de réponse. Il reprit.
- C'est elle qui m'a fait comprendre pourquoi j'avais sombré dans la délinquance, elle m'a beaucoup aidé et je m'en suis sorti. Regarde aujourd'hui je suis encostardé et respectable, dit-il en souriant.
- L'habit ne fait pas le moine Kader, fais attention ! Un voyou ne dort jamais.
- Tu as bien des à priori de flic toi ! Tu ne crois pas aux prises de conscience et aux changements chez les hommes. En fait c'est aux hommes que tu ne fais pas confiance !
- Écoute-moi Kader, je bois un verre, là, alors ne m'emmerde pas avec ta psychologie à deux balles. Bois ta bière ou casse-toi, je n'ai pas besoin de leçon de morale.
Un silence vint prendre place. Comme une parenthèse dans ce brouhaha, il vint confirmer une gêne et des regrets chez Kader d'avoir abordé le sujet. Il avala le fond de son verre et reprit :
- Puisque tu préfères parler boulot alors parlons-en. Tu as vu pour ce que je t'ai dit ? Les gars de la BAC Nord …
- C'est en cours mais c'est compliqué car la hiérarchie les protège et leurs coups d'éclats dans les quartiers ont fait d'eux des héros. S'ils tombent, ils risquent d'entraîner d'autres flics avec eux et pas des moindres. Faut que je les pète en flag !

- Méfie-toi ; ils sont barjots et s'ils se sentent pris ils peuvent péter un câble et faire usage de leurs flingues comme ils l'ont déjà fait dans les cités.
- Comment peux-tu m'aider ?
- Tu crois pas que j'en ai assez fait non ? Que veux-tu de plus, je te les ai donnés !
- En l'état actuel des choses je suis bloquée …
- Ou alors… réfléchit Kader en se frottant le menton.
- Alors quoi, s'impatienta Julie.
- Peut-être que si on met un magistrat dans la boucle, qu'on lui dise ce qu'il en est…
- Un magistrat ? Lequel ?
- Le seul qui est au fait des trafics de stups sur Marseille, Julie, je ne vois que lui.
- Jamais, tu entends jamais !
- Sois pas stupide, appelle-le et dis-lui de venir nous voir. Je lui raconte tout, c'est le seul moyen pour les faire tomber, Julie.
- Ce n'est pas possible Kader. Il n'acceptera jamais de me revoir et depuis que nous nous sommes séparés j'ai tenté de le contacter, en vain.
- Laisse-moi l'appeler alors, peut-être que si ça passe par moi ce sera mieux.
- Fais comme tu veux …
- File-moi son numéro. Je l'appellerai dès demain et je te tiens au jus, conclu Kader en commandant deux autres bières.
La musique n'avait pas cessé. Sur la terrasse le poussin jaune venait de s'écrouler sous une table. Elle offrait son cul aux marins-pompiers venus la secourir. Elle était grotesque.

42

Le premier coup de feu retentit sur les coups des vingt trois heures trente, alertant le voisinage et les quelques passants encore égarés dans cet endroit lugubre où il ne faisait pas bon traîner dès la nuit tombée. L'ogive alla se ficher dans la porte de bois d'un immeuble. Le deuxième claquement vint confirmer qu'il s'agissait bien de tirs provenant d'une arme, le projectile vint frapper de plein fouet le béton gris d'une facade d'immeuble faisant éclater un gros morceau de matière venant percuter l'aile endormie d'une caisse stationnée là. Enfin la troisième balle vint se loger dans la cage thoracique de l'homme ayant évité les deux premières. Fine et affûtée, elle pénétra facilement la chair, brisa aisément les os et fit littéralement éclater le poumon gauche de la victime. Malgré le choc et la douleur, il resta debout quelques secondes puis vacilla en crachant du sang par la bouche. Dans un premier temps il trouva encore de la force pour s'asseoir sur le seuil de la porte d'entrée de l'immeuble avant de tomber en avant. Lourdement sa tête vint heurter le sol dans un bruit sec et vif. Immédiatement une flaque grossissante vint cerner son crâne, elle fut rejointe par celle formée depuis son torse. Il venait de mourir au moment-même où les rampes de gyrophares des marins-pompiers léchaient la façade de la caserne Saint Pierre pour venir lui porter secours. La sirène hurlait pour faciliter le passage dans les quelques embouteillages persistants de ce début de nuit marseillaise. Un homme était mort comme il avait vécu, misérable et pathétique. Son corps encore chaud n'attirait même pas les regards des curieux désabusés. Le tireur, lui, avait pris la fuite en sautant derrière un vrai pilote de gros scooter. En quelques secondes l'engin motorisé à deux roues avait rejoint les collines du nord de Marseille du côté de la Batarelle Haute, en direction du massif de l'étoile. Au pied de l'immense barre de béton gisait l'homme. Il était jeune, à peine vingt ans. Il portait un survêtement bleu, une casquette blanche à la sérigraphie Nike. Lorsque les pompiers retournèrent le corps ils purent constater la présence d'une sacoche en bandoulière. Le chef d'agréés posa deux de ses doigts sur son cou pour rechercher le pouls, il tâtonna de part et d'autre de la glotte puis adressa un regard à son équipage pour signifier que tenter un massage cardiaque sur ce pantin désarticulé serait cause perdue, ne servirait à rien d'autre que de causer de plus gros dégâts sur sa cage thoracique en partie dévastée par le projectile. Un drap blanc fut posé sur la dépouille alors que des badauds quittaient leur lit ou leur canapé. Descendre voir le corps, humer l'odeur âcre du sang en cours de coagulation et cracher sur ce cadavre était une habitude pour celles et ceux vivant ici. Des règlements de compte il y en avait toutes les semaines et dans ces quartiers où la seule animation provient de Netflix et les sous-films que l'on peut y voir, il devenait impératif de descendre contempler enfin un vrai macchabée. Certains le connaissaient, d'autres l'avaient seulement croisé alors que les derniers, les retardataires gémissaient de ne pas y avoir assisté en direct depuis leur fenêtre restée entrouverte pour tenter de saisir cette formidable opportunité. Par la suite ils auraient pu le raconter devant une caméra du journal de France 3 Provence ou à un journaliste du quotidien local. Le soir venu, autour d'une bière chaude de supermarché discount, ils auraient même pu le raconter à la famille venue du bled. Quel dommage de ne pas avoir vu cela en direct, pensa un homme de quarante ans chargé de bière. Le prochain peut-être, avec un peu de chance …

D'aucuns affirmaient avoir vu, entendu et parfois même connaître celui qui aurait fait cela. Les plus vieux confirmaient, en se grattant l'entre-jambe et en tentant de conserver aux pieds leurs claquettes de piscine portées avec une paire de chaussettes de tennis, que le trafic de stupéfiants allait mettre la jeunesse et le quartier à feu et à sang. Ils oubliaient que la jeunesse gisait là sous leurs yeux et que le quartier crevait depuis plus de quarante années de misère et d'abandon. La came avait imposé sa loi et ses règles, l'une d'elles était de devoir crever à vingt ans sous une pluie de métal pour quelques milliers d'euros et quelques kilos de résine brune de cannabis. A Marseille c'était routinier, quasiment quotidien et dans ces quartiers où régnait la came, il était normal que la violence soit omniprésente. Elle y habitait sous toutes ses formes et ne passait pas seulement par les armes. La pire des violences restait celle que leurs conditions misérables de vie leur imposaient. Au journal télévisé, on parlait de leur quartier et de leur ville ; on évoquait Frais-Vallon sans le connaître et depuis Paris la mort d'un jeune dealer prenait un autre sens. Elle était encore plus dramatique, encore plus sanglante à travers le prisme des intellectuels de la capitale ne connaissant Marseille qu'à travers et uniquement cela. Pas un ne savait ce qu'étaient réellement les trafics de stupéfiants, pas un ne connaissant Frais-Vallon mais il était de bon ton d'en parler et de dire n'importe quoi.
La voiture de police mit fin aux festivités. Trois flics portant un uniforme noir sous un gilet pare-balles épais la quittèrent pour faire évacuer les badauds restés tout près du corps. Ça y est cette fois enfin ils avaient des raisons de se rebeller, cette fois enfin ils avaient devant eux leurs exutoires sur lesquels ils pouvaient hurler, sur lesquels ils pouvaient mettre toute la responsabilité de ce drame. Pour la plupart d'entre-eux cette mort n'était qu'un détail de leur vie, elle les laissait indifférents mais enfin ils allaient pouvoir hurler leur colère sur ces uniformes et sur ce qu'ils représentaient. Mais une deuxième voiture puis une

troisième suivie par une quatrième vinrent s'immobiliser en dégueulant de nombreux flics. Les tonfa volèrent dans de formidables et précises circonvolutions, on pouvait entendre les bruits de fouettage puis ceux des chocs contre les os et les têtes des autochtones rebelles à l'autorité. En quelques minutes le secteur fut nettoyé et le cadavre isolé au milieu de ses trois ou quatre litres de sang déversés. Les claquettes s'étaient tant approché qu'elles avaient trempé dans la flaque. Dans leur fuite elles avaient laissé au sol des empreintes bien nettes et l'on aurait pu suivre le fuyard jusqu'à son domicile.

Au pied du massif de l'étoile un scooter venait de prendre feu. A ses côtés se consumaient des vêtements et deux cagoules noires. Ils étaient déjà loin …

43

Cette fois le préfet portait son costume d'apparat. Les guirlandes étaient posées, les étoiles aussi, l'arbre de noël pouvait briller aux yeux des quelques journalistes présents dans la salle. Il posa sa casquette sur la table et invita son auditoire à s'asseoir. Tout le monde avait déjà posé son cul bien avant que le préfet ne fasse son entrée. Déçu par cet irrespect il marqua son mécontentement par un long souffle et un geste malsain adressé à un de ses sbires chargé de lui tirer la chaise ou lui cirer les pompes au cas où il s'aventurerait en terre inconnue, en milieu hostile où les trottoirs sont souillés de déjections canines et, pour le coup, de sang du jeune dealer de vingt ans. Mais il n'en n'était rien car les quartiers défavorisés de la ville ne l'intéressaient pas plus que cela et ne lui servaient qu'à être la marionnette de la place Beauvau lors de règlements de compte sanglants de jeunes gens, fussent-ils dealers. Ce matin là c'était la presse qu'il devait affronter, des médias bien remontés de devoir une fois encore remplir des pages d'une encre teintée d'hémoglobine. La tension se sentait, elle était presque palpable et à en voir les mines déconfites des journaleux locaux il ne faisait aucun doute que le préfet allait dérouiller sous un flot de questions minutieusement préparées. La presse locale avait décidé de faire bloc contre ce préfet à la réputation sulfureuse et aux propos précédemment tenus ne laissant que peu de doutes quant à l'intérêt qu'il semblait accorder aux minots tombés régulièrement sous les balles des Kalachnikovs. Ce qui semblait passionner le prélat du

ministre de l'intérieur était de toute évidence sa carrière et surtout son esthétique. Il prit place dans un large fauteuil semblant être un trône et posa ses deux mains contre la table.
- Je vous écoute, posez vos questions, dit-il en s'adressant aux journalistes.
- Je suis Frédéric Partouche du journal la Provence monsieur le préfet. Merci de nous recevoir ce matin. Ma question porte évidemment sur le décès violent de ce jeune homme dans la cité Frais Vallon hier soir. Pouvez-vous nous dire, monsieur, si tous les moyens en hommes, en matériel et en volonté politique ont été mis en œuvre afin d'enrayer ce fléau récurent dans les cités de notre ville ?
Le préfet rendit un léger sourire avant d'entamer sa réponse. Il leva les yeux vers le plafond afin d'y contempler les peintures et les dorures. De toute évidence il était gêné.
- Monsieur Partouche votre question me surprend. Vous êtes pourtant un habitué de ces phénomènes et vous êtes encore un spécialiste des questions de police. Vous n'ignorez donc pas que la volonté du ministre de l'intérieur est de mettre un terme à cette litanie et que tout ce que nous pouvons mettre en place l'est ou le sera très vite. Voyez-vous, monsieur, le jeune homme abattu hier soir était un revendeur de drogue, nous avons trouvé sur lui une sacoche contenant argent et matière stupéfiante. Sa mort est liée à ces trafics de toute évidence, il faut donc mettre tout en place pour lutter en amont contre ces trafics qui gangrènent les cités du nord de la ville. Nous nous y attelons.
Partouche dodelina de la tête et posa ses fesses sur son siège inconfortable pour laisser la parole à un de ses confrères.
- Monsieur le Préfet, je suis Karl Berbassian du journal La Marseillaise. Je ne comprends pas monsieur le préfet comment les dispositifs mis en place à votre arrivée, à savoir il y a deux ans maintenant, n'ont pas porté leurs fruits. Je veux parler des effectifs de police et notamment de la Brigade Anticriminalité Nord et le renfort d'effectifs que vous avez apporté. Pourquoi ce

service pourtant performant ne parvient pas à résoudre les problématiques de drogue, est-ce encore un problème d'effectifs ou alors de méthodes ?
- Monsieur Barbassian, merci de poser cette question. Vous savez vous aussi que la BAC Nord est très performante et que ses effectifs vont au charbon sans peur mais comment voulez vous résoudre, en seulement deux ans, les problèmes qui perdurent depuis vingt ans dans ces quartiers ? Je peux vous assurer que la volonté politique d'éradiquer les trafics de drogue existe et elle passe bien par la Brigade Anticriminalité.
Le journaliste de la Marseillaise s'empara encore de la parole.
- Monsieur le préfet je me suis laissé dire que certains policiers de la BAC utiliseraient des méthodes étranges, peu académiques si vous voyez ce que je veux dire … Dans les quartiers les rumeurs vont bon train et elles semblent fondées. Que pouvez-vous nous dire là-dessus ?
Le préfet ne masqua pas son désarroi, il essuya son front et fit appel à son sbire afin qu'il lui donne un mouchoir en papier. Il prit de nouveau une grande inspiration.
- Comment pouvez-vous porter de telles accusations ? Si des policiers se comportent mal ils seront sanctionnés, croyez-moi !
- Je n'en doute pas monsieur le préfet mais aujourd'hui j'ai des retours de certains habitants des quartiers nord qui m'alertent sur le comportement de quelques policiers et il nous appartient, nous journalistes, de mettre cela en évidence.
- Certes ! Mais quelles sont ces fameuses accusations ?
- Je vais vous le préciser monsieur. Les informations qui remontent sont celles de deux ou trois policiers de la BAC qui ont mis, par la violence, en place une forme de racket sur les dealers. Ils prennent donc leur argent et créent entre les différents quartiers des tensions entraînant des règlements de compte. Voilà monsieur ce qui m'est rapporté.
- Vos accusations sont lourdes, monsieur Barbassian, je ne doute pas que vous les avez vérifiées mais je peux vous affirmer que

les policiers de la BAC sont certainement les plus valeureux de France et jamais je ne tolérerai ce type d'agissements.
- J'en prends note monsieur le préfet, j'en prends note, répondit le journaliste avec un léger sourire. La conférence de presse se poursuivit mais le préfet avait perdu de sa superbe et de son éloquence. Ce fut un autre journaliste qui posa une question sans intérêt avant que Barbassian reprenne la parole.
- Monsieur, je vous prie de m'excuser mais je n'ai pas tout dit. En fait depuis les cités c'est une rumeur persistante qui met en accusation non seulement les policiers mais aussi la hiérarchie devenue complice par ambition et pour faire monter les chiffres. Que pouvez-vous nous dire ?
- Monsieur Barbassian vous vous faites le relais de rumeurs sans fondements et vous frôlez la diffamation. Lorsque vous parlez de hiérarchie à qui faites-vous allusion ?
- A vous monsieur, à vous !
Le préfet resserra sa cravate, se redressa et mit un terme à la conférence de presse.
- Je n'aurais jamais pensé que l'on puisse ainsi toucher le fond et que l'on me mette en accusation pour des faits aussi graves. Monsieur Barbassian j'espère que vous prenez la mesure de vos propos.
Il quitta la salle sans se retourner.

44

Marseille s'endormait calmement. Un lourd silence s'était imposé sur la ville, il avait recouvert les quartiers du littoral et ceux du centre alors que ceux du nord restaient marqués par le vacarme des motos effectuant des rodéos sous les fenêtres des habitants excédés et épuisés de subir. A ce brouhaha venait se mêler celui des hurlements des femmes battues par des maris alcoolisés associé au bruit assourdissant du silence que jetait la misère en guise de couvercle à cet auto-cuiseur prêt à exploser. Depuis plus de vingt ans l'explosion aurait dû avoir lieu, depuis tout ce temps la colère aurait dû faire péter ces quartiers maintenus en vie à coups d'allocations familiales et de Revenu de Solidarité Active agrémentés par de vraies petites et moyennes entreprises important depuis le Maroc, conditionnant et commercialisant de la résine de cannabis et générant des chiffres d'affaires colossaux. Marseille n'était plus connue uniquement pour sa bouillabaisse et son vieux port, elle caracolait au sommet du podium des villes où crevaient le plus de minots aux ambitions débordantes de progresser dans le trafic de stups. Dans cet univers de béton sale, tout avait pris la fuite, rien ne subsistait. Alors, pour remplacer, ce qui n'aurait jamais dû fuir, un état défaillant, avait abandonné quelques flics pour aller titiller les dealers sans mesurer l'aberration de la situation. Sans mesurer que seuls au milieu des dealers ils finiraient logiquement par leur ressembler. Dans le nord de Marseille on crevait de faim et on payait les loyers avec de l'argent puant le shit et l'herbe de cannabis. Dans cet univers, Eric et Jeff nageaient comme des poissons dans l'eau. Eux étaient devenus des requins dans cet océan de violence, des squales capables de mordre chaque proie en restant à flot et en évitant les énormes filets dérivants lâchés par des immenses chalutiers. Ce qui était pris dans les mailles des filets restaient des pauvres âmes en position de faiblesse, incapables de résister au diktat imposé par les dealers. Pourtant Eric et Jeff étaient parvenus à se faire respecter, ils étaient même craints. Cette position était connue de tous et même si elle n'était pas légale elle permettait de faire monter les chiffres et de maintenir un semblant de paix sociale achetée à grands coups de poings et de feu. Une sorte d'équilibre, un laissé faire faute de l'empêcher. Un merdier contrôlé par des flics qui n'en n'étaient plus tout en restant ceux chargés d'assurer la sécurité qu'ils parvenaient malgré tout à maintenir. Un véritable casse-tête en somme. Cette nuit-là, ce fut une rafale puissante d'arme automatique venue de l'Est qui vint frapper un groupe de trois jeunes gens postés devant un immeuble de la cité de la Buisserine. Tous trois furent touchés, tous trois crevèrent là sur le pavé gras. A l'arrivée des premiers effectifs de police, ils ne purent que constater les décès en évitant de piétiner les cadavres jonchant le sol. Les trois baignaient dans une marre de sang commençant à coaguler ; il sentait fort et vint se jeter aux narines des flics. L'un d'eux ne put retenir son sandwich fraîchement avalé alors que le deuxième resta planté là à regarder cet abominable spectacle de ces trois corps enchevêtrés comme s'ils avaient voulu se protéger derrière leur ami, derrière celui qui tomba le premier. Depuis plusieurs jours les règlements de compte se succédaient sans faire de pause et sans que soient visés des acteurs prépondérants des trafics. Les tireurs entraient dans la cité, rafalaient les jeunes au bas des bâtiments et prenaient la fuite. L'arme était toujours la même, une Kalachnikov dont les hurlements chantants laissaient entendre des accents slaves et des intonations venues d'ailleurs, issues de ces contrées où la guerre était une routine et la violence une banalité. Elle était arrivée à Marseille juste après la chute du mur de Berlin et celle du bloc de l'est, depuis elle y faisait des ravages sans que quiconque ne parvienne à stopper les massacres. Cette nuit ils étaient trois, demain combien seront-ils ? Un, deux ou plus ... Peu importe puisque les autorités se moquaient de ces morts ne venant que polluer leur image et démontrer l'échec de leurs politiques sans qu'elles n'empêchent une seule nuit les hiérarques de trouver le sommeil. Eric et Jeff le savaient, ils l'avaient compris. Forts de cela ils s'étaient donnés comme mission de semer la pagaille entre les différents sites de deal pour respecter le vieil adage disant que pour régner il fallait diviser. Mais la division semblait être à son paroxysme depuis la fuite de Sofiane. Le meurtre de Rachid avait été le début d'une fin annoncée où les dealers voulaient s'approprier les territoires laissés vacants, les flics désireux de manger leur part de gâteau ne jouaient plus les arbitres mais se contentaient de compter les morts et le sommet de la hiérarchie policière s'empressait d'alerter la place Beauvau d'un déréglement total de l'équilibre qu'ils se targuaient d'avoir mis en place. Mais rien n'était aussi simple puisque, au milieu de tout cela, les deux bacqueux véreux jusqu'à la moelle n'étaient obnubilés que par la récupération de la sacoche abandonnée avant de participer à la reconstruction des hiérarchies pyramidales des réseaux de vente de résine de cannabis. Qui pouvait avoir relancé la guerre des clans et surtout qui pouvait abattre autant de jeunes gens en quelques jours, même Eric n'en savait rien et évoluer dans ce marasme devenait extrêmement complexe même pour eux. C'était les services de la Police Judiciaire, brigade criminelle, qui étaient chargés des investigations concernant les homicides mais ces enquêteurs, pourtant rompus aux enquêtes longues et fastidieuses, manquaient de connaissance des quartiers nord. Les investigations allaient être donc difficiles. Cela rendait service aux deux flics de la BAC.

45

Bien que leur architecture fût parfois quelque peu différente, toutes les cités du nord de Marseille se ressemblaient, elles avaient des points communs comme la misère et la violence. Contrairement à celles de la banlieue de Lyon ou plus encore celles du département de Seine-Saint-Denis, les phocéennes ne comportaient parfois que deux ou trois bâtiments lugubres et sales. Dès l'entrée on y était accueilli par des guetteurs puis des rabatteurs nous conduisant vers le vendeur. C'était, depuis plusieurs années, ainsi que ces quartiers fonctionnaient avec leurs propres règles et à moins d'être un résident des lieux, vous ne pouviez pas y pénétrer sauf pour se charger en shit ou en mauvaise cocaïne. Les flics eux étaient repérés à des kilomètres et les immatriculations des voitures de la BAC étaient inscrites dans les halls d'immeuble entre la peinture défraîchie et la crasse que le bailleur social ne cherchait plus à nettoyer. Ces lieux étaient glauques et extrêmement dangereux, ils incarnaient à eux seul l'échec d'une politique de la ville et des différents gouvernements. La cité des Lauriers ne faisait pas exception à cette règle, elle s'y conformait à merveille. Là, les 400 logements visibles dans la même barre n'échappaient pas à la misère et à la crasse. Les tentatives de réhabilitation lancées par le bailleur semblaient toutes vouées à l'échec comme si les gens demeurant ici aimaient ce qui était cassé, ce qui était détruit. La cité sentait la résine de cannabis plus que la peinture fraîche, souvent elle humait aussi l'hémoglobine et la poudre noire embrasée dans des rafales d'armes automatiques.

Les Lauriers était le fief de Sofiane, c'est là qu'il s'était imposé en véritable maître du deal avant de l'étendre, par la violence, à d'autres quartiers. Son absence avait suscité des convoitises et la guerre au sein des réseaux était déclarée.

Cette nuit-là, on aurait pu apercevoir le panache de fumée noire bien avant d'entamer la rue marathon, il montait lentement vers le ciel pour s'amenuiser et disparaître vers la mer en déposant par ci et par là quelques minuscules morceaux incandescents sur les toits des voitures stationnées là. Une forte odeur de polymère avait envahi la cité, elle saisissait aux narines celui qui aurait tenté de s'aventurer près du brasier. Au milieu des flammes c'était bien une voiture que l'on apercevait et comme l'arrière n'avait pas encore cramé on pouvait y lire la marque et le modèle. C'était une Clio de chez Renault. Une citadine au coffre minuscule et à l'habitacle fait de plastique et de polyuréthane ne résistant pas à la forte chaleur que dégage ce type de combustion. Les quatre pneumatiques avaient éclaté, les parois vitrées aussi et on pouvait distinguer les armatures métalliques des sièges rougies par le feu. Lentement l'incendie se propagea vers l'arrière après avoir dévoré l'avant, sans marquer de pause ; il redoubla de violence comme si un comburant avait été abondamment répandu. Les flammes doublèrent de colère et de puissance, en quelques minutes elles avalèrent le peu de matières encore intactes. Ça crépitait, ça cognait tel un combat de boxe où deux puissants combattants échangent de grands coups de poings gantés. En deux minutes à peine le coffre arrière et les pare-chocs avaient fondu pour se répandre sur le bitume sec et sale. Dans le rouge des flammes vint se mêler le bleu d'une rampe de gyrophare portée par un camion massif des marins-pompiers. Rapidement une petite lance fut établie pour aller noyer les restes de la Clio. Lentement la colère du feu s'était apaisée, elle n'avait plus rien à dévorer. Habilement, d'un coup

de pied de biche, un soldat du feu fit sauter le verrou étrangement intact et maintenant le hayon arrière en position fermée. Une épaisse fumée âcre vint envelopper le pompier protégé par un appareil respiratoire isolant. Il patienta, attendant que la fumée s'échappe en restant dans son immense halo, puis s'adressa à son supérieur par gestes incompréhensibles. Un équipage de police en uniforme fit son entrée dans la cité pour venir placer le véhicule sérigraphié près du camion des pompiers, deux flics s'en extirpèrent nonchalamment en observant le sommet des immeubles tout en saluant les marins-pompiers.
- Dans le coffre messieurs, c'est dans le coffre que ça se passe, dit le pomplard en retirant son casque et en essuyant son front ruisselant.
Les deux policiers semblaient avoir compris comme si cette situation s'était déjà produite, comme s'ils y étaient habitués. En trois pas ils avaient rejoint l'arrière de la voiture carbonisée, concomitamment ils firent tous deux une grimace de dégoût avant de retrouver leur voiture. Saisissant le combiné radio, le chef de bord émettait un message :
- TN 13 de GSP 122.
- TN 13 écoute !
- Sur place aux Lauriers. Il s'agit bien d'un barbecue, dans le coffre de la voiture il y a un corps. Enfin ce qu'il en reste.
- Bien reçu de TN 13, je vous envoie des renforts et l'OPJ de permanence. Restez sur place !
- Oui TN 13 de GSP 122 faites vite pour les renforts, les indiens commencent à arriver et il semble qu'ils souhaitent attaquer la diligence, lança le flic en contemplant les bandes de jeunes se regroupant aux abords de la voiture brûlée.
- De TN 13 je fais au plus vite mais si vous êtes en difficulté, dégagez les lieux rapidement !
- Oui c'est reçu !
A peine l'appel radio terminé que des sirènes deux-tons se faisaient entendre et les lumières bleutées venaient caresser les

grands immeubles. Visiblement la solidarité entre flics fonctionnait encore et aucun équipage disponible n'aurait abandonné des collègues au pied d'un bâtiment et en difficulté. En quelques minutes trois voitures de police se présentaient sur place et les effectifs établissaient un périmètre de sécurité afin de préserver la scène de crime.

L'OPJ ne se fit pas trop attendre non plus. Il pointa son nez au volant d'une 208 cabossée qu'il jeta littéralement à l'entrée de la cité. Il fit le reste du chemin en marchant vers ses collègues en faction.

- C'est quoi ce merdier encore ? râla t-il en arrivant sur place.
- Un barbeuc, répondit un flic en uniforme sans lâcher des yeux les fenêtres de l'immense barre de béton lui faisant face.
- Et merde, fait chier ! Je suis seul, y a pas la PJ ?

Le flic observateur répondit d'un bruit confectionné par ses lèvres et d'un souffle puissant et bref poussé entre ses deux babines. L'OPJ approcha de la caisse encore fumante en bougonnant des mots inaudibles mais dont l'étymologie ne provenait certainement pas du Larousse ou du petit Robert. Des gros mots et des insultes ponctuèrent sa marche. Il se positionna devant le corps. Il ne restait plus qu'un gros morceau de charbon émettant parfois de légers sifflements et des gros craquements. La boîte crânienne avait explosé et la matière cérébrale était en fusion, telle une casserole démunie de couvercle elle laissait quelques giclées fines et malodorantes s'échapper pour aller maculer les parties métalliques saillantes, noircies d'avoir été trop léché par de grosses flammes. Des membres supérieurs, il ne restait que deux moignons à mi-bras, les mains et avants-bras avaient été avalés par le feu et son appétit d'ogre, la pointe de chaque humérus fumait allégrement comme deux mégots de petits cigares sortant la tête d'un cendrier rempli d'escarbilles. L'OPJ parcourut du regard ce corps non identifiable, sa vision semblait le débecter. Il pivota sur sa gauche et laissa s'échapper de sa bouche un énorme glaviot gras qui vint se crasher dans l'eau abondamment déversée par la lance des pompiers. Il fut entraîné vers un ailleurs, vers un égout peut-être. Ce fut par les membres inférieurs que les constatations visuelles de l'officier de police se poursuivirent, là aussi il ne put que constater la disparition des jambes laissant seulement deux gigots aux fémurs apparents et incandescents. Le reste avait disparu, dévoré par l'intense incendie attisé par les innombrables litres d'essence ayant été déversés sur le macchabée. Quelques lambeaux de tissu semblaient coller au cadavre, ils maintenaient des reliquats de cage thoracique contenant avec grande difficulté deux poumons grillés et un cœur trop cuit. L'odeur était pestilentielle, elle avait englobé les secouristes et les quelques flicards ayant eu le courage ou la stupidité de rester pour contempler ce spectacle horrible. Parfois ils crachaient, souvent ils retenaient un jet de vomi sans décolérer de se trouver là dans ces quartiers à gérer ça et … le reste. Être flic ici demeurait un job particulier, un métier oscillant trop souvent entre l'horreur et l'abominable, entre l'abject et l'insoutenable. Ils se demandaient pourquoi ils l'étaient.

46

Marseille était en feu. Un flambard du diable, un embrasement localisé à tout un secteur, celui du nord de la ville. Pourtant on ne pouvait pas forcément voir les flammes ni ressentir les calories émises puisque les foyers étaient divers et variés. Dans les salons dorés de la préfecture ou les bureaux miteux de la Brigade Anticriminalité Nord comme les locaux dégueulasses de l'évêché, on avait besoin de pompiers, de vrais pompiers capables de venir à bout d'un feu ayant poursuivi sa folle course jusqu'à la place Beauvau pour déranger dans son sommeil un ministre de l'intérieur pensant faire de Marseille son laboratoire pour asseoir son autorité et bien évidemment son ambition de traverser la chaussée pour entrer à l'Élysée. Mais voilà ! Ce qui se tramait dans la deuxième ville de France était de matière à générer un merdier monstrueux puisque chaque nuit des jeunes gens brûlaient dans des coffres de voitures ou crevaient sous la puissance meurtrière des armes Balkanes. Chaque nuit les Marseillais sursautaient à chaque rafale tirée, à chaque voiture incendiée en espérant que sur les trajectoires affreuses ne se trouvaient pas un des leurs, un de ces jeunes errant ou ayant pris part naïvement à ces trafics de drogue qui minaient la ville et les quartiers nord. De ces morts Julie n'en avait cure, elle tentait d'avancer dans son enquête qui, depuis quelques semaines maintenant, avait pris du retard et s'était même un peu embourbée suite au meurtre du gros Rachid et de la fuite de Sofiane. Pourtant étrangement ce matin elle reprit du poil de la

bête et décida de remuer Damien dans ses investigations. Ayant compris qu'elle naviguait à vue et qu'elle ne pouvait compter sur personne, elle se devait de progresser puisque le juge d'instruction mandant lui avait donné de nouvelles directives notamment sur les recherches concernant les écoutes téléphoniques et lui précisant d'étendre son enquête sur le volet assassinat. La tâche était ardue et malgré les nombreux renseignements qu'elle avait obtenus, il lui semblait que son dossier s'enfonçait inexorablement dans les profondeurs des oubliettes judiciaires et qu'un autre service que le sien allait, un jour ou l'autre, sortir l'affaire. En fait c'était ce qu'elle craignait le plus. Etre dépassée par un groupe de la Crim ou de la Brigade de Répression du Banditisme aurait été vécu comme un affront, une humiliation pour celle qui se targuait depuis quelques années d'être capable de mettre des voyous de cités hors d'état de nuire. Ses états de service l'attestaient, elle était l'une des meilleures fliquettes de Marseille et notamment dans ces cités qu'elle connaissait parfaitement. Néanmoins Sofiane était une épine dans son pied et, par son acte de folie meurtrière, avait mis un coup d'arrêt à un dossier qu'elle suivait depuis plusieurs mois et pour lequel il ne restait plus qu'à sauter le principal mis en cause. Ses investigations avaient pris une tournure particulière, elles semblaient être aujourd'hui un mélange de flic corrompus mais efficaces, de hiérarchie frileuse et ambitieuse ayant connaissance de toutes les saloperies faites de part et d'autre mais se limitant à compter les points et à jouer une mi-temps dans chaque camps sans compter un ex-voyou désireux de la séduire et lui offrant sur un plateau les têtes des deux flics de la BAC les plus corrompus de Marseille. Tout cela était trop pour ce petit être et cette enquêtrice pourtant chevronnée, d'autant qu'elle avait débuté sa psychothérapie pour soigner ses maux d'enfance la faisant encore souffrir. Mais Julie, en ce matin de printemps, ne baissa pas les bras.
- Bon Damien, on en est où ?

- Rien, je te promets rien, absolument rien. Ce putain de téléphone ne parle pas.
- Allez viens on va monter dans les cités, on va secouer nos indics par les couilles, dit-elle en souriant.
Ce fut la sonnerie de son téléphone de bureau qui l'empêcha de quitter les lieux.
- Oui capitaine Pikosky, j'écoute.
- Julie, montez dans mon bureau, faut qu'on parle, dans une voix grave et monocorde le commissaire Berstein mit un terme à la patrouille.
Un étage séparait les bureaux des enquêteurs de celui du patron de la Sûreté Urbaine. A peine plus propre, le long corridor était feutré, on n'y procédait pas à des auditions de dealers ou de violeurs et d'aucun n'aurait envisagé de hurler dans cette partie du bâtiment de peur de déranger les têtes pensantes bien éloignées des préoccupations des flics de rue. Julie arpentait le couloir et s'immobilisa devant la porte de son commissaire. La porte restée ouverte invitait la jeune enquêtrice à entrer sans cogner à l'huis.
- Entrez, entrez, Julie et asseyez-vous, dit le commissaire au regard inquiet.
- Bonjour patron ...
- Pas le temps pour les politesses, Julie. On est dans la merde et croyez-moi ça pue et à la place Beauvau on apprécie pas les fragrances malodorantes.
- Si vous saviez ...
- Oui, je sais oui mais cette fois la merde risque de nous éclabousser tous jusqu'au préfet de police.
- Et alors ? interrogea Julie avec un sourire au coin des lèvres.
- Et alors faut vous bouger, vous remuer vite et bien pour me retrouver ce Sofiane avant que Marseille soit totalement en feu. Vous en êtes où ?

- J'en suis nulle part. Je n'ai aucun élément, le numéro de téléphone ne donne rien et le peu d'infos que nous avons obtenues ne nous permettent pas d'avancer.
- Démerdez-vous mais sortez-moi cette affaire !
- Ce que je sais c'est que la guerre entre les citées est partie d'un vol de sacoche contenant de l'argent dont une partie appartenait au gros Rachid et c'est pour cela que Sofiane l'a tué, rajouta Julie.
- Une sacoche, quelle sacoche, de quoi parlez-vous ?
- Un soir, une BAC poursuivait un scooter et le passager du scoot se serait débarrassé de la sacoche sans doute avec l'espoir de la récupérer sous les voitures. Mais elle a été récupérée par quelqu'un d'autre …
- Qui ?
- Le problème est là, je ne sais pas et visiblement personne ne le sait.
- Une BAC ? Quelle BAC ?
- La BAC Nord ! Un équipage en particulier. Deux vieux flicards du service qui auraient mis la moitié des cités à l'amende.
- Des ripoux ?
- Tout le laisse penser, monsieur. Mais l'autre problème c'est que l'ensemble de la chaîne hiérarchique connaît les agissements de ces deux flics.
- Et ? questionna le Commissaire en faisant une moue étrange.
- Et … tout le monde les couvre car ils font malgré tout de belles affaires.
Un long et lourd silence s'imposa. Le patron gratta son crâne, caressa longuement son menton puis repris la conversation :
- Qu'est-ce qu'on a pour les faire tomber ?
- A l'heure actuelle rien et je crains que ce soit compliqué de les accrocher sauf de les prendre en flag mais ils sont flics et donc ils sont malins.
- Laissez-moi Julie, laissez-moi, il faut que je réfléchisse.

47

L'hôpital Lavéran se situait face à l'immense barre de béton de la cité des Lauriers. C'était un établissement hospitalier militaire qui avait depuis bien longtemps ouvert ses portes à une patientèle civile et locale. Sur son fronton flottait la bannière tricolore comme dernier signal à une potentielle invasion et pour rappeler que le site demeurait une enceinte peuplée de praticiens ayant fait leurs classes et susceptibles de chausser très vite des rangers après avoir ôté leurs chaussons blancs immaculés. Bien que cette troupe improvisée ait pu laisser l'illusion d'être apte à combattre les voisins dealers, elle ne laissait aux policiers aucun espoir d'aide pour combattre le fléau imposé par les dealers.
Damien avait stationné la voiture dans le fond du parking de l'hôpital. Savamment dissimulée derrière un camion de livraison, elle passait inaperçue. Pourtant son numéro d'immatriculation, bien connu des autochtones, figurait sur la liste taguée dans le hall de l'immeuble D, siège du deal de shit de la cité. Julie patientait sagement à la place du mort, elle sirotait un mauvais café qu'elle avait dégoté dans l'hôpital et d'une machine à pièces aux allures antédiluviennes, elle avait laissait couler son jus avec une lenteur extrême mais dans un vacarme assourdissant.
- Putain qu'il est pourri ce café, s'exclama-t-elle en le projetant à l'extérieur. Le gobelet de carton alla se ficher dans un bosquet défraîchi laissant le nectar affreux se répandre sur les quelques feuilles ayant résisté aux assauts des rats et des ordures déposées dans ce qui subsistait d'un espace vert.

Damien était hilare en contemplant le visage de la fliquette.
- Je t'en offrirai un vrai au bureau. Il fut interrompu par Julie qui tentait de faire passer le goût amer de l'abject café en gobant deux chewing-gums et faisait des gestes pour signaler l'arrivée de leur contact. Passant le grand portail de l'hôpital, Bachir marchait d'un pas franc et rapide en fixant le sol, la capuche noire lui recouvrant totalement la tête dont le visage rajoutait à sa silhouette longiligne un côté de spectre non négligeable. Le tout était confirmé par un pantalon noir affinant encore un peu plus sa fine carrure. Sans hésiter il se dirigea vers la voiture des policiers et s'y logea sur la banquette arrière sans dire un mot mais en s'exprimant par gestes rapides signifiant de prendre le départ. Dès le portail franchi il hurla.
- Allez barrez-vous de là, bande de cons !
- C'est bon, c'est bon ! rétorqua Damien passablement agacé par l'attitude de Bachir.
- Putain mais vous n'avez pas trouvé un autre point de rendez-vous bordel ! On est devant la cité là !
- Oh ta gueule Bachir, tu nous fatigues avec tes conneries. Couche-toi sur la banquette et ferme la, lança Julie en lui jetant un vieux blouson afin qu'il se dissimule. La voiture empruntait la direction de Saint Just et s'immobilisa au pied du siège du conseil départemental. C'était une sorte de bâtiment à l'architecture étrange dont la structure tubulaire métallique était peinte en bleu délavé. Ce n'était pas un axe trop fréquenté, il y avait donc quelques recoins pour se cacher afin d'échanger calmement entre deux flics et un tonton, accessoirement dealer, voire même tueur. Son physique était banal et d'aucuns n'auraient pensé que face à lui se trouvait un voyou chevronné et opportuniste. Bachir ne concevait l'opportunité uniquement lorsqu'elle pouvait lui servir, lorsqu'elle servait à asseoir sa position au sein des trafics de stups. C'était un caméléon sachant se fondre dans tous les systèmes même celui, pourtant particulier, des flics. Pour ce faire il n'avait pas hésité à devenir un tonton,

une vraie poucave des flics capable de balancer son frère si cela pouvait le servir. Il état donc le tonton attitré du duo de la brigade des stups et Julie l'avait apprivoisé très vite avec ses manières étranges et ses mensonges permanents. Malgré cela il donnait de formidables tuyaux aux enquêteurs et avait permis à Julie et Damien de réaliser de bons coups, de belles saisies et arrestations. Mais en contrepartie Bachir exigeait sa tranquillité pour pouvoir exercer ses petits trafics d'objets volés dans des cambriolages de résidences bourgeoises d'Allauch ou Plan de Cuques. Julie lui avait assuré une pérennité dans son business. Bien à l'abri des regards il émergea de dessous la vieille veste en soufflant.
- Putain, vous faites chier les mecs, elle pue cette veste !
Julie ne releva pas cet argument futile et alla droit au but.
- Bon, Bachir, il faut que tu nous aides, on est dans la merde. Ça calibre tous les soirs et on compte déjà trois morts en trois jours.
- Bien sûr, bande de cons, c'est vous qui avez foutu le bordel !
- Nous ? lança Damien.
- Oui, vous, les shimdts ! Y avait un équilibre dans les trafics et entre les cités même si de temps en temps on réglait un peu les compteurs mais là c'est le vrai bordel ! C'est la bande au gros qui veut se venger. Ils veulent récupérer le pognon de la sacoche, reprendre les points de deal de Sofiane et butter ce connard ! Et au milieu de tout ça y a vos deux connards de collègues de la BAC qui tentent de faire les arbitres.
- Oui ça on le sait, nous ce que l'ont veut, c'est Sofiane.
- Oh là, cocotte, ne t'emballe pas ! réagit Bachir en se relevant et en rangeant ses cheveux maintenus par une pâte grasse. Pas si simple !
- Écoute on est plus au temps des palabres, alors donne-nous Sofiane ou alors …
- Ou alors quoi ? Vous allez me lâcher, bande de cons ?
Julie fit une grimace assortie d'un léger sourire, Damien approuva d'un rictus et d'un geste de la main.

Bachir s'enfonça dans le siège, sans doute pour réfléchir à la proposition qui lui avait été faite par les flics en comprenant très vite qu'il ne s'agissait pas d'une proposition. C'était une injonction. Il rangea encore ses cheveux et vint essuyer le surplus de matière huileuse sur le tissu de la banquette.
- Je vous donne Sofiane à une condition !
- Allez balance merde ! lança Julie agacée.
- Je vous le file mais vous m'aidez à récupérer son business, tout son business et ses plans stups !
- Mais t'es con ou quoi ? Tu crois qu'on fait ce qu'on veut ? dit Damien stupéfait de la teneur des propos entendus.
- Tu te démerde ! C'est ça ou rien !
Julie prit le temps pour formuler une réponse, elle fit un signe à Damien afin qu'il redescende.
- Laisse-nous deux jours et on revient vers toi.
- Deux, pas plus, après je le donne à la bande de l'obèse. Allez ramenez-moi maintenant, bande de cons !

48

C'était Perrine qui avait choisi le parc Borely. Au sud de la ville et à quelques mètres des plages du Prado, elle avait pensé que ce pouvait être l'endroit idéal pour des retrouvailles. Les deux filles avaient enfilé de belles robes, elles avaient attaché leurs longs cheveux bruns en une queue de cheval tombante avec élégance entre leurs épaules. Perrine, elle, avait opté pour un pantalon de toile bleutée et un chemisier blanc laissant entrevoir l'orée de sa poitrine. Elle aussi avait attaché ses cheveux noirs en un chignon imposant surmontant son crâne. Il mettait ses yeux en valeur. Toutes trois étaient belles.
Franck, lui, avait choisi de porter une chemise de lin blanc. Malgré les plis inhérents à la matière et à sa légèreté, elle lui seyait à merveille. Posée sur un jean délavé elle confirmait le côté négligé mais réfléchi. Ce qu'il ne pouvait pas dissimuler était son inquiétude. Il était arrivé bien en avance et errait autour du lac depuis plus d'une heure. Même les canards semblaient s'interroger sur la présence de cet homme déambulant là sans leur lancer du pain ou des graines. Un ragondin aux dents acérées plongea pour échapper au regard insistant du marcheur.
Ce fut à dix heures pétantes que le trio de filles entra dans le parc. Du regard Perrine cherchait Franck alors que les deux minettes ne pouvaient plus contenir leur impatience. Elles jouaient et criaient en se poussant, en se repoussant tout en balayant de leurs yeux la zone afin de localiser leur père. Franck apparut comme sorti d'un rêve. Il s'avança vers ses filles. Son pas était hésitant mais sa trajectoire restait bien rectiligne et n'avait qu'un seul but, qu'un seul objectif : celui de serrer ses deux filles dans ses bras.

Il était en manque. Dans un premier temps les deux jeunes filles restèrent figées puis elles se lancèrent vers leur père afin de lui sauter dans les bras. Il avait posé un genou à terre et maintenait ses bras grands ouverts. En à peine deux secondes elles avaient atteint leur père et s'étaient blotties dans l'espace béant. Tous trois fondirent en pleurs. Restée en arrière, Perrine écrasa aussi une grosse larme en veillant à ne pas foutre en l'air plus d'une heure de maquillage. Le fard avait dissimulé ses cernes, le rimmel avait rendu une vivacité à ses cils alors qu'un lipstick grenat s'était donné pour mission de repulper ses lèvres ayant, durant la nuit précédente, bien trop avalé de sanglots. L'étreinte dura plus d'une minute, il fallut ce laps de temps pour que Perrine les rejoigne et invite, d'un geste tendre, Franck à se redresser.
- Mes filles, ma femme !
- Papa ... répondit la jeune Olympe du haut de ses cinq ans alors que Chiara, plus âgée de deux ans, restait muette.
- Oui ma fille.
- Tu ne pars plus, tu restes avec nous maintenant ?
- Oui ma fille, rassure-toi, je reste auprès de vous. Franck se tourna lentement vers sa femme et l'invita à se lover dans ses bras. Rapidement elle vint s'y blottir et posa sa joue sur son épaule. Elle ne put retenir ses larmes.
Le soleil était lui aussi au rendez-vous, il ne s'était pas caché derrière de gros nuages noirs pour assombrir le parc Borely et poser sur cette famille de nouveau réunie ni froidure ni ombre passagère. Il faisait doux. Franck prit les petites mains de ses filles et regretta, par un hochement de tête, de ne pas pouvoir mélanger ses doigts à ceux de Perrine. Elle marchait à leurs côtés comme si elle pouvait apercevoir le halo que formait l'amour autour de ce papa et ses deux filles. Ils étaient beaux.
Près du lac la petite famille s'installa autour d'une table chancelante, Olympe et Chiara évitèrent les sièges pour prendre

chacune possession d'un genou paternel. Perrine se posa sur une chaise, elle n'avait pas cessé de pleurer.
- On va boire quelque chose, les filles, ou alors vous voulez une glace ? questionna Franck en hélant le serveur.
Ce fut Perrine qui entérina les choix de ses enfants et commanda deux cafés pour les adultes.
- Vous savez, les filles, papa ne viendra pas de suite à la maison, dit Perrine en avalant son café.
- Pourquoi ? questionna Chiara.
- Il faut un peu de temps et je dois régler quelques affaires avant mais je vous promets que je reviendrai très vite à la maison.
Le temps semblait être suspendu, Perrine avait enfin cessé de pleurer et les filles avalaient de grandes cuillerées de crème chantilly. Le soleil était maintenant efficace, il fallait rentrer …

49

Ce matin le soleil peinait à lutter contre une grosse masse nuageuse. Pour lui c'était compliqué d'imposer sa suprématie et il devait mener bataille sans autre arme que celle de sa toute puissance et de ses rayons qui d'habitude perçaient sans difficulté toute entrave. Même le mistral semblait avoir abandonné la lutte, c'était pétole. Malgré cela Julie avait conservé ses lunettes de soleil pour sans doute laisser ses yeux ou mieux encore son regard derrière des verres opaques seuls capables d'empêcher les autres d'entrevoir son désespoir. Pour elle la lutte était quotidienne et son job semblait ne plus suffire à apaiser sa douleur, à calmer sa colère. Le premier rendez-vous qu'elle avait eu avec la psychologue avait agi comme un élément déclencheur et avait provoqué en elle un véritable cataclysme par une prise de conscience de manquer de modèle masculin. Ce père absent n'avait jamais été aussi présent que depuis ce rencard, ses démons aussi. Le plus responsable de cela n'était autre que Abdelkader et son envie inexpliquée de provoquer cette rencontre entre Julie en souffrance et Elizabeth la Psychologue, à ses yeux seule compétente pour apporter les clefs des portes trop verrouillées des maux de la fliquette. Ce matin elle arpentait l'avenue de la Corse en songeant à ce voyou affirmant ne plus l'être et son retour brutal dans sa vie. Elle ne pouvait oublier qu'il était à l'origine de sa rupture avec celui qu'elle considérait comme le seul homme pouvant rester à ses côtés et celui avec lequel elle aurait pu pérenniser une relation amoureuse. Cette relation, elle n'était pas encore parvenue à l'effacer de son crâne, de ses souvenirs. Chemin faisant des

images joyeuses et affectueuses jaillissaient comme des douleurs violentes venant percer sa cage thoracique. Ses lunettes masquaient les quelques larmes qu'elle n'était pas parvenue à retenir, elles vinrent choir sur ses joues en manque de fard. Le soleil n'avait toujours pas gagné le combat, il allait se poursuivre durant toute la journée.
La porte du cabinet était close et elle dut presser un bouton de sonnette afin qu'elle soit ouverte. Les deux étages la séparant de la psy parurent excessivement longs et difficiles à escalader. La salle d'attente était vide, elle en prit la direction au moment où Élisabeth l'invita à prendre place dans le cabinet. Julie se laissa tomber dans un fauteuil club, elle portait toujours ses lunettes.
- Bonjour, dit calmement Elizabeth.
Elle répondit d'un hochement de la tête et croisa ses jambes, malgré les énormes carreaux on pouvait comprendre que son regard était placé vers le sol, vers ses chaussures peut-être.
- Avez-vous réfléchi depuis notre dernier rendez-vous ?
- Oui, un peu, répondit faiblement la fliquette.
- Bon alors nous allons reprendre là où nous nous étions arrêtées. Avez-vous quelque chose à me dire ?
- Non … A propos de quoi ?
- Votre papa Julie, votre papa ?
D'un geste rapide elle arracha ses lunettes et les jeta sur la petite table posée sur la gauche du fauteuil.
- Pffff ! C'est pénible cet interrogatoire, confia-t-elle.
- Parce que d'habitude c'est vous qui les faites mais là vous n'êtes pas policière, vous êtes ma patiente et c'est moi qui pose les questions. Alors allez-y je vous écoute.
- Je crois que … Que je suis en recherche permanente de mon père. Chaque fois que je rencontre un homme je le cherche à travers lui et forcément …
- Forcément quoi ?
- Forcément il se barre !

- C'est très intéressant ce que vous venez de dire car en avoir pris connaissance va vous permettre de poser des mots sur vos maux. On avance !
- Mouai !
La psy esquissa un sourire puis elle reprit :
- Racontez-moi vos histoires d'amour ?
- Je n'en ai pas eu des quantités incommensurables et une seule m'a profondément marquée. J'ai quitté un homme à cause de mon boulot et …
- Poursuivez Julie !
- J'étais en couple avec un magistrat du parquet et nous nous sommes séparés parce qu'un voyou que j'avais dans une grosse enquête a dénoncé notre liaison au tribunal par l'intermédiaire de son avocat en émettant le doute sur la probité de nos investigations. Cet homme était ce jour-là avocat général et c'était donc lui qui plaidait au nom de la société mais les arguments de l'avocat de la défense ont fait mouche et nos carrières ont été mises en difficulté. Nous nous sommes quittés.
- Et vous l'aimiez cet homme ?
- Euhhh … Julie éclata en sanglots après avoir lâché cette onomatopée, elle s'empara d'une poignée de mouchoirs en papier pointant leur nez d'une boîte posée là pour la circonstance. Élisabeth resta silencieuse un long moment en détournant son regard de celle qui ne trouvait pas l'apaisement. Étrangement ce fut Julie qui reprit la parole :
- Je crois que oui et je crois que c'est le seul homme que j'ai aimé.
- Êtes-vous certaine cette fois-ci de ne pas avoir tout mélangé et de ne pas l'avoir confondu avec votre papa ?
- Je ne sais pas mais … Il me manque !
- D'accord Julie, mais avez vous revu cet homme depuis votre séparation ?

- Il est toujours substitut du procureur à Marseille mais je m'arrange pour ne pas le croiser. Je l'ai aperçu une fois ou deux au palais de justice mais pas plus.
- Pourquoi ne pas le contacter ?
- Jamais ! C'est lui qui a préféré que l'on se sépare pour ne pas entacher sa carrière. Je ne veux plus jamais le voir.
- Bon, c'est vous qui voyez. Parlez-moi alors de votre père ou plutôt de son absence.
- Je ne sais pas quoi vous dire … Je ne le connais pas. Il est parti alors que ma maman était enceinte de moi. Depuis que je suis petite je le cherche, j'attends qu'il revienne …
- D'accord ! Poursuivez.
- Vous savez madame un jour, je ne sais pas pourquoi, j'ai imaginé qu'il était policier. Sans doute parce que je voyais souvent les policiers de la BAC dans ma cité et que j'ai vécu en direct l'assassinat de mon amie Rachida. Après la mort de mon amie je me suis passionnée pour la police et je me construisais un monde dans lequel papa était policier et aurait lutté pour interpeller les auteurs du meurtre de Rachida. Je n'ai jamais compris pourquoi ce rêve et cette imagination.
- Parce que vous en aviez besoin, Julie, tout simplement.
- Besoin de quoi ?
- De vous construire l'image d'un papa comme vous auriez aimé qu'il soit.
- Pourquoi la Police ?
- Certainement parce que les policiers sont des sauveurs, ou au moins c'est ainsi que vous les voyiez à cette époque. Un papa doit être un modèle pour une petite fille. Et pourquoi êtes-vous entrée dans la police d'après vous ?
- Pour le chercher, dit-elle en explosant en gros sanglots.

Dehors le soleil venait de percer les gros cumulonimbus, lui aussi venait de remporter une bataille. Demain serait un autre jour et la guerre, dans le ciel et sur la terre, allait se poursuivre. Le soleil et Julie devaient encore mener des bagarres.

50

La première balle vint frapper le phare droit de la Ford Focus de la Brigade Anticriminalité. Eric eut juste le temps de se protéger derrière un compteur électrique alors que Jeff, resté au volant de la voiture, tentait de faire entrer sa masse musculaire entre le fauteuil et le pédalier de l'auto. Les projectiles fusaient en direction des flics. Les impacts précédaient le son émanant du canon de la Kalachnikov, le pare-brise éclata et les deux appuie-têtes furent criblés de métal. Il pleuvait du fer et l'orage durait depuis déjà quatre ou cinq secondes. Une éternité. Comme s'il faisait une pause le tireur mit fin à ses tirs, mais alors qu'Eric tentait de surgir et de riposter ce fut une rafale puissante qui vint claquer et faire éclater le béton du compteur électrique assurant sa protection. Dans l'affolement il fit même tomber son arme et se réfugia en boule en hurlant de frayeur. Sans interruption l'AK 47 vida son chargeur de trente munitions en balayant de droite à gauche les abords du bâtiment D. Les Lauriers venaient de se réveiller et la sonnerie était saccadée, elle hurlait des airs de Serbie, d'Albanie ou de Bosnie et rappelait aux résidents que la loi appliquée ici n'était, depuis bien longtemps, plus celle de la République mais bien celle de la résine de cannabis. Soudain les crépitements cessèrent pour laisser la place à rien, même pas aux hurlements des voisins atterrés ou aux sirènes deux-tons de la police. Pourtant sur place c'était bien un équipage de la police qui venait d'essuyer ces tirs. Visaient-ils l'institution ou seulement deux de ses représentants ayant depuis trop longtemps franchi la ligne les séparant des voyous ?

Eric était effrayé. Il n'était pas passé loin cette fois du trépas et avait entendu, senti et presque touché les projectiles d'acier. Il en connaissait la capacité à nuire, à détruire et n'ignorait pas qu'ils venaient ce soir de sonner le glas de leurs illégales activités. C'était plus qu'un signal mais bien un contrat posé sur la tête de ce duo de flics ayant abusé de leur qualité. La chute de Sofiane avait laissé le champ libre à une horde de successeurs potentiels désireux de prendre la place vacante. Dans ces quartiers, rien ne se faisait par le dialogue, le seul langage connu était celui des Kalachnikov et du sang versé. Celui d'Eric et Jeff avait failli souiller les trottoirs et se joindre à celui des dealers précédemment tombés.

Avec difficulté, Jeff s'extirpa de sa planque. Eric était resté prostré derrière son bouclier de béton bien endommagé. Il gémissait lentement comme un chiot égaré loin de sa génitrice et du sein maternel. Son Sig-Sauer gisait aussi au sol. En partie recouvert de terre il ne parvenait pas à mobiliser le regard de son propriétaire. Il n'était plus rien, même plus un flic. Il fut rejoint par Jeff qui lui tendit une main rassurante. Lentement, Eric sortit sa tête d'entre ses bras. Il était en larmes. En quelques secondes son monde venait de s'écrouler, il perdait son aura.

Au loin résonnaient les deux-tons des voitures sérigraphiées venant à leur secours. Elles entrèrent dans la cité à grande vitesse pour en cracher plusieurs policiers vêtus de noir. Ils brandissaient tous des armes, certaines étaient longues, d'autres plus courtes. Elles ne servaient à rien, l'arme automatique avait cessé de cracher et de hurler la mort.

- Putain de merde ! hurla Jeff en soutenant son ami.
- Ça va, les gars ? demanda dans un grondement un flic en tenue noire.
- Ça va aller oui, répondit Eric. Que cachaient ces tirs ? faut investir la cité.

Très vite les effectifs se regroupèrent sous les directives d'un officier. Sur un ton autoritaire, il lança ses ordres et prit la tête d'une colonne de guerriers visiblement prêts à en découdre. En progression tactique elle avança vers le bâtiment D. Sous un grand coup de bélier la porte céda pour laisser les flics entrer. Les canons étaient dirigés vers devant, les genoux semi-fléchis et le casque rivé sur les crânes auraient laissé croire à un véritable assaut d'une troupe du commando Kieffer vers un assaillant surarmé par temps de guerre. Mais l'ennemi restait trouble, presque putatif. Il était la misère et la haine poussant sur le terreau de la colère, prenant naissance sur la terre fertile de la pauvreté. Peu importait, il fallait à tout prix entrer et venger ces flics ayant été pris pour cible. La colère était visible à travers les visières lourdes des casques, elle se concrétisait par les bruits de pas et les signes distinctifs de la main droite du chef de groupe donnant des ordres de progression.

La colonne se divisa en deux. Le premier groupe prit l'escalier pour monter dans les étages alors que le second emprunta la direction des caves. Chaque passage était obstrué par des barrières dérobées sur des chantiers, par des palettes et des containers à ordures. L'avancée vers le sous-sol fut délicate et lente. La démolition des barrages empêchait une arrivée rapide et un assaut brutal.

Le premier de colonne vint se placer à l'angle d'un couloir sombre desservant une douzaine de caves. Il régnait ici une forte odeur d'ordures ménagères en putréfaction mêlée à celle des rats crevés flottant dans de petites flaques d'eau stagnante. C'était répugnant. Lentement les policiers progressèrent et, marquant une halte devant chacune des portes de caves, ils inspectaient d'un coup de lampe torche l'espace réduit de l'appentis. Onze furent visités mais ce fut devant la porte de la dernière que le chef de groupe stoppa net. Après un bref visionnage de la cave il se retourna, ôta son casque et rendit son repas aux pieds de ses collègues.

La cave mesurait trois mètres de long sur deux de large. Au plafond il n'y avait pas de dispositif d'éclairage, seul un petit trait de lumière provenant d'un minuscule vasistas permettait de contempler l'abominable spectacle. En son centre se trouvait une chaise provenant de ces grands magasins suédois, son nom imprononçable n'avait, pour le coup, aucune importance. Avait-elle été mise là pour la circonstance ou servait-elle parfois à des jeunes gens pour s'y poser et consommer sa dose de came, peu importe puisqu'elle avait été transformée en chaise de torture comme elles existaient au Moyen Age ou durant les différentes guerres de religion où l'on châtiait aisément celui s'opposant à l'idée générale. Le faisceau de la torche balayait l'espace comme pour éviter de se fixer sur cette assise et ce qui s'était passé ici. Il était donc difficile de se focaliser sur la chaise et ce cadavre qui y était installé. Dûment attachés, ses quatre membres avaient été largement entaillés pour laisser s'échapper le sang qu'ils contenaient mais comme cela ne devait pas suffire les tortionnaires s'étaient acharnés sur lui. Le visage était bien trop tuméfié pour identifier clairement la victime, elle présentait de part et d'autres de son crâne deux orifices savamment placés au niveau des tempes. Bien ronds, les trous n'avaient pas été occasionnés par des balles tirées par des armes à feu. La perceuse sanguinolente posée à ses pieds informait sur l'origine des percements. Un léger épanchement de matière cérébrale mêlée à du sang venait finir sa course sur les épaules dont les clavicules avaient été brisées. Le malheureux était nu, il ne portait qu'un costume fait de sang et de crasse. Ses pieds, posés à plat, étaient dépourvus d'ongles, ils jonchaient le sol à quelques centimètres des orteils desquels ils avaient été arrachés par une tenaille rouillée abandonnée là. Il portait, sur le visage, les stigmates de la douleur, elle avait dû être atroce, insoutenable et sans nul doute le pauvre homme avait souhaité mourir au plus vite. Les arcades sourcilières étaient béantes, le nez était brisé et laissait choir l'extrémité alors que trois centimètres au-dessus, les os avaient percé l'épiderme et pointaient glorieusement. Ses lèvres avaient explosé et les dents étaient venues se mélanger

aux ongles de pieds dans un lit de sang même pas caillé. Les quatre flics présents ne parvenaient pas à maintenir leurs yeux sur le cadavre, c'était épouvantable et soutenir le regard de ce qui restait de cet homme relevait de l'exploit. Posée à même ses genoux, un morceau de carton minable à la forme rectangulaire et aux bords mal taillés supportait une simple phrase en lettres de sang : « POUR TOI RICOU »
- Appelle l'OPJ de permanence, dit le chef de groupe en s'adressant à l'un de ses hommes.
Eric et Jeff avaient été maintenus à l'extérieur tant que la colonne d'intervention n'avait pas effectué ses reconnaissances, ils pouvaient donc maintenant tous deux descendre dans les caves. Ce fut Jeff qui se pointa le premier devant la cave concernée, il marqua un temps d'arrêt à la vue de l'affreuse scène de crime et, prenant appui sur le chambranle, il détourna son regard en attendant Eric.
- Et merde, dit à voix basse Jeff.
Eric se positionna devant la cave sans porter attention aux flics en uniforme. Il remit ses cheveux en place et ajouta :
- Ben le voilà, il est là, notre Sofiane !

51

Une fois encore Eric et Jeff parvenaient à passer pour des héros. Ils venaient d'échapper aux rafales d'une kalach et tout semblait encore leur sourire. Pourtant ils venaient de perdre leur aura dans les cités, cette réputation faisant d'eux des flics à ne pas déranger, à ne pas titiller. Sofiane venait de rendre l'âme et son business avait aiguisé les appétits laissant le duo de bacqueux le bec dans l'eau puisqu'ils ne percevaient plus leurs primes et leurs vies étaient en sursis. Il était encore difficile de comprendre qui avait voulu prendre les marchés et qui avait fomenté le mitraillage en règle contre Eric et Jeff mais quelques noms émergeaient comme étant des potentiels repreneurs. Tous étaient déterminés et tous allaient évidemment lutter jusqu'au bout pour récupérer le business. Dans ce marasme c'était la police en général qui était larguée et même la BAC, pourtant bien implantée, allait rencontrer des difficultés pour démêler le vrai du faux et trier, parmi les infos recueillies auprès des tontons, le bon grain de l'ivraie.
Marseille était donc au sommet de l'actualité et les chaînes d'info en continu se régalaient de ces règlements de compte venant alimenter quotidiennement les dépêches de l'AFP. Du côté de la préfecture de police c'était le silence, depuis Paris les instructions afin de remettre de l'ordre étaient pléthoriques et souvent agrémentées de vociférations du directeur de cabinet du ministre. Au niveau local, la hiérarchie se faisait petite en espérant ne pas être débarquée pour incompétence. A la place Beauvau, on ignorait les détails de la situation et notamment la sacoche égarée par Sofiane, le ministre était bien trop éloigné de

ces considérations et ne voyait dans ces drames que des problèmes pouvant venir gêner les prochaines échéances électorales. Néanmoins la volonté de réagir se faisait sentir et la crainte que la presse soit informée de tout se faisait pressante.
Eric et Jeff furent convoqués dans le bureau de leur commissaire. Plutôt frileux, le patron du secteur nord marchait sur des œufs puisque son déroulement de carrière était entre les mains de ses deux subalternes et que l'ambition l'étouffait jusqu'à couvrir leurs trop nombreux dérapages. Mais voilà les choses avaient changé, la roue semblait avoir tourné et la face qu'elle présentait annonçait un revirement radical tant dans les cités qu'au sommet de la hiérarchie policière. Le commissaire semblait ne pas oser prendre la parole, il cherchait ses mots puis se lança comme on descend dans une arène en sachant qui étaient les deux énergumènes présents devant lui et le mal qu'ils pouvaient lui faire.
- Bon, Eric, je ne sais pas par quoi commencer mais je me dois de vous mettre en alerte car les choses changent.
- Rien ne change monsieur, rien ! Dehors les cités sont identiques à ce qu'elles étaient hier et avant hier.
- C'est bien au niveau de la préfecture que les choses changent et il faut immédiatement stopper vos méthodes.
- Nos méthodes ? Je ne vois pas de quoi vous voulez parler. Si vous faites allusion à ce qui a fait votre carrière comme celle du préfet et peut-être du ministre, je me permets de vous rappeler que c'est vous qui nous avez laissé faire.
- Attendez, Sinibaldi, ne vous-emportez pas …
- Je ne m'emporte pas, patron, mais faut pas nous prendre pour des cons. On a mis en place un système bien rôdé qui maintenait la paix sociale dans les cités et cela vous arrangeait bien, non ? Pendant que mes dealers crèvent, vous, vous prenez du galon et c'est grâce à nous et à nos méthodes comme vous dites.

- On est bien d'accord Eric mais les jeunes qui ont été abattus en quelques jours font grincer les dents du ministre et donc tout le monde tremble.
- Vous aussi vous tremblez patron, vous aussi ?
- Euh ... Je ...

Sur ces mots Eric quitta son siège et vint cogner de son poing la table de travail du commissaire resté assis.
- Je vous préviens, patron, si vous nous lâchez on balance tout. Et vous irez finir votre carrière au commissariat de Brive la Gaillarde en Corèze ! Ça vous branche ?
- Vous m'emmerdez, Sinibaldi, vous m'emmerdez ! Que croyez-vous ? Vous n'êtes qu'un major, moi je suis commissaire divisionnaire et croyez-moi, j'ai l'oreille du préfet !
- Ordure ! lança Eric en cognant de nouveau sur le bureau. Il redoubla de colère et balança l'ensemble des dossiers amassés devant le commissaire. Ce dernier ne réagissait pas, il était impassible et vint même placer un sourire narquois à la commissure de ses lèvres.
- Sortez, Sinibaldi, sortez vite et faites attention à vous !
- Je t'emmerde, gros con, rétorqua Eric en quittant le bureau.

Les deux bacqueux étaient isolés. Lâchés par leur chef qui avait pourtant, durant longtemps, cautionné les débordements, ils devaient évoluer sans soutien. Bien évidemment le préfet et l'ensemble de la chaîne hiérarchique les avaient abandonnés, ils devraient maintenant avancer à tâtons. Ils n'avaient même pas la certitude de pouvoir compter sur le soutien de leur unité et de l'ensemble des flics marseillais. Les propos du patron n'étaient pas les siens et compte tenu du peu de charisme dont il bénéficiait et son manque de courage, il n'était que la marionnette du préfet et du directeur départemental. Eric prit place sur le siège avant droit de la voiture de la BAC, Jeff se positionna au volant.
- Démarre ... ordonna Eric.

Jeff n'avait pas dit un mot, ses doigts tapotaient le volant. Il n'osait pas prendre la parole, sans doute craignait-il l'ire de son collègue. Il patienta qu'Eric daigne ouvrir sa gueule.
- On est dans la merde Jeff !
- Je sais …
- Même si Sofiane a crevé et que cet enculé de Tonio nous a baisés, on reste dans la merde. Ils vont nous lâcher, c'est sûr ils vont protéger leur cul, ils vont nous balancer.
- Qu'est-ce qu'on peut faire pour s'en sortir ?
- S'en sortir, je crois que ça va être compliqué mais on peut peut-être encore sauver notre carrière et éviter les gamelles.
- Comment ?
- Cette fliquette des stups, tu te rappelles ?
- Bien sûr que je m'en souviens.
- Il faut se servir d'elle et on va lui donner la nourrice de Sofiane, je suis certain qu'elle ne sait même pas où cette ordure cachait sa came.
- Et alors ?
- Ben, faute d'interpeller Sofiane, elle aura sa came et sa planque chez la vieille et elle sera redevable. Avec ça elle boucle son dossier, elle ramène quelques kilos aux autorités qui vont se branler et la cersie sur le gâteau … on va lui donner Tonio, l'assassin de Sofiane !
- Ouiaaa ! s'exclama Jeff en applaudissant.
- Je suis le seul à savoir que Tonio m'appelait Ricou, ils ne feront jamais le rapprochement. On monte un dispo d'interpellation auquel on se joint et je me démerde pour me trouver seul face à lui.
- Oui, nickel, on va faire comme ça !

52

Il faisait nuit depuis quelques heures maintenant et Julie avait décidé d'arpenter le pavé marseillais. Pas envie de rentrer. Pas envie de se retrouver seule dans son grand lit pour ressasser ses démons. Depuis l'avenue de la Corse elle avait rejoint le port. Elle aimait entendre le vent secouer les mâts des bateaux, comme elle affectionnait humer les airs iodés mêlés aux odeurs acres du carburant des pointus des pêcheurs attendant le lever du jour pour aller relever les filets. Elle portait une veste épaisse de coton et n'avait pas extrait de ses poches ses mains serrant le vide. Elle ne pensait à rien. Ce fut la vibration intense de son téléphone rendu muet qui la fit retrouver ses esprits. Un appel aussi tardif était étrange, aussi elle s'empressa de saisir son portable. Un rapide coup d'œil sur l'identité de l'appelant ne lui permit pas d'en savoir plus. Le numéro lui était inconnu et non répertorié. Elle prit l'appel.
- Oui allô !
- Capitaine Pikowski ? Bonsoir, c'est le major Sinibaldi de la BAC Nord. Vous vous souvenez ?
- Ah oui … Sinibaldi, oui, pardon … Qu'est-ce qu'il vous arrive ?
- Il est tard je sais mais je suis de service et on est du côté de la cité des Lauriers. En début de soirée on a mis en place un dispo devant le bâtiment D, vous savez celui de Sofiane. C'était un manège incessant entre deux grosses bagnoles et un logement du bâtiment. Ils ont approvisionné la nourrice, c'est sûr !
- Vous savez quel est l'appartement concerné ? questionna Julie.
- On ne le savait pas hier soir mais …
- Mais quoi ?

- On a obtenu le renseignement par un tonton et maintenant on connaît le logement nourrice. C'est chez une vieille dame vivant seule au deuxième étage du bâtiment D. Ils ont chargé là et ce doit être plein !
Julie jeta un coup d'œil à sa montre, il était quatre heures. Deux encore avant d'atteindre l'heure légale. Elle resta silencieuse puis :
- Vous êtes encore sur place ?
- On est en retrait du côté de Lavéran. Le tuyau vous intéresse ou vous préférez que je le donne à un autre service ?
- Je prends … C'est pour moi ça ! Je vais monter au service et je vais mobiliser les équipes dont le RAID. On sera sur place juste avant six heures pour un briefing. Restez là et observez, j'arrive !
- Euh capitaine … C'est pas tout.
- Je vous écoute, dites-moi.
- Je sais qui a tué Sofiane. Je peux vous le donner à une condition.
- Laquelle ?
- Que je sois sur le dispo d'interpel.
- Accordé, rétorqua Julie.
Julie raccrocha et rejoignit son domicile au pas de course.

53

Elle avait bien plus que quatre vingt cinq ans et elle était incapable de préciser aux enquêteurs sa date de naissance. Décliner son identité était aussi une mission impossible. Raconter sa vie relevait du défi. Parfois, elle émettait un son rauque associé à un geste imprécis, on aurait pu croire que chaque effort était un exploit et que ses os, à peine recouverts d'une peau trop fine, allaient se briser sans que quoi que ce soit vienne les heurter. Elle était si fragile. Elle ne portait qu'une chemise de nuit à fleurs bleues, une simple entrave de nylon léger aux regards des éventuels curieux ou des potentiels pervers. Elle avait été invitée à prendre place sur une chaise au centre de sa cuisine alors que les policiers effectuaient une minutieuse perquisition du reste du domicile. Malgré la présence de tous ces flics, la vieille dame ne semblait pas effrayée, elle cherchait du regard celle ou celui qui prendrait le temps de lui expliquer pourquoi sa porte avait volé en éclats et pourquoi tous ces flics portaient de l'armement aussi lourd et encombrant. Nul ne souhaitait le lui préciser. Trop pris dans son truc, trop flic tout simplement. Pourtant Julie avait pris sa main ridée et fragile pour l'accompagner dans la cuisine, elle lui avait fait couler un café et l'avait posé sur la table sans croire qu'elle allait l'avaler. Le sourire qui ornait son visage froissé ne s'estompait pas, il semblait figé et inamovible. Elle était si fragile qu'un rien aurait pu la briser, qu'une simple pichenette aurait suffi à la faire basculer vers le carrelage où ses os auraient cédé, alors elle ne bougeait pas. Seuls ses yeux passaient de droite à gauche dans

un mouvement aussi lent qu'intriguant. Elle faisait peine, elle n'inspirait que respect et douceur.
Depuis le fond du logement on pouvait entendre les pas et les gestes des policiers à la recherche de la drogue, des armes et de l'argent. Il ne leur fallut que quelques minutes pour tomber sur ce qu'ils cherchaient, sur ce qu'ils étaient venus trouver.
- Capitaine ! C'est là que ça se passe, s'écria un gars de la brigade des stups.
Julie abandonna la vieille dame. Lentement elle posa sa main fragile sur sa chemise de nuit et lui adressa un sourire tendre. Instinctivement elle vint caresser sa joue. La grand-mère n'avait pas bougé, elle souriait encore.
Lorsque Julie arriva dans la pièce concernée elle marqua un temps d'arrêt et vint prendre appui sur le chambranle de la porte. C'était une pièce sombre, la lumière avait été occultée par un revêtement de plastique apposé sur les fenêtres. L'ampoule du plafonnier avait été retirée. Ce fut donc à la lueur des lampes torches des policiers du RAID que Julie observa la découverte. Dans le fond de la pièce, au sol, étaient rangés de gros ballots parallélépipédiques de résine de cannabis. Le tout était conditionné dans des emballages plastique recouverts de toile de jute formant d'immenses et très lourdes valises aux poignées de tissu. Elle en dénombra six.
- C'est la valise marocaine, s'exclama-t-elle.
Dans un mouvement rapide et efficace, un membre de l'unité d'élite arracha les bâches de plastique collées aux fenêtres. La lumière du petit matin vint s'inviter dans la pièce. Julie lui fit un signe afin qu'il laisse pénétrer aussi un air moins vicié par l'odeur de la résine de cannabis. Ils en avaient bien besoin tant les arômes de la drogue étaient puissantes et commençaient à faire tourner les têtes.
Eric et Jeff pointèrent leur nez dans la pièce, ils arboraient un formidable sourire. Eric jubilait :
- Alors capitaine, c'est bon ça ?

- C'est très bon, en effet, mais je ne vous cache pas que j'aurais préféré avoir Sofiane avant qu'il ne soit torturé et tué.
Profitant d'un tête à tête, Eric glissa dans l'oreille de Julie quelques mots.
- Je vous l'ai dit au téléphone, je sais qui a tué Sofiane.
- Allez y … Comment avez-vous eu ce tuyau ?
- Un tonton … Je n'en dirai pas plus.
- Donnez-moi son blase, on verra après.
- Tonio Fernandez, un gitan de Marignane.
- Et il vaut quoi votre tuyau ?
- 100 % réel … Aucun doute, j'en réponds comme de moi même.
Julie ne put s'empêcher de sourire.
- Quel serait le mobile de ce Tonio ?
- Le fric, uniquement le fric et la reprise des marchés abandonnés. Il est connu pour des braquos et il est violent, très violent. J'ai eu moi-même affaire à lui il y a quelques années. Une ordure.
- Ok, on termine la perquisition et on rentre pour faire le point sur ce Tonio.
- Rappelez-vous capitaine, je veux être présent pour l'interpellation.
- Je n'ai pas oublié et je tiens ma parole.
Julie se dirigea vers la cuisine. La vieille dame n'avait pas quitté sa place, elle était hagarde mais n'avait pas perdu son sourire. Julie prit place à ses côtés.
- Madame, à qui appartient ce qui se trouve dans la chambre du fond ?
La vieille ne répondit pas. De toute évidence, elle semblait avoir perdu une grande partie de ses facultés mentales et la totalité de son autonomie. Julie renchérit.
- Vous avez des enfants ?
Elle n'obtint aucune réponse, seulement ce sempiternel sourire. Même pas un geste. Rien.
- Damien, appelle les services sociaux. Faut pas la laisser là.

La vieille n'avait pas bougé. Comme une spectatrice, elle regardait le balai des policiers devenus manutentionnaires de ces valises de shit. Elle ignorait tout de ce stock et d'ailleurs elle aurait été incapable d'empêcher qui que ce soit de déposer cette matière chez elle. Même son aide ménagère ne devait se douter de rien, la porte de la chambre était en permanence verrouillée. Dans ces quartiers, il est souvent préférable de ne pas être curieux…

54

C'était un camp minable de gens du voyage sur la commune de Gignac-la-Nerthe. Au loin, les avions avaient commencé leur décollage en lâchant d'énormes nuages de kérosène brûlé pour améliorer le taux de toxicité de l'air ambiant. Ça puait.
Dès l'entrée du campement on pouvait y dénombrer de nombreuses carcasses de voitures ayant succombé aux flammes ou aux clefs à molette des voleurs d'accessoires. C'était laid, très laid et pour couronner le tout il y régnait une odeur fétide de caoutchouc brûlé et de déjections canines ou humaines.
Deux monospaces du RAID prirent place de part et d'autre pour venir s'immobiliser près des premières caravanes. Au premier regard on pouvait en dénombrer une douzaine dont certaines étaient en piteux état. Deux autres véhicules de police banalisés se positionnèrent au centre dans un silence monacal. La première colonne du RAID se forma, le chef fit deux ou trois signes de ses mains auxquels les hommes donnèrent suite immédiatement. La seconde colonne était également prête pour l'assaut. Julie posa son casque sur sa tête, endossa un gilet pare-balles et s'assura que son pistolet n'avait pas quitté son logement. Les yeux sur la montre, quelques secondes d'attente et le pouce levé intima l'ordre aux deux équipes de faire exploser les portes des caravanes de droite et de gauche. Il était six heures, l'heure légale. Eric et Jeff avaient aussi endossé leurs équipements et collaient aux basques de Julie et Damien. Tous quatre progressaient lentement au rythme des pétages de portes. Sur la gauche la colonne ne fut confrontée à aucune opposition, la première caravane était vide de tout habitant. A droite la porte

sauta pour laisser la place libre à trois effectifs cagoulés s'engouffrant à l'intérieur. Un couple de gitans fut interpellé. L'homme et la femme furent entravés et bâillonnés afin qu'ils n'alertent pas le reste du camp. Les visites domiciliaires des six autres caravanes n'amenèrent pas la découverte d'autres individus. Il en restait donc quatre à visiter.

Le chef de groupe de la colonne de gauche se positionna devant la porte et communiqua avec ses hommes toujours au moyen de signes précis et rapides. Une fois encore la porte fut atomisée laissant le champ libre à deux policiers. Leur course fut stoppée par les crocs d'un chien d'attaque qui, sans hésitation, se jeta sur le premier intervenant le mordant à l'intérieur de la cuisse gauche. Le policier bascula en arrière et vint s'écrouler sous le nez de ses collègues stupéfaits. La bête était en furie et ses grognements étaient aussi bruyants que le travail fourni par ses crocs acérés déchirant la toile du pantalon. Alors que deux autres membres du groupe s'engouffraient dans la caravane pour y maîtriser deux hommes endormis, un autre flic tentait d'abattre le pit-bull déchaîné. Il bougeait sans cesse et n'était qu'une cible mouvante mettant en danger sa proie en cas de tirs imprécis. Le tissu venait de céder et les canines s'enfonçaient dans la chair, le flic hurlait. Le sang coulait. Sans lâcher sa prise, le chien parvint à pivoter légèrement vers l'intérieur pour venir saisir les parties intimes du flic ne pouvant se relever. Son harnachement l'empêchait de se redresser, il ne pouvait compter que sur la dextérité de ses collègues tentant de lui faire lâcher prise à grands coups de tonfa. La matraque heurtait avec violence le crâne du chien et parfois sa cage thoracique. Rien ne l'arrêtait. Le bruit que faisait la matière solide du bâton de police raisonnait dans tout le camp, à chaque choc la bête semblait resserrer ses canines sur les testicules du flic. Après quelques minutes de lutte et plusieurs tentatives de ses collègues avortées, Eric quitta le petit groupe pour se diriger vers la colonne du RAID. Sans hésiter, il mit le chien en joue et fit feu en direction

de la tête de la bête. Un seul projectile suffit. Les vingt kilos de muscles vinrent s'écrouler au sol. Le crâne avait explosé. L'arme par destination était enfin neutralisée. La victime resta au sol avant que le médecin ne se porte à son secours. C'en était fini de cette saleté.
Le coup de feu avait réveillé le campement et plusieurs gitans firent leur apparition sur le pas des portes des caravanes. Depuis celle du fond, un homme prit la fuite en courant, instantanément et malgré les injonctions de Julie. Eric et Jeff se lancèrent à ses trousses. Très vite le fuyard avait quitté le camp pour traverser un espace pelousé. Il faisait toujours nuit mais Eric aperçut au loin la grosse berline de Tonio, elle semblait l'attendre. Après la pelouse, la course poursuite se poursuivit sur un parking non éclairé. Eric avait largué Jeff et se rapprochait de celui qui ressemblait de plus en plus à Tonio. Il était persuadé que c'était bien lui et sa fougue lui permit de le rattraper alors qu'il mettait la main sur la portière de son Audi.
Dans un geste violent, il le fit pivoter et lui asséna un violent coup de poing au visage, Tonio s'écroula. Il ne prit pas le temps de regarder derrière lui, il avait préparé son coup. Dans un mouvement, il s'empara de son pistolet et, sans aucune forme d'hésitation, vint loger une balle dans la tête de Tonio. Eric souffla puis prit un pistolet placé dans le creux de ses reins et vint le placer dans les mains de Tonio. La légitime défense était évidente ...
Au loin on entendait les cris de Julie.

Le cadavre du gitan gisait au sol. La balle avait fait sauter le dessus du crâne laissant s'échapper les quelques restes de cervelle n'ayant pas aspergé l'aile de l'Audi A6. Dans sa main droite il tenait encore la crosse d'un pistolet automatique. Julie resta figée et ne dit mot.
- J'ai été obligé. Il m'a braqué ... dit Eric.
- Eh merde ! répondit Julie. On ne saura jamais rien ...

55

- Putain, mais merde ! Je fais quoi avec ça, moi ?
Dans un éclat de voix, le préfet vint frapper son bureau. Il fulminait et laissa le combiné de son téléphone fixe s'écrouler sur sa table de travail.
Il se leva et fit quelques pas dans ce large espace, il laissa aller ses songes en contemplant la rue depuis la grande fenêtre. Trois grands coups dans la porte le firent réagir.
- Oui, entrez !
Le commissaire de la division nord pénétra dans le grand bureau. Il tendit sa main au préfet, ce dernier ne daigna pas la lui serrer. Il lui fit signe de prendre place face à lui dans la partie réservée au salon.
- Bon, faut que tout cela s'arrête, ils vont trop loin ces deux cons, lança le préfet. Et puis la guérilla urbaine dans les cités doit cesser au plus vite.
- Je suis de votre avis, monsieur, mais je ne vois pas comment on peut les arrêter avant qu'ils ne puissent balancer tout ce qu'ils savent.
- Je m'en branle, vous comprenez, je m'en branle ! On va les donner à l'IGPN et faire en sorte qu'ils soient très vite incarcérés. Depuis le fond de leur cellule, ils ne pourront rien balancer.
- Oui, mais il faut le faire bien, alors !
- C'est-à-dire, à quoi pensez-vous ?
- Le meilleur moyen, c'est un flagrant délit. Il faut le provoquer.
- D'accord ! Ça, c'est votre rôle, démerdez-vous.

- Je pense qu'il faudrait laisser l'IGPN en dehors de cette affaire. Ils sont aux ordres et risqueraient de venir mettre le nez dans nos affaires.
- Je vous écoute, que proposez-vous ? La Police Judiciaire ?
- Certainement pas, monsieur le préfet. Eux aussi il faut les laisser en dehors de ça. Je ne leur accorde aucune confiance. Je pense qu'un flic des stups, de la brigade des stups de la sûreté départementale ferait l'affaire.
- Et vous en avez un ?
-Oui, évidemment monsieur, évidemment ! lança le commissaire en souriant. J'ai ma petite idée. Laissez-moi quelques jours pour mettre en place une situation et je vous tiens informé.
- Faites au mieux et surtout faites en sorte de nous sortir de cette merde au plus vite.

56

Rutilante. Équipée d'une calandre noire enveloppant les optiques de phares, la BMW 4x4 avait un aspect futuriste. Le gros engin circulait à faible allure dans les rues desservant le lotissement. Il était midi et le soleil au zénith avait donné quartier libre à ses rayons venus faire reluire la peinture brillante de la voiture. Il faisait bon et on pouvait entendre au loin la cymbalisation de quelques cigales mâles appelant la femelle à s'accoupler. Franck rangea sa grosse voiture sur un emplacement jouxtant une jolie petite maison au style provençal. Le lotissement était calme. Une légère pression sur la clef permit la fermeture des portes en laissant, durant quelques secondes, les feux de croisement allumés pour éclairer un cheminement serein du conducteur jusqu'à son but. Option bien inutile en cette fin de matinée de printemps. Il cogna à la porte tout en tentant de dissimuler dans son dos un énorme bouquet de roses rouges ainsi qu'un immense sac de papier blanc contenant plusieurs colis emballés de rose et de bleu. Le bolduc débordait pour ne laisser aucun doute sur le contenu des paquets. Il voulait couvrir ses filles et sa femme de présents et avait dépensé sans compter tout comme il avait acheté ce 4x4 pour remplacer sa vieille Renault Mégane. Voulait-il impressionner les siens sans ignorer que Perrine resterait insensible au gabarit de la voiture et à sa puissance comme les filles auraient une préférence pour des embrassades. Pour lui c'était un tout, la reconquête de sa famille passait par du tape à l'œil et du bling-bling ridicule.

La porte de la maison s'ouvrit lentement pour laisser apparaître Perrine. Elle était belle et les températures agréables avaient autorisé le port d'un pantalon léger laissant apparaître ses chevilles. Aux pieds c'était une paire de sandales aux lanières brillantes qui venaient enserrer ses orteils peints de pourpre. Elle avait attaché ses longs cheveux noirs en une queue de cheval venant tomber lourdement entre ses omoplates dénudées. Le léger top qu'elle portait mettait en valeur sa poitrine généreuse. Ses lèvres s'entrouvrirent en laissant voir des dents blanches contrastant avec un lipstick rouge. Franck resta figé et prit quelques secondes pour la contempler. La parenthèse explosa alors que leurs deux filles sautèrent simultanément sur leur père.
- Ouaaahh, les filles ! Attendez, attendez ! cria Franck en tentant de se maintenir debout.
Les minettes avaient aperçu les paquets et hurlèrent leur joie. Il tendit le bouquet à sa femme et mit un genou à terre pour offrir les nombreux cadeaux. Iphone et trousses à maquillage, robes et chaussures furent arrachés de leur emballage coloré. Le papier cadeau en lambeau joncha le sol du hall d'entrée.
- Bonjour Franck, dit doucement Perrine en plantant le bout de son petit nez dans l'amas de pétales rouges.
- Salut, ma chérie.
- Mais d'où sort tout ça, Franck. Tu fais des folies. Ça coûte cher tout ça.
- Ne t'inquiète pas Perrine, je sais ce que je fais et j'ai du temps à rattraper. Regarde-les, elles sont heureuses, non ?
Perrine rendit un sourire en guise de réponse puis elle renchérit
- Je t'ai vu arriver avec cette grosse voiture.
- Elle te plaît ?
- Tu sais moi les voitures …
- J'en avais envie depuis longtemps et puis au moins il y a de la place pour nous quatre. Tu veux la voir ?
Perrine fit non de la tête et se retira vers le séjour laissant Franck ramasser à la hâte les innombrables morceaux de papier lacérés

par les petites mains pressées. Les deux filles avaient disparu aussi vite qu'elles étaient apparues.
Saisissant une bouteille de vin rosé frais, Perrine relança le débat.
- Dis-moi Franck, où prends-tu tout cet argent ?
- Je te l'ai dit, Perrine. J'ai attaqué l'administration et j'ai gagné. Ils m'ont versé plusieurs années de salaire qu'ils auraient dû me donner. Une sorte de prime de licenciement.
- Et cela s'élève à combien ?
- Peu importe. Ce qui compte c'est que je puisse vous retrouver et que je puisse vous offrir tout ça.
- Franck, l'argent n'est pas important pour moi et tes filles ont besoin d'un père pas d'un tiroir caisse. Dans un bruit caractéristique, elle fit sauter le bouchon de liège et emplit deux grands verres d'un vin odorant. Franck ne répondit pas et leva son godet pour l'entrechoquer avec celui de sa femme. Elle avait perdu son sourire. Dans les chambres les filles riaient bruyamment.
Le repas fut avalé entre grands éclats de rire et embrassades puis Perrine proposa de faire quelques pas sur les chemins environnants. Les minettes enfilèrent leurs chaussures et la petite famille emprunta un sentier de terre bordé d'herbes hautes et vertes que le soleil marseillais n'avait pas encore asséchées. Instinctivement les deux époux vinrent mêler leurs doigts, devant eux les filles faisaient envoler deux perdrix dans un bruit de battements d'ailes surprenant. Les oiseaux se posèrent quelques mètres plus loin pour poursuivre leur fuite en chantant comme si elles avaient compris qu'elles n'étaient pas devenues la cible de chasseurs sanguinaires.
- Comment te sens-tu ? questionna Franck.
- Bien, plutôt bien mais tes dépenses m'intriguent un peu.
- Pourquoi ? J'ai pris du fric, Perrine, ils me le doivent bien, non ?
- Je ne sais pas s'ils te doivent quelque chose et moi je m'en moque. C'est du passé Franck, du passé tout cela. Tu n'es plus

flic, faudrait que tu te mettes ça dans la tête sans quoi entre nous ça risque d'être compliqué.
- Je ne comprends pas.
- Franck, c'est ton métier qui nous a séparés. Lorsque nous nous sommes revus, je pensais que tu avais tourné la page et d'ailleurs tu me l'avais dis. Je ne supporterais pas de replonger, Franck.
- Replonger dans quoi ?
- Dans le marasme de ce putain de métier, Franck ! Il t'a rendu fou et tu nous as perdus durant plus d'un an. Tu veux nous perdre définitivement ?
- Non, Perrine, oh que non ! Fais-moi confiance, Perrine, je sais ce que je fais et j'ai bien compris mes erreurs.
- Et cet argent Franck, d'où vient-il ? Je sais que l'administration ne fonctionne pas aussi vite et que si tu avais touché une somme en dédommagement cela aurait pris du temps, beaucoup de temps. Alors dis-moi la vérité, d'où provient ce fric ?
Franck se mit à rire et :
- Je te l'ai dit Perrine, il n'y a rien de malhonnête la dedans, rien ! Crois-moi.
- Peux-tu me le jurer ?
- Oui Perrine je te le jure ... Sur la tête des filles !
Les perdrix reprirent leur envol, les filles montraient des signes d'épuisement et à l'ouest le soleil commençait à se cacher. Franck accompagna ses deux merveilles jusque dans leur chambre, posa un tendre baiser sur leur front alors qu'elles disparaissaient sous leur couette multicolore. Perrine n'avait pas quitté le séjour, elle s'était laissée tomber dans le grand canapé et sirotait un fond de vin rosé oublié dans le réfrigérateur. Nonchalamment, elle avait envoyé valdinguer ses sandales et ordonnait à ses orteils de se déployer dans un ballet savamment orchestré. Franck prit place face à elle.
- Tu veux que je reste là cette nuit ? questionna-t-il.
- Non, je ne préfère pas. C'est encore trop tôt. Laisse-moi maintenant, il faut que je réfléchisse.

- A quoi ?
- A nous Franck, à nous.

Sans mot dire, Franck quitta son fauteuil et appliqua ses lèvres sur celles de Perrine. Elle ne broncha pas. La porte de la maisonnette vint claquer bruyamment. Il faisait presque nuit et les feux de la BMW montrèrent le chemin à Franck. Une fois lové dans le siège, il souffla et refoula ses cheveux vers l'arrière. Le puissant moteur fit éclater le silence de la résidence. Il prit la direction du centre ville de Marseille en réfléchissant à sa journée passée et aux propos de Perrine. Il la connaissait tellement, il savait son côté suspicieux et pourtant il n'avait pas hésité à lui mentir sur l'origine de son argent. Étrangement, il ne culpabilisait pas et vint placer un rictus au coin de ses lèvres. Une moue confirmant sa détermination à obtenir sa revanche, une simagrée de certitude. Il avait même juré sur ses propres filles sans sourciller. Mais après tout, le mensonge n'avait-il pas été son acolyte le plus fidèle durant toute sa carrière, n'était-il pas son alter-ego ?

57

Depuis trois jours les kalachnikovs s'étaient tues. La ville semblait paisible et même si les Marseillais n'ignoraient pas qu'il ne s'agissait que d'une pause, certains aimaient à penser que les règlements de compte faisaient partie du passé, de l'histoire de Marseille et de ses bandits légendaires ayant contribué à faire la réputation de la dauphine des villes de France. Durant ces dernières semaines, c'étaient plus de huit personnes qui avaient perdu la vie sous les balles ou les actes de torture et de barbarie des dealers désireux de récupérer les marchés laissés par feu Sofiane. Du côté de la préfecture, on soufflait un peu et le téléphone avait cessé de sonner pour fracasser le sommeil du préfet et le rendre irritable. A la Delorme, les policiers de la Brigade Anticriminalité allaient sans cesse au combat dans les quartiers sinistrés du nord de la ville. Eric et Jeff s'étaient mis en retrait depuis la mort de Tonio. La légitime défense avait été reconnue et le palmarès du gitan n'avait laissé aucun doute sur ses intentions. L'arme découverte dans les mains du manouche n'avait donné aucun renseignement. Les numéros avaient été limés et les examens balistiques étaient restés vains. Malgré tout, les deux flics sentaient le vent tourner et leur présence sur chaque scène de crime avait fait courir des rumeurs largement colportées par leurs propres collègues mais surtout dans les cités. Il ne fallait pas grand-chose pour que la vérité jaillisse puisqu'elle semblait être connue de tous mais nul n'aurait osé balancer. Les deux bacqueux étaient encore craints. Pourtant les choses avaient changé et la donne des cartes était chamboulée.

Larguée, Julie avait quelques difficultés à évoluer entre sa psychothérapie et la conduite de son enquête qui n'en n'était plus une puisque les protagonistes avaient tous succombé. Le plan stups des Lauriers n'était plus et la cible principale avait été tuée dans d'atroces souffrances. Elle traînait dans les bureaux de l'hôtel de police sans savoir que faire et hésitait même à prendre attache avec le juge d'instruction lui ayant délivré commission rogatoire. Elle avait lamentablement échoué. Son bureau était silencieux en ce matin du mois de mai et ce n'était encore pas ce café dégueulasse qui pouvait lui apporter une énergie qu'elle ne cherchait même plus, elle rêvassait en tournoyant sur son siège usé en regardant le plafond et en tentant d'identifier les taches qui l'ornaient. Moustiques écrasés ou giclées de sang, projections volontaires de caféine ou salissures du temps ? Rien ne pouvait apporter de réponses à ses souillures élevées. Son siège continuait à tourner inlassablement comme le manège. Désenchanté.
- Julie, s'écria Damien en pénétrant dans son bureau.
- Hummm ... lança Julie sans grande conviction.
- Les écoutes ont donné.
- Ont donné quoi ?
- Ben, tu sais, le numéro de téléphone trouvé chez Sofiane, ben c'est toi qui parles.
- Moi ?
- Oui et c'est Sinibaldi de la BAC Nord qui t'a appelée avec ce numéro.
Le carrousel stoppa brutalement et Julie avala le restant de café infect.
- Tu es sûr ?
Une moue suffit pour confirmer les affirmations du jeune flic.
- Merde ! Comment et pourquoi le numéro de téléphone d'un flic de la BAC se retrouve chez un dealer et pourquoi ce connard ne nous en n'a pas parlé ?

- Ben, si on ment, c'est que l'on a quelque chose à cacher, c'est ma grand-mère qui me disait ça lorsque je lui volais du chocolat dans le tiroir de la cuisine.
- Oh, mais tu as un passé de délinquant, Damien !
-Tu crois que … Ces deux cons et Sofiane travaillaient ensemble ?
- Travailler non mais cela pourrait confirmer les informations que j'ai obtenues sur les agissements de ces deux cons et on pourrait peut-être se mettre sur leurs culs pendant quelques jours.
- Qu'est-ce que l'on fait de ça Julie, on en parle au juge ?
- Pas encore. Mets ça sous le coude, on va voir comment on peut s'en servir. Par contre je vais en parler au patron pour nous couvrir en cas de dérapages.
Julie, dans un mouvement brusque, fit basculer le dossier de son vieux fauteuil. En position quasi allongée, elle se remit à lorgner le plafond maculé de déjections de mouches. Un sourire vint s'installer enfin sur son joli minois.
Il était déjà midi et son estomac, dans un grognement intensif, lui rappela le timing qu'elle avait tendance à négliger ces derniers jours. Un œuf dur et un yaourt en guise de repas avait fait d'elle un sac d'os en quelques semaines. Ses yeux étaient cernés, son regard triste et ses mains tremblantes rajoutaient à son petit gabarit une touche misérable. Elle faisait peine à voir. Depuis le début de cette affaire, elle avait compris que ce serait le début de quelque chose d'autre et bien évidemment la fin de ce qu'elle avait connu. Au niveau personnel, rien, ou peu de choses avait évolué, les séances chez sa psy paraissaient lui apporter un peu de sérénité. Cela lui avait permis d'avancer un peu sur ce chemin qu'elle croyait impénétrable tant les broussailles de sa vie lui avaient gêné le passage. Elle n'avait bien évidemment pas encore atteint la sagesse, elle n'avait pas compris pourquoi sa vie sentimentale était un ramassis d'échecs et une succession d'hommes. Mais elle avait saisi que ces séances pouvaient enfin l'aider à comprendre et à prendre les outils lui permettant de débroussailler ce sentier. Pour ce qui

concernait l'affaire, il ne lui semblait qu'être la comptable des morts violentes et avait très souvent un fort sentiment d'échec. Elle avait loupé quelque chose, elle ne parvenait pas à comprendre de qui il s'agissait et pourquoi s'était-elle aussi lamentablement plantée. Sofiane, son principal objectif, était mort, son concurrent Rachid avait été abattu et Tonio n'avait pas survécu au pruneau de 9 millimètres qu'Eric lui avait placé dans le crâne. En parallèle, d'autres victimes étaient venues souiller de leur sang les trottoirs et les caniveaux des quartiers nord. Elle se sentait même responsable de ces nombreuses morts. N'ayant jamais considéré son métier comme un travail mais comme une mission, chaque affaire foirée lui laissait un goût amer de défaite. Elle qui était une gagnante ne pouvait donc se résigner à perdre bien que l'affaire des Lauriers ne lui laissât aucune autre porte, aucune autre orientation dans ses investigations. Elle s'était lamentablement plantée et avait du mal à l'admettre.

58

Une chape de plomb venait recouvrir les quatre arrondissements du secteur nord de Marseille. Elle était composée de températures étonnamment hautes pour la saison et d'une omerta imposée par les nouveaux dealers des Lauriers. Ils avaient réussi à reconquérir les marchés abandonnés et à grands coups de calibres avaient de nouveau imposé leurs lois et leurs règles. Aussi le secteur nord était calme, aussi calme que le sud qui commençait à entrer dans la saison estivale en nettoyant les plages du Prado. Les derniers bouleversements qui avaient mis le nord de Marseille à l'envers semblaient s'être apaisés, ralentis pour laisser revenir logiquement ce qui était l'empreinte de la ville : le trafic de stupéfiants et la violence inhérente aux ambitions des nouveaux dealers. Le nouveau boss restait inconnu et même si les flics locaux pensaient savoir qui avait réussi à reconquérir les marchés, il restait difficile d'en être certain. Plusieurs noms émergeaient, plusieurs réputations refaisaient surface pour placer, en nouveau maître des Lauriers et des cités environnantes, un blase, une gueule sans que ni les baqueux, ni les effectifs de la sûreté départementale puissent être catégoriques. Pourtant il leur fallait absolument savoir, il était impératif de comprendre comment et qui avait mis la main sur ces marchés un temps déstabilisés et dont le déséquilibre avait fait vibrer les murs dorés de la préfecture et ceux moins ornés de dorures du commissariat des quartiers nord.

Du côté de la BAC, Eric et Jeff s'étaient également mis en retrait. Ayant senti le vent tourner et suite au rafalage en règle dont ils furent les cibles il était logique de laisser faire les choses avant de remonter au charbon et de préciser au nouveau patron du trafic les règles depuis bien trop longtemps oubliées. Ils avaient perdu du pognon et ce merdier les avait mis réellement en difficulté. Devenus moins crédibles malgré leurs bons résultats, les autres équipes de l'unité n'hésitaient pas à dire, en coulisse, leur refus de bosser avec ce binôme et de dénoncer les magouilles qu'ils avaient institutionnalisées. Pourtant les deux tricards ne perdaient pas le sens des affaires et ils restaient animés par le désir de renouveler leurs stratégies de corruption, de racket et de mise à l'amende de tout un pan des quartiers nord. Mais n'était-ce pas au fait de tout oser que les cons restaient reconnaissables, disait Michel Audiard ?

Alors, comme pour ne pas faire mentir le célèbre dialoguiste, nos deux flics de la BAC persistaient dans leurs pérégrinations et mésaventures en tout genre. Pour ce faire il n'existait pas d'autres méthodes que la leur, à savoir identifier le nouveau patron du deal et le soumettre à une pression telle qu'il ne pourrait pas résister et en viendrait à cracher au bassinet de ces deux corrompus. Mais la tâche ne s'avérait pas simple et désormais ils naviguaient dans une eau si trouble qu'il leur était difficile de nager autrement qu'en tâtonnant et en prenant la température de la cité des Lauriers. L'époque de Sofiane était révolue et celui qui avait compris qu'il fallait maintenir son business à l'abri en payant son obole aux flics de la BAC était passé au trépas, occis par celui n'ayant qu'une envie : récupérer son marché et son secteur. De plus, Eric et Jeff ne bénéficiaient plus du soutien de leur hiérarchie devenue subitement craintive et ayant soudainement mesuré l'ampleur du désastre causé par ce duo. Ce que cette même hiérarchie ignorait était que l'origine du mal et du déséquilibre des Lauriers était dû à la perte d'une sacoche contenant une grosse somme d'argent, de la came et un flingue. Parmi ceux ayant eu connaissance de cela, Sofiane et Tonio n'étaient plus puisqu'ils avaient été expédiés, manu-militari, vers d'autres cieux. Seuls Jeff et Eric restaient en vie et à la recherche de la fameuse sacoche et surtout de ce qu'elle contenait. Les doutes d'Eric étaient fondés. Très vite il avait compris et avait identifié celui ayant mis la main sur le pactole. Mais il avait à faire à un dur, à un retors doublé d'un rancunier. Passer par lui pour récupérer le fric s'avérait compliqué d'autant qu'il n'ignorait pas non plus qu'il était à présent en possession d'une arme. Franck était un rebelle et était animé, depuis deux ans maintenant, seulement par un désir de revanche, de vengeance même. Il était donc dangereux.

De son côté le patron de la division Nord devait mettre en place une stratégie afin de mettre un terme aux agissements des deux bacqueux. Après les avoir trop longtemps couverts et avoir bien souvent entériné leurs débordements, il lui appartenait aujourd'hui de déboulonner la statue érigée à leur effigie afin de la voir s'écrouler lourdement dans la cour de l'hôtel de police central et de celle de la préfecture. Par la suite ils danseraient autour comme l'on gigote autour de la dépouille du taureau sauvagement tué après avoir mis en scène sa mort dans une arène bondée d'aficionados avides de sang et de gémissements d'une bête sacrifiée. Les loups ne se mangeant pas entre eux, les seules victimes de cette infamie seraient les agneaux dûment exploités depuis plusieurs années pour faire un chiffre et les carrières de ceux qui s'apprêtaient à donner le coup de grâce sans au préalable avoir planté de banderilles.
 La mort administrative allait leur être infligée sans qu'ils la voient venir et sans, bien entendu, qu'ils puissent l'éviter. Leur sort se jouait dans les bureaux surchauffés des autorités, mais pour cela il fallait mettre en place une méthode et évidemment se servir encore d'un officier de police rationnellement sélectionné et pouvant aller au charbon sans rechigner.

Celui-là aussi serait, sans doute, ensuite jeté en pâture à une presse désireuse de nommer des lampistes en épargnant ceux jamais éclaboussés ni par les jets de sang ni par les scandales. En quelque sorte, la routine dans ces secteurs policiers-là…

Julie fut évidemment mise en avant. Son profil et ses compétences permirent rapidement de faire sortir son patronyme du chapeau. Son cas fut étudié mais il ne fit aucun doute sur le rôle qu'elle allait devoir jouer et évidemment sur le secret qu'il fallait entretenir autour de cette action. Elle-même serait tenue à l'écart et jamais il ne lui serait divulgué les intentions et encore moins le pourquoi de cette action conduite dans la cité des Lauriers. Dans le bureau de la division Nord, à la Delorme, les négociations allaient bon train, à la vitesse d'un TGV entre Marseille et Paris. Il fallait faire vite et mettre tous les moyens nécessaires à la mise à mal des deux Bacqueux et rétablir l'ordre là où ne régnait que le désordre, un désordre organisé et maintenant les cités des quartiers nord sous un couvercle de plomb ne permettant pas de laisser s'enfuir des informations sur l'action de la police et forcément des services municipaux. Mais les objectifs des autorités ne laissaient aucun doute et les moyens comme les directives utilisés allaient être à la hauteur de leurs ambitions comme des ordres venant de la place Beauvau, en clair rien ne serait épargné et surtout pas les intéressés devenus, comme les nomme le RAID, des « targets » dans lesquelles les flèches allaient se planter allègrement.

59

Ce qui avait changé dans les cités n'était pas la couleur du béton ni celle de la misère. Les deux étaient omniprésents et le soleil du printemps nouveau ne parvenait pas à les effacer. Pourtant quelque chose de neuf s'était imposé notamment aux Lauriers et à Frais-Vallon. Là, le deal avait repris de plus belle et une organisation audacieuse faisait chaque jour la preuve de son efficacité. Les guetteurs ne restaient plus assis à l'entrée des cités pour attendre l'arrivée de la police ennemie, les rabatteurs ne tournaient plus en rond autour des immeubles et les charbonneurs ne vendaient plus leur merde aux yeux de tous. Le business semblait avoir évolué pour gagner en efficacité et être de moins en moins vulnérable aux assauts policiers. Ce qui sautait aux yeux des équipages de la BAC locale c'était indéniablement le silence et l'absence de figures cagoulées errant aux abords des tours et des barres. Le deal avait mué en autre chose, une chose moins tape à l'œil, beaucoup moins ostentatoire donc plus difficile à appréhender pour des policiers bien trop habitués à des méthodes basiques et depuis bien longtemps utilisées. Eux aussi devaient donc s'adapter mais pour ce faire il fallait avant tout qu'ils parviennent à comprendre les nouveaux mécanismes. Ce qu'il fallait encore saisir était pourquoi les méthodes des dealers avaient changé et qui avait imposé cette nouvelle façon de travailler. Cette mission n'était pas l'apanage de la Brigade Anticriminalité bien trop occupée à courir après des dealers et même des petits consommateurs. Elle était à la charge des services d'investigation de la sûreté départementale et notamment à la brigade des stupéfiants. Il lui incombait donc de savoir qui était à l'origine de ces bouleversements.

Marseille s'éveillait lentement. Les matins de printemps donnaient au Vieux-Port une couleur pagnolesque. Même s'il était difficile de qualifier et de dépeindre une teinte digne de Marcel Pagnol, chaque Marseillais aurait pu décrire, même avec des mots simples trempés dans un fort accent, ce coloris et ses relations avec le cinéaste. Depuis le fort Saint-Jean jusqu'à la Canebière c'était une suite de jaune et de rouge. Plus loin, au nord, c'était du noir, seulement du noir !
Julie profitait d'un rayon de soleil pour lui proposer ses jambes à dorer. Depuis sa position haute il ne refusa pas de réchauffer les gambettes de la capitaine et leur donner un voile, un léger hâle. Ce matin elle avait posé ses fesses sur un banc du Vieux-Port, face aux bateaux à grands mâts attachés là en attente d'une sortie dominicale. Elle laissait aller ses pensées. Elle était pourtant si loin des cités du nord de la ville et des tueries de ces dernières semaines. Si éloignée et pourtant si proche…
Elle pensait quitter ce service. Son implication dans les trafics de cité s'était nettement amenuisée et elle avait du mal à justifier sa présence à la tête d'un groupe d'enquête spécialisé dans les stups. Quel intérêt d'y rester, pensa-t-elle. Quel intérêt de faire ce job ne pouvant plus lui apporter ce qu'elle attendait : de la reconnaissance et un sentiment de lutter efficacement contre ce fléau dévastant les cités. Ces questions tournaient en boucle dans son crâne et étaient même parvenues à l'empêcher de trouver le sommeil. Des questions existentielles qui feraient sourire Damien s'il en avait eu connaissance, tant, pour lui, la présence de Julie dans cette unité semblait une évidence, mais des questions obsédantes pour ce flic qu'elle était et surtout pour celui qu'elle aurait tant voulu être. Le constat de ce qu'elle était en mesure de faire n'était pas reluisant et aujourd'hui même si les séances chez sa psy l'avaient faite avancer, elle restait encore

à la traîne et sa vie personnelle restait plate comme la plaine de la Crau. Plate et triste. Pour pallier à cela c'était dans son boulot qu'elle s'était jetée corps et âme sans voir que c'était aussi ce job qui la minait et la poussait inexorablement vers la solitude. Pour résumer, elle venait de comprendre qu'il lui fallait changer d'orientation professionnelle pour pouvoir enfin vivre une vie normale. Bien éloignée des trafics de stups et de la misère des cités.

Ce fut la sonnerie de son téléphone portable qui la sortit de ses songes. Le soleil était déjà haut et son efficacité sur ses cuisses se faisait ressentir. Elle baissa discrètement sa jupe pour cacher ses cuisses rougies.

- Oui allô, dit-elle.
- Julie ? C'est Kader. Dis-moi, c'est bon pour le magistrat.
- Le magistrat ? Quel magistrat ?
- Ben Stéphane, Julie, allons … Nous étions convenus que je devais l'appeler pour que tu le rencontres.
- Stéphane ? Stéphane Rougier ? Tu as appelé Stéphane ? Mais j'espère que tu plaisantes, tu n'as pas fait cela ?
- Mais Julie nous en avions parlé, rappelle-toi !
- Putain, mais merde à la fin ! Je ne veux plus le voir, tu entends, plus jamais le revoir !
- Arrête Julie, arrête ! Il est le seul à pouvoir nous aider alors tu vas m'écouter et tu vas y aller. Tu vas mettre ton amour propre sous ton mouchoir et tu vas aller à ce rendez-vous. J'y serai aussi.
- Quoi ? Mais tu rigoles ou quoi ? Je ne veux voir ni toi, ni ce…
- Ce quoi Julie, ce quoi ? Putain c'est moi qui vous ai fait vous séparer, aujourd'hui je te donne l'opportunité de le revoir. Je ne te demande pas de tomber dans ses bras mais seulement un coup de main afin qu'il nous aide à faire tomber ces deux connards de la BAC. Tu m'emmerdes, Julie, tu entends, tu m'emmerdes !

Julie ne répondit pas de suite. Elle prit le temps de réfléchir puis :
- J'irai à ce rendez-vous mais sans toi ! Maintenant tu vas me lâcher ! Elle mit fin brutalement à cette conversation puis leva

les yeux vers le ciel afin de planter son regard dans le soleil pour s'y noyer et sans nul doute pour oublier ou peut-être espérer.

C'était dimanche, un dimanche de printemps ensoleillé sur un vieux-port accueillant pour des touristes venus s'encanailler dans une ville où les bandits légendaires avaient cédé depuis bien longtemps leur place à des jeunes féroces de cités des quartiers loin, très loin vers le nord.

60

- On est frits ... lança Eric en crachant un énorme glaviot sur le bitume sale de la rue Marathon.
- Pourquoi dis-tu ça, on s'en est toujours tirés jusqu'à présent et avec nos résultats, que veux-tu qu'ils nous fassent ?
- T'es vraiment con mon poto, vraiment con et tu n'as rien compris. Tu n'as pas vu que les choses changeaient. Nous ne sommes plus en odeur de sainteté, ils vont nous atomiser !
- Qui ils ?
- Eux ! La hiérarchie que l'on a servie durant toutes ces années avec les belles affaires et notre façon bien à nous de régler les problèmes dans les cités. Ils nous ont utilisés et ils vont nous faire sauter !
- Pourquoi Eric, pourquoi feraient-ils ça ?
- Parce qu'ils ont plus besoin de nous et la sacoche perdue a foutu une telle merde dans les quartiers nord qu'il faut que ce bordel cesse au plus vite.
- Faut se tirer alors, tirons-nous Eric !
- Pour aller où ? Toi tu t'en branles mais moi j'ai une maison, une famille et des crédits jusqu'à la gueule ! Faut que je paye les vacances à ma femme et le cheval à la petite pendant que la dernière va aux États-Unis peaufiner son anglais. Je suis prisonnier, Jeff, tu entends, prisonnier de la merde que l'on a mise et qui ne va pas tarder à nous péter à la gueule.
- Ben alors faut buter qui ?
- Tu crois pas qu'on en a assez buté non ?
Ce qu'il faudrait c'est mettre la main sur la sacoche et surtout sur le pognon qu'elle contenait et ensuite on avisera.

- Et tu penses la trouver où cette putain de sacoche ?
- C'est cet enculé de Franck, je suis certain que c'est lui qui l'a récupérée. Souviens-toi lorsque nous l'avons vu dans la rue. Il était sûr de lui et je le connais trop bien, il nous a menti. Il traîne tout le temps dans le quartier et c'est à l'angle de l'impasse Ricard Digne que le scooter nous a largué la sacoche. Et c'est là même que nous y sommes tombés dessus.
- On le prend et on lui bombe la gueule !
- Pas aussi facile que ça … C'est une ordure et surtout rappelle-toi qu'il est un ancien de la maison. Nos coups tordus, il les connaît et il va tous les anticiper. On est baisés ! Sauf si on tombe l'appartement nourrice et qu'on ramasse l'oseille et la came. On revend la came à une équipe concurrente et on garde le fric. Ensuite toi tu t'arraches et moi je verrai comment je peux faire.
- Mais on a plus personne, plus aucun tonton. Qui va nous le donner l'appartement nourrice ?
- Souviens-toi de Bachir, cette raclure de chiots qui filerait sa mère pour dix euros. Une ordure capable de balancer n'importe qui et n'importe quoi pour du pognon. On va aller le chercher et on va le faire parler.
- C'est une vraie poucave, Eric. Il peut aller nous donner aux concurrents et même au patron. Une pourriture ce mec, un vrai produit des quartiers nord !
- Justement Jeff, c'est une merde pareille qu'il nous faut. Il connaît les Lauriers comme le fond de sa poche. Il a dû sortir des gamelles il y a peu de temps…
- Si tu veux mais je te jure que s'il nous balance, je le fume !
- Arrête avec ça, Jeff, c'est fini ce temps-là. Aujourd'hui, il faut réfléchir pour nous sortir de la merde et vite !
Le petit matin et sa douce clarté ne donnait aucun aspect agréable à la cite des Lauriers. Elle était moche et sale comme l'était l'esprit des deux baqueux. L'embellie était passée, leur époque n'était plus. Il fallait réfléchir à autre chose et surtout il fallait trouver la solution pour sauver sa peau.

Dans la cité les rumeurs allaient bon train. Tout le monde savait que les deux flics de la BAC étaient au bout de leur route. Aussi sur le bas-côté de ce chemin se tenaient à l'affût bon nombre de gens décidés à remettre les choses en place. Les flics d'un côté et les voyous de l'autre comme une sorte d'équilibre, comme un dosage entre le bien et le mal et sans aucun mélange des genres. Certains avaient hâte que la suprématie de ces condés cesse et même si aujourd'hui plus rien ne leur était versé, ils voulaient se venger de l'humiliation qu'ils avaient subie durant ces dernières années. Cela avait été mis en place par Sofiane. Il avait cru que payer des flics assurerait sa sécurité et sa longévité mais c'était sans compter sur la perte de ce pognon et de cette came. Très vite et dans l'intérêt des dealers comme des autorités, il fallait que tout reprenne sa place et que l'équilibre soit rétabli.
Eric lâcha encore un glaviot sur le bitume et insulta copieusement la cité comme si elle avait pu se défendre malgré le poids colossal de la misère sous laquelle elle étouffait. Elle puait la haine et le sang frais. Il fallait très vite qu'il cesse de couler.

61

Le problème qui se posait était simple à comprendre mais bien trop compliqué à résoudre. Pourtant il fallait y trouver une solution radicale tout en s'épargnant des giclées pouvant éclabousser les beaux uniformes et les médailles usurpées des hommes frileux pensant être, sinon les maîtres du monde, au moins ceux de la ville de Marseille et de ses quartiers difficiles. Mais dans cette satanée ville rien ne se passait comme ailleurs et pour ces hommes frayant uniquement du côté clair et propre, il s'avérait complexe de naviguer en eaux troubles et saumâtres sans y laisser quelques écailles sur les rochers recouverts de mousse légère pour dissimuler des écueils parfois énormes. En d'autres termes il faisait chaud, très chaud dans les crânes de ces hommes ayant peur d'une seule chose : la fin prématurée de leur carrière et la une des journaux affichant sous un titre racoleur leur gueule enfarinée faisant d'eux, à tout jamais, des tricards et des ratés.
Alors ces grands hommes organisaient de grandes réunions sous le sceau du secret dans lesquelles seuls les initiés se pressaient en courbant l'échine et sans dissimuler leur regard obséquieux et vil. Ils étaient laids, non pas par leurs traits mais par leurs attitudes similaires à celles des pires lâches et pleutres que la police avaient connus.
Lors de ces entrevues occultes ils parlaient doucement et à mots couverts après avoir éteint leur téléphone portable de peur d'être repérés, d'être remarqués.
C'était le préfet le maître d'œuvre, il ne cachait pas sa haine et sa colère et surtout son désir de mettre hors d'état de nuire les

deux flics pourris qu'il avait lui-même protégés, récompensés et même créés de toute pièce comme le bras armé d'une politique à laquelle lui ne croyait pas plus que le ministre l'ayant déterminée. Mais c'était ainsi, il fallait que les deux têtes aillent rouler dans un panier d'osier et que la police républicaine, que soudain ils allaient tous adorer, soit réactualisée et demeure derechef l'unique référence. Par la suite, tout serait oublié. Pas pour tous.

Ce matin-là, en préfecture, le préfet tenait séance. Autour de la table et des cafés fumants le commissaire divisionnaire de la division nord tentait de sourire. De son côté le préfet, lui, tirait une gueule de six pans de long. Il n'avait pas pris place et arpentait, en fulminant, son immense bureau.

A l'autre extrémité, le directeur départemental de la sécurité publique était à deux doigts de pleurer. Ses yeux, en perpétuel mouvement, cherchaient les yeux du commissaire afin d'y trouver une seule raison objective de se trouver là, de s'inventer une unique motivation à rester au milieu de ces deux hommes aussi pourris que ceux dont ils étaient en train de sceller le sort.

- Bon commissaire, où en êtes-vous ? lança le préfet.
- J'avance monsieur mais c'est compliqué.
- Vous avancez ? Vous pensez que je vais me contenter de cette réponse ? Bougez-vous, activez-vous et puis sortez-vous les doigts du cul, nous n'avons pas le temps de traînasser et de laisser ces deux cons dans la nature avec tout ce qu'ils savent sur nous !

Dans son coin le directeur départemental ne pouvait dissimuler son mal-être. Timidement, il prit la parole :

- Monsieur le préfet, je ne comprends pas ce que vous voulez faire et surtout comment vous allez le faire. Ces deux policiers ont été visiblement protégés et aujourd'hui vous souhaitez carrément les abandonner et les donner à la justice ? Je ne cautionnerai pas cela monsieur !

- Alors vous, vous me faites rire ! répondit le préfet en frappant son poing sur le bureau. Vous avez, comme nous deux, fait votre carrière grâce aux exploits de ces deux flics et aujourd'hui vous semblez découvrir leurs méthodes, leurs agissements. Alors vous, vous êtes formidable !
- Mais monsieur je ne savais pas que …
- Que quoi ? Que ces deux cons étaient des produits de la politique du chiffre voulue par notre ministre ? Il en fallait deux et c'est tombé sur eux. On a pris les plus cons, ceux que l'on pouvait manipuler et on leur a fait faire le sale boulot parce qu'il fallait le faire ! Alors que vous saviez ou pas c'est pareil, vous êtes dans la même galère que nous !
- Monsieur le préfet, je vous disais donc que j'avance sur le dossier qui nous concerne mais il va me falloir un peu de temps pour finaliser les choses. Je n'ai pas mes entrées dans les cités, vous pouvez le comprendre, je dois donc passer par des hommes de confiance pour toucher celui par qui le piège se montera.
- Le piège, quel piège ? interrogea le directeur.
Le préfet ne daigna pas répondre, un simple regard confirma le mépris qu'il éprouvait pour ce haut gradé.
- J'ai donc ma petite idée sur les modalités de notre action. Je vous demanderai donc quelques semaines encore et puis nous passerons à l'action.
- Nous n'avons pas quelques semaines, commissaire, nous ne les avons pas ! Alors bougez-vous le cul, merde !
- D'accord je vais faire mon possible pour accélérer, rajouta le commissaire de la division nord.
- Mais avant, dites-moi ce que vous avez derrière la tête.
- Une chose simple monsieur, toute simple. En fait j'attends de connaître la date et le lieu d'un arrivage dans la cité des Lauriers. Ce sera un go-fast qui va débouler une nuit et nous aurons positionné une équipe d'enquête avec le RAID en renfort.
- Et alors ?

- Mais avant, monsieur, je ferai en sorte d'aviser les deux baqueux de cet arrivage. Ils seront eux aussi sur place pour prendre leur part du gâteau et couic… On donnera l'assaut au moment où ces deux abrutis tenteront d'intervenir.
- Mais c'est un piège ignoble ! Et s'ils font usage des armes, nous allons avoir des morts sur la conscience ! sursauta le directeur.
- Je m'en branle, vous entendez, je m'en branle ! Il faut que leurs conneries cessent au plus vite.
 Puis, s'adressant au commissaire :
- Faites en sorte de ne pas laisser des gars au tapis.
Il acquiesça d'un hochement de la tête assorti d'un sourire. Puis le préfet renchérit : Et comme directeur d'enquête, vous voyez qui ?
- Justement, monsieur, j'ai ma petite idée là-dessus aussi. Du côté de la Sûreté Départementale, aux Stups précisément, nous avons une petite jeune capitaine. Elle est pleine d'élan et elle s'est faite remarquer lors de descentes dans les cités. Elle est native d'une cité, d'ailleurs, et elle est réellement un bon flic. Je l'imagine bien comme cheffe du dispositif d'interpellation.
- Quel est son nom ?
- Pikowsky, Julie Pikowsky …
Le directeur départemental prit la parole.
- Mais cette jeune femme sera avisée de vos intentions ?
- Bien sûr que non ! répondit le préfet passablement agacé.
- Mais vous allez la piéger elle aussi, alors ? C'est ignoble !
- Écoutez, monsieur le directeur, je crois que si je signale votre comportement à Beauvau, demain vous êtes directeur départemental de la Lozère ! Vous n'avez donc rien compris, absolument rien compris ! Nous sommes dans une situation de laquelle il faut absolument sortir ou alors nous allons tous sauter et vous en premier ! Est-ce clair ou pas ?
- Oui … Oui monsieur le préfet …

- Alors maintenant, si vous voulez partir demain pour Mende, je vous conseille de l'ouvrir encore une fois, une seule fois et je vous envoie bouffer de l'aligot à vous faire vomir !
Ce fut sur cette diatribe que le préfet mit fin à la rencontre.

62

Pour la deuxième fois, Franck franchissait les Pyrénées. Depuis Marseille et au volant de sa luxueuse BMW, le voyage n'avait pas ressemblé au précédent. Confort et rapidité avaient été ses passagers durant les quatre cent kilomètres le séparant du brouhaha phocéen. Comme d'habitude il laissa sa voiture sur le parking longeant le littoral et traversa la chaussée en tenant fermement de sa main droite une mallette de cuir noir. L'entrée dans la banque n'était pas aisée, il fallut qu'il montre patte blanche pour accéder aux caisses où, après avoir décliné son identité, il fut invité à patienter dans un salon feutré tenu légèrement à l'écart. Il eut encore le temps d'admirer le décorum et le luxe éclatant du marbre et des colonnes, celui des meubles et même le raffinement de la police d'écriture de quelques phrases peintes en guise d'ornement. Ce n'était pas de l'espagnol, du latin sans doute ou du catalan peut-être. Quelques mots n'ayant aucun sens pour lui, quelques mots qu'il lut et relut en attendant l'arrivée de son conseiller.
Ce fut le même que la première fois. Il était grand et mince et portait beau. Ses cheveux noirs étaient savamment plaqués par une pâte grasse ce qui lui conférait un air de torero. Cette apparence était confirmée par un costume étriqué mettant en valeur ses attributs de manière disproportionnée. Franck ne put éviter de sourire.
Sur le même ton obséquieux le conseiller invita Franck à le suivre jusqu'à un bureau isolé du fond de l'agence. Passé le cérémonial des palabres inutilement polies et exagérément attentives ainsi que celui des mignardises et du café, Franck

déposa sur le bureau sa mallette pour en extraire des billets de banque minutieusement rangés en liasses égales. Sans un mot, le matador prit la mallette pour la ranger sur son côté droit et pressa lentement un petit bouton poussoir juste devant lui. Quasiment instantanément, une belle jeune femme perchée sur de hauts, très hauts talons aiguilles, apparut. Immédiatement elle fixa sur son visage un sourire commercial tout en se déhanchant et en peinant pour rester stable. Elle prit en charge le pactole et disparut aussi vite qu'elle était arrivée en laissant dans son sillon des effluves de Chanel numéro 5 à faire péter les naseaux d'un taureau. Le matador n'avait pas bronché, son sourire était toujours en place, il fit glisser un document en désignant une case afin que Franck le signe puis l'invita encore à se goinfrer de cochonneries sucrées. Franck déclina et se leva en indiquant, dans un espagnol plus qu'approximatif, qu'il devait reprendre la route. Le torero l'accompagna jusqu'à la sortie sans dissimuler ses bourses moulées et concentrées dans un pantalon bien trop étroit.

La BMW fit retentir son bruit caractéristique des moteurs puissants germaniques. Franck enclencha la boîte automatique et d'une légère pression de son pied droit sur la pédale d'accélérateur, il permit aux deux tonnes d'acier de se mouvoir avec une étonnante légèreté. L'autoroute était belle et peu fréquentée, il mit plein gaz en pensant aux cent vingt mille euros qu'il venait de déposer sur ce compte numéroté, ce compte alimenté par de l'argent qui puait tout sauf l'honnêteté. Dans l'illégalité, il y avait plongé le jour de sa révocation et de l'humiliation qu'il avait vécue. Depuis sa vie n'était qu'errance et questionnements sur sa piètre existence et son devenir, sur ce qu'il avait été et surtout ce qu'il devait être. Dans ses réflexions il ne lui venait que de la haine et un sentiment de vengeance, bien plus que de revanche. Se venger de qui et surtout de quoi ? A ces deux questions il ne trouvait pas de réponse, pas de solutions à ces problèmes qui le rongeaient en permanence. Alors des explications cohérentes, il s'en était fabriqué pour que ses besoins coïncident avec ses envies et pour que sa connerie vienne confirmer sa mégalomanie récente. Cet argent lui avait rendu cette liberté et cette envie de vaincre. Cet argent, même sale, lui donnait des ailes et rien, plus rien ne semblait pouvoir l'arrêter. Son mécanisme intellectuel était simple en somme puisqu'il se limitait à la rancœur et à l'alimentation du brasier le maintenant en vie. Gagner toujours plus était devenu son leitmotiv et ressasser ces envies semblait lui apporter une forme d'apaisement. Avoir reconquis Perrine et avoir retrouvé ses deux filles ne lui suffisait pas, il fallait qu'il en ait plus, encore plus pour pouvoir dire à tous ceux qui l'avaient poussé vers la sortie qu'il était encore là, encore en vie et surtout toujours capable de leur nuire. Mais leur nuisait-il ou préparait-il sa fin ?

Peu lui importait puisqu'à présent l'argent rentrait. Il rentrait à la pelle mais il sortait au tractopelle. Ses dépenses étaient fastueuses pour impressionner sa belle et afin de reprendre une vraie place dans cette société et dans ce monde de flics où se mêlent tant de choses, tant de sensations et de ressentis pour très peu d'émotions. Alors il lui en fallait plus, toujours plus et ce qu'il venait de mettre en place allait indéniablement lui permettre d'asseoir son autorité naissante et sa suprématie sur cette police que désormais il haïssait plus que tout. Il ne l'aimait plus depuis qu'un soir d'hiver il avait ramassé une sacoche bourrée de pognon et d'une arme. Il la détestait depuis que ces deux cons étaient venus la lui réclamer, la lui quémander comme si ce qu'elle contenait leur appartenait. Ils lui avaient volé sa carrière, ils avaient sonné le glas de ce qu'il était, un flic. Un vrai flic.

Lui-même était incapable de le savoir mais l'extrême-onction semblait proche …

63

- Tu m'emmerdes Kader ! lança Julie en avalant son verre de bière.
- Julie, on a la possibilité de faire tomber deux ripoux. Putain, tu ne vas pas refuser ça ? Je me souviens que lors de ma garde à vue tu n'avais pas cessé de me rabâcher ta haine pour les flics de la BAC des quartiers nord et de leurs méthodes plus que douteuses. Tu disais même que si tu pouvais les éliminer tous, tu le ferais.
- Ce n'est pas ce dont je te parle … Et puis, merde Kader, tu débarques dans ma vie après avoir brisé mon couple et tu veux m'imposer de revoir le seul homme que j'ai aimé pour faire tomber des flics ! Reconnais que c'est pas banal non ?
Kader ne put retenir un rire puissant. Il commanda encore deux bières dans le vacarme incessant de l'Exit Café.
- Je peux comprendre, oui … Mais regarde ce que je t'offre. Je te propose un rendez-vous avec ce magistrat que tu as aimé, en ma présence, simplement pour le boulot. Après tu feras ce que tu veux.
- Connard que tu es ! Tu me prends pour un lapin de six semaines ou quoi ? Allez, paye tes bières, je vais aller me coucher. J'en ai marre de voir ta gueule ! rajouta-t-elle en finissant cul-sec sa pinte et en négligeant une épaisse couche de mousse laissée autour de ses lèvres souriantes.
- Je te dépose ?
- Dis-moi, Kader si tu comptes me sauter… tu peux te la mettre sur l'oreille !

- Tu es grotesque Julie, grotesque et en plus tu n'es pas du tout mon genre et…
- Et quoi ?
- Tu ne comprends rien ou alors tu le fais exprès, je ne sais pas encore.
- Tu sais, ma psy m'a dit que souvent on ne voyait pas les choses lorsqu'elles étaient pourtant évidentes, qu'elles vous crevaient les yeux. Peut-être que je refuse de voir que en toi il y a autre chose qu'une âme de voyou et de tueur de couple.
- J'ai changé Julie, je te le promets et dans ce domaine-là aussi il faut que tu avances. Rien n'est figé, il suffit d'un élément déclencheur pour faire basculer une vie et la mienne a basculé radicalement. Aujourd'hui je veux racheter mes fautes et me faire pardonner du mal que j'ai fait. Du mal que je t'ai fait !

La luxueuse voiture semblait glisser sur l'asphalte. Julie ne disait pas un mot comme pour figer dans une parenthèse silencieuse un instant de tranquillité et de sérénité. Kader ne disait rien non plus. Ses deux mains positionnées sur le volant désignaient neuf heures quinze, il était déjà deux heures du matin et l'avenue de la Corse dormait paisiblement. Julie baillait copieusement et tentait de dissimuler quelques rots derrière un sourire charmeur et des yeux pétillants. Elle était mignonne et ses cheveux noirs cernaient un joli minois malicieux. Malgré tout, elle conservait cet air triste, un rien désabusé. Elle n'avait que trente cinq ans mais elle se sentait vieille et usée, abîmée par le temps et son métier, ce métier qui l'avait tant dévorée sans parvenir à combler ce vide profond subsistant en elle. Furtivement elle jeta un regard vers Kader, il était appliqué sur sa conduite mais, se sentant observé, il laissa un léger sourire s'installer à la commissure de ses lèvres. Un sourire complice et chargé de tant de choses. Des regrets mais surtout un léger espoir de recommencer autre chose. Il avait avoué ses regrets, elle avait confié ses doutes cachés derrière une colère que le temps avait

estompé, que la solitude lui avait appris à gérer, à appréhender. Elle rendit le sourire sans lui adresser un regard franc. La gêne, la honte.
L'avenue de la Corse s'allongeait de tout son long depuis la plage des Catalans jusqu'au palais de justice. Les balayeuses de la ville avaient humidifié le bitume pour tenter d'effacer une crasse tenace s'accrochant au moindre pavé de cette ville infernale. Un semblant de propreté dans un univers de merde.
Marseille n'allait pas tarder à s'éveiller, demain serait un dimanche banal, un dimanche comme les autres, un dimanche de solitude et de doutes.
Elle mit pied à terre. Kader lui fit un signe et laissa sa berline voler vers d'autres horizons, d'autres quartiers de l'agglomération. Peu importe où il irait, partout ce serait drogue et violence, haine et corruption. Marseille était finalement laide sous une apparence de miss monde. Une miss de pacotille, une reine de beauté discount.

Dans une heure les points de deal allaient se mettre en place…

64

- Julie ?
- Oui, monsieur.
- Le chef de la division nord veut vous rencontrer. Pouvez-vous monter le voir.
- Maintenant, patron ?
- Visiblement c'est urgent. Vous avez quelque chose sur le feu ?
- Non monsieur, même pas un café. Rien !
- Bon alors montez à la Delorme, il vous attend.
- Mais de quoi s'agit-il ?
- Je l'ignore Julie et je vais être honnête je m'en moque. J'ai suffisamment de merdes à gérer alors s'il veut vous en donner une autre je vous laisse voir ça avec lui. Allez bougez-vous montez dans le tiers monde, il vous y attend.
- Reçu patron, j'y vais.

Sa 208 de service l'attendait dans la cour de l'évêché. Elle y était stationnée dans un angle de cet espace miniature où les véhicules des différents services tentaient de se fabriquer une place qui ne gênerait pas la sortie ou le passage de la charrette matinale venant chercher les déférés du jour. Ce matin-là, elle avait du retard. Sans doute prisonnière des embouteillages du centre-ville, le camion sale transportant les individus devant être présentés aux magistrats locaux avait mis les OPJ dans une panique énorme eu égard aux heures de fin des gardes à vue. Les motifs de nullité flottaient dans l'air ambiant comme la mauvaise humeur à la machine à mauvais café. Ce matin, le jus était encore plus dégueulasse que la veille.

Elle réussit malgré tout à extirper sa Peugeot de cette nasse à poissons en ignorant encore qu'elle allait se foutre dans les

mailles d'un filet largué par un chalutier breton en allant à la rencontre d'un requin aux dents acérées.
L'autoroute était fluide. Le soleil avait percé une fine couche de nuages blancs qui, poussés par un fort Mistral, allaient se réfugier loin de la cité phocéenne. Ailleurs. Durant le court trajet qu'elle avait à parcourir, elle ne s'interrogea pas sur les intentions du commissaire de la division nord. Son secteur était celui des cités et du stups, il était donc normal de vouloir rencontrer un officier chargé de cette matière et de ce type de dossiers. Rien d'alarmant, pensa-t-elle en mettant fin à la conversation avec son patron de la sûreté départementale.
Étrangement l'hôtel de police Nord était bien plus spacieux et moderne que le central situé en centre-ville. Encore une particularité de cette ville étrange où parfois les derniers sont les premiers et où les voyous surpassent les flics. Elle abandonna sa 208 dans le centre de la cour rectangulaire abritée par trois ailes de bâtiments rougeâtres.
Le bureau du chef de la division se trouvait au second étage. La porte restée béante semblait inviter la capitaine à y pénétrer. Elle s'avança lentement afin de ne pas déranger la conversation téléphonique du commissaire et répondit aux gestes lui intimant l'ordre de prendre place assise face à lui. Le bureau était vaste et lumineux, la décoration classique d'un bureau de flic ornait lamentablement les murs pâles. Durant la conversation, elle prit le temps de reluquer les breloques ridicules rangées dans une vitrine minable et attestant pompeusement d'un déroulé putatif d'une carrière pourtant passée à faire reluire des sièges de moleskine et à manipuler des policiers de terrain dans le but d'obtenir des chiffres et des primes exorbitantes. Elle connaissait que trop ces patrons et leurs apparences trompeuses de flics usurpées auxquelles seuls les journalistes ignares croyaient encore. Elle ne put s'empêcher de dodeliner et de ricaner.
Le commissaire mit fin à sa conversation téléphonique et adressa un large sourire à Julie. Elle ne rendit pas le rictus.

- Bonjour Capitaine, dit-il.
- Bonjour Patron.
- On ne se connaît pas mais j'ai beaucoup entendu parler de vous et j'ai besoin de vous.
- De moi, besoin de moi ?
-Oui. En fait, voilà, on a porté à ma connaissance un renseignement sur un gros arrivage de résine de cannabis dans la cité des Lauriers et je souhaiterais monter un dispo d'interpellation. J'ai donc pensé à vous.
- Pourquoi pas la PJ et leur services stups ? Si c'est un gros coup, ils sont peut-être mieux adaptés que nous.
- Je vous arrête de suite, je veux que cette affaire reste à la sûreté et puis vous savez la PJ est un autre monde qui passe son temps à se contempler le nombril et à finir par croire qu'ils sont les seuls au monde.
- Oui, mais moi j'ai un groupe de quatre fonctionnaires dont un est en congés et une autre en longue maladie, donc … renchérit Julie.
- Je vous donnerai les effectifs dont vous aurez besoin. Il y aura le RAID et deux équipages BAC, plus vous et un autre groupe en renfort, cela devrait aller.
- Bon, écoutez, je ne dis pas non puisque c'est mon job et que je bosse depuis plusieurs mois sur un dossier des Lauriers. Mais pouvez-vous me dire qui vous a donné ce tuyau, monsieur ?
- Julie, vous savez que l'on ne donne jamais ses indics !
- Je sais, oui, mais là c'est un peu particulier car cette cité je la connais parfaitement et je n'ai pas compris ce qu'il s'était passé depuis la mort violente de Sofiane, l'ancien patron du deal local. Donc je pense que vous me devez bien ça !
- Vous … Je ne sais pas … hésita le commissaire. Bon écoutez, je vais vous le dire mais cela, bien évidemment, ne doit pas sortir de ce bureau.
- Évidemment, monsieur.

- C'est Bachir, l'indic attitré de la BAC Nord. Il est connu, rajouta le commissaire en souriant.
- Connu, oui il est connu, très connu même, mais il n'est pas fiable ! Je l'ai moi-même utilisé et c'est une planche pourrie. Je me méfie…
- Je sais oui mais pour le coup je suis sûr du tuyau, ne doutez pas non plus.
- Je vous fais confiance, monsieur.
- Bon, je vais vous préciser les modalités. L'arrivée est prévu par go-fast dans deux jours depuis le Maroc via l'Espagne. Depuis la frontière jusqu'à Marseille tous les services sont avisés et le convoi ne devrait pas tomber sur un obstacle.
- Sauf une équipe de connards de gendarmes effrayés par un clignotant non utilisé ou un franchissement de ligne continue.
- Non, Julie rassurez-vous, tout sera mis en place pour éviter les bévues ancillaires.
- Les quoi ?
- Pardon, c'est une phrase d'Audiard pour dire une connerie de la bonniche, rajouta le Commissaire en riant franchement. Donc l'arrivée est prévue entre deux heures et six heures du matin, il faudra mettre en place le dispo bien en amont mais je vous laisse faire pour régler tout cela.
- Comment voyez-vous l'interpel ? On sera en pleine cité et pas la moindre en plus. Depuis l'éclatement du point de deal, j'ignore qui a repris le marché mais je pense que l'on risque de tomber sur un os, un sacré os. Faut s'attendre à ce que ça défouraille.
- Je ne crois pas, Julie, je ne crois pas.
- Ah bon ? Et sans vouloir vous manquer de respect depuis quand n'y êtes-vous pas allé aux lauriers ou dans une autre cité d'ailleurs ?
- Julie, ce n'est pas mon métier, c'est le vôtre !
- Justement, monsieur, c'est mon métier et je le connais bien, très bien même. Ces cités j'y ai grandi et j'y ai serré les plus gros

dealers de la ville et croyez-moi que je connais leur haine du flic et leur détermination. Pour deux cent kilos, ils n'hésiteront pas à tirer.
- Bon, écoutez, on mettra le paquet en hommes et en matériel et puis le reste c'est à vous de le gérer. Faites honneur à votre réputation.
- Je ferai ce que j'ai à faire, monsieur, mais je ne tolérerai pas d'endosser la responsabilité de la perte d'un gars, d'un collègue. Celle-là de responsabilité, c'est la vôtre et uniquement la vôtre. Je veux bien aller au casse-pipe mais pas être le dindon de la farce.
- Mais de quelle farce parlez-vous Julie, je ne comprends plus.
- Moi je me comprends. Je ferai ce que vous attendez de moi mais vous, n'oubliez pas de faire ce que vous devez absolument faire, à savoir être un patron, un vrai patron !
- En faisant quoi ?
- En posant vos couilles sur la table s'il le faut, monsieur.
Julie quitta son siège et disparut dans les longs couloirs feutrés.

65

Le rendez-vous était fixé et Julie avait promis de l'honorer. C'était un dimanche et le lieu qui avait été choisi ne laissait aucun doute quant aux intentions de Kader. En banlieue ouest de la ville se trouvait le petit village de Sausset-les-Pins. Sa corniche longeant le littoral et ses longues landes de rochers à peine fournies en garrigue étaient propices à des déambulations bucoliques et à des échanges sereins. Pas envie de hurler devant un tel spectacle, pas envie de se chamailler ou de ressortir les vieilles rancœurs face à de telles vagues venant se fracasser sur la roche blanche. Kader était arrivé le premier et sa nouvelle berline allemande trônait au milieu du parking du port déserté en ce début de matinée. Il fut rejoint par la vieille guimbarde cabossée de toutes parts de Julie puis par un coupé BMW blanc rutilant. Julie n'avait pas quitté son habitacle, préférant regarder les deux hommes se saluer et échanger quelques mots. Elle prit encore quelques secondes puis quitta sa voiture pour se diriger vers le duo. Tous deux n'avaient pas bronché, ils la regardaient s'approcher et on pouvait aisément lire sur leurs traits une forte appréhension. Elle stoppa à deux mètres d'eux.
- Salut Kader ! dit-elle.
- Bonjour Julie, heureux de te voir, répondit Kader.
Ce fut ensuite Stéphane qui prit la parole. Il paraissait tendu et cherchait ses mots.
- Julie, ce n'est facile pour personne mais Kader a souhaité que l'on se voit pour parler d'une affaire et …

- Écoute-moi, Stef, tu n'es pas au tribunal pour représenter le ministère public alors tes belles palabres stériles je m'en tamponne grave ! Je suis ici parce que Kader a tellement insisté que j'ai fini par accepter mais n'imagine surtout pas que …
- Que quoi Julie, imaginer quoi ? lança, agacé, Stef. Tu crois quoi bon sang que c'est simple pour moi de revoir la femme que j'ai aimée venir me lancer au visage des insultes ? Tu penses que notre rupture a été facile pour moi ?
- Mais je m'en fous, Stef, je m'en fous ! Tu t'es barré de chez moi en disant que tu ne voulais plus me voir, que je n'étais qu'un con de flic obtus et que jamais je ne serais heureuse. Tu te prends pour qui, Stef ?
- J'étais énervé et je me suis emporté. Par la suite j'ai tenté de t'appeler des dizaines de fois. Tu n'as jamais daigné me répondre et me rappeler. C'est toi qui as tout foutu par terre, Julie, c'est toi avec tes problèmes et l'absence de …
- L'absence de qui ? Vas-y, dis-le !
Stéphane fut gêné. Il baissa les yeux avant d'aller chercher de l'aide dans ceux de Kader. Lui non plus n'avait pas bougé. Elle fit quelques pas puis revint à la charge :
- Figure-toi que grâce à lui, oui grâce à Kader, je consulte une psy et cela m'aide beaucoup. J'ai avancé moi aussi, rajouta Julie en baissant nettement la voix.
Tous trois restèrent silencieux durant de longues minutes puis Stéphane invita Julie à faire quelques pas le long de la corniche. Elle accepta de le suivre sans saisir la main qu'il lui tendait. Kader s'éclipsa discrètement, seul le gros moteur germanique perturba le son du ressac pour quelques éphémères secondes.
- Je suis désolé, dit Julie sur un ton timoré.
- Désolé de quoi ? Nous sommes tous deux responsables de ce qu'il nous est arrivé. J'ai été stupide aussi mais la pression que la chancellerie m'a mise était terrible. J'ai cédé et je le regrette vraiment. Je m'en suis mordu les doigts, crois-moi.
- Je galère depuis que tu es parti…

- Je te manque ?
- Terriblement ! Et moi est-ce que je te manque ?
- Bien plus que cela. J'ai souvent traîné devant l'évêché pour tenter de te voir mais je ne t'ai jamais aperçue. Alors parfois j'allais le soir du côté de l'exit Café sur le port et je te regardais boire seule au comptoir.
- C'est toi qui ?
- Qui quoi ?
- Kader, c'est toi qui as eu l'idée de mettre Kader au milieu de tout ça ?
- Non Julie. Kader est venu me voir un soir au palais. Il voulait me parler et je l'ai reçu dans mon bureau. Nous avons passé la nuit entière à parler et il m'a proposé de tenter de nous faire nous revoir. L'idée est de lui.
- Sacré Kader ! Un drôle d'oiseau celui-là !
- Oui mais un mec bien malgré tout. Il s'est remis en cause et m'avait raconté ses regrets. Il a voulu se racheter.
- Tu connais le motif initial de notre rendez-vous ? questionna Julie.
- Évidemment ! Que penses-tu de cette affaire ?
- A vrai dire je ne sais pas. Je travaille sur un dossier depuis plusieurs années et ces deux connards de la BAC apparaissent notamment dans une ligne téléphonique. Un numéro que j'ai trouvé en perquisition chez Sofiane. C'est sûr qu'ils sont ripoux les deux mais je connais ces quartiers et je me demande pourquoi ils ne sont pas tombés avant. Pourquoi personne ne les aurait balancés avant ?
- Et alors ? Je ne te comprends pas Julie. Ils sont corrompus et il faut les faire tomber. C'est quoi le problème ?
- Le problème c'est que je ne crois plus en rien ni en personne dans cette police marseillaise. Je connais bien ces quartiers et un flic ripoux ne subsiste pas une heure là-bas. S'ils y évoluent depuis si longtemps c'est qu'ils bénéficient d'une protection.
- Et à qui penses-tu ?

- A personne, je ne comprends pas c'est tout.
- Comment vois-tu les choses alors ?
- De la manière la plus simple qu'il soit. On vient de me donner un tuyau sur un go-fast venant d'Espagne. Je vais être à la tête du dispo. Je verrai bien comment cela va se dérouler. Ensuite on pourra causer, monsieur le substitut !
- Ah non, alors là aussi les choses ont changé ! Aujourd'hui je suis procureur adjoint, moi Capitaine ! Et toi toujours pas commandant ?
- Eh non et ça aussi je te le dois ! lança Julie en éclatant de rire.

66

Perrine portait une robe légère enveloppant sa croupe entière en laissant son dos dénudé. Dans ses cheveux, elle avait savamment placé, deux fleurs fraîches arrachées dans son jardinet. Elle arborait un large sourire laissant apparaître une dentition parfaite. Un soupçon de rimmel cernait ses yeux et un peu de rouge sur ses lèvres rajoutait de l'éclat à l'émail de ses dents. Elle était belle et sa joie retrouvée pouvait se lire sans dictionnaire sur son visage. Avançant vers Franck, elle semblait voler à quelques centimètres du sol recouvert de petits gravillons gris. Ses sandales ne parvenaient pas à émettre un bruit tant elle était légère. Au bout de l'allée Franck patientait. Il portait de grosses lunettes de soleil noires masquant le haut de son visage, sur le verre gauche un crocodile à gueule ouverte indiquait fièrement et ostensiblement la marque. Pour la journée, les filles avaient été confiées aux grands-parents, ainsi le couple reformé pouvait avoir les conversations d'adultes qui s'imposaient et puis un peu de tranquillité sans les caprices et les rires incessants des deux enfants allait aussi leur permettre de faire le point sur leur avenir. Perrine avait décidé d'imposer ses choix alors que Franck s'était laissé aller à penser que tout allait reprendre aussi vite qu'il le souhaitait et dans les mêmes formes qu'avant la séparation. Utopie masculine.
Elle tomba littéralement dans ses bras. Leurs lèvres, comme aimantées, vinrent se coller, ne s'entrebâillant que légèrement afin de frayer un chemin à leurs langues baveuses. Ils s'aimaient, c'était une évidence. Mais l'évidence ne fait pas tout, elle n'est

pas automatiquement réparatrice et une femme blessée le reste éternellement. Elle n'oublie pas.
Perrine s'installa dans le fauteuil moelleux du 4X4 allemand et Franck prit la route pour l'arrière pays.
- Ça va ? questionna Franck.
- Très bien. Je profite et je prends ce que nous avons perdu.
- Nous allons rattraper cela, Perrine, tu verras.
- Nous verrons, Franck, nous verrons. Laissons aller les choses. Mais j'ai une question qui me hante depuis quelques jours.
- Vas-y, pose-la.
- D'où vient tout cela ? La voiture, tes fringues, tes lunettes et les cadeaux que tu nous offres aux filles et à moi ?
- Je te l'ai déjà dit. J'ai fait payer l'administration qui a été condamnée à me rembourser deux ans de salaire et une indemnité. Cela a fait une grosse somme et puis j'ai obtenu ma retraite et même si elle n'est pas énorme, elle me permet d'équilibrer. Ne sois pas inquiète.
- Inquiète, je le suis Franck car je sais que l'administration est lente à reconnaître qu'elle s'est trompée et donc je l'imagine mal de donner autant d'argent. Je te fais confiance mais j'ai des doutes.
- Je te le répète, Perrine il n'y a rien d'illégal et puis même si c'était le cas, crois-moi que je ferais les choses intelligemment.
- Tu vois, tu es moins catégorique !
- Non, Perrine, je te dis non tout va bien. Je vais être contraint dans les prochains jours de partir pour faire des affaires. Dès mon retour ce sera terminé et nous pourrons reprendre une vie normale, une vraie vie de famille.
- Prouve-moi d'abord que tout cet argent est propre et ensuite on avisera !
- Alors écoute-moi, je vais te dire la vérité. J'ai fait des affaires, de grosses affaires et j'ai pris du fric. Aujourd'hui, je vais lever le pied et ce sera terminé. Fais-moi confiance.

La BMW filait à grande vitesse sur le ruban de bitume déserté. Au loin le Mont-Ventoux pointait sa cime blanche. Ils allaient y monter pour surplomber la Provence entière. Depuis ce point haut ils pouvaient dominer leur vie, allaient-ils la maîtriser ?

67

- Vous me faites chier, les gars, allez-vous faire enculer bande de cons, hurla Bachir en quittant la voiture des baqueux.
- Viens ici connard ou je t'allume, lança Eric en le pointant avec son arme.
- Mais tu es devenu complètement con, mon pauvre ! Allez va ! Tire, tire-moi dessus !
- Je te préviens, Bachir, je suis dans une telle merde que je ne serais pas à ça près, alors viens ici et reprends ta place dans la voiture autrement je te jure que je te mets une balle dans la tête.
Lentement Bachir reprit place à l'arrière de la Ford Focus. Quelques gouttes de sueur coulaient sur ses tempes, il planta ses yeux dans ceux d'Eric. Il lui suffit d'un court instant pour comprendre que le flic ne plaisantait pas.
- C'est terminé pour vous les gars, terminé, tu entends connard de flic ! Tout a changé, vous n'êtes plus rien dans les cités, c'est un autre qui a pris la place.
- Qui, dis-moi qui, hurla Eric.
- Mais tu crois quoi, flicard, tu crois quoi ? Tu n'as rien senti tourner depuis la mort de Sofiane, tu n'as rien vu ? Même les tiens ne te soutiennent plus, ils ne veulent plus entendre parler de vous et de vos saloperies. Vous allez crever, bande de charognes, tu entends connard, tu vas crever, vociféra Bachir.
Eric s'extirpa à toute vitesse de la voiture, ouvrit la portière arrière pour arracher Bachir de son siège et le fit tomber au sol. Eric lui balança un violent coup de pied dans la tête. Son nez était brisé et ses arcades éclatées laissaient couler abondamment du sang recouvrant ses yeux.

- Dis-moi qui a repris le deal des Lauriers, dis-moi vite ou je te fume !
- Je vais te le dire, enculé, je vais te le dire parce que celui qui l'a repris t'a bien baisé la gueule, connard. Rapproche-toi, viens, je vais te le dire à l'oreille.
Eric se mit à genoux et plaça son oreille tout près des babines sanglantes de Bachir. Ce dernier lui fit les confidences tant attendues. Eric se redressa. L'air hagard. Il le mit à genoux face à lui et vint lui loger une balle en plein front.
Jeff quitta la place du conducteur et rejoignit Eric pour contempler le spectacle affreux de la tête explosée du tonton foireux des quartiers nord.
Son corps gisait dans la merde et la terre des collines du nord de Marseille. La détonation avait résonné dans tous les quartiers nord, elle n'était rien d'autre qu'un règlement de compte entre voyous.
Eric jeta le 11.43 sur le ventre du cadavre et retira ses gants de latex noir. Reprenant sa place dans la Focus, il rajusta son arme de service.

Il était deux heures…

68

- Je vous préviens, le premier qui lâche un pet est banni à tout jamais de l'unité ! dit le major de groupe du RAID positionné au bas du bâtiment B de la cité des Lauriers. Les trois hommes ne purent s'empêcher d'éclater de rire. Les trois membres du groupe d'élite étaient entassés dans un minuscule véhicule utilitaire depuis plus de dix heures maintenant. Entre l'envie de libérer leurs mictions autrement que dans une bouteille en plastique et s'empêcher de faire du bruit, leur attente devenait pénible. De plus, portant cagoule et combinaison ignifugée sous un gilet pare-balles et un autre tactique aux multiples poches, il fallait avoir subi un entraînement de sportif de haut niveau pour ne pas hurler et sortir de ce minuscule fourgon dans laquelle régnaient odeurs de transpiration en s'arrachant l'ensemble de leur harnachement. Mais la libération de ce minuscule habitacle ne semblait pas proche et l'attente se transformait en véritable torture.
- Putain, ils vont arriver quand ces connards ? s'exclama le jeune flic en rajustant sa cagoule noire.
- Patiente, mon poulet, patiente, et tu seras récompensé, disait ma grand-mère, répondit le troisième homme vautré dans le fond du sous-marin.
Depuis leur planque, il était facile de dénombrer les autres effectifs placés par Julie. Un équipage de la Brigade Anticriminalité avait pris place devant l'hôpital Lavéran, un autre à l'entrée de la cité alors que la 208 de la capitaine tentait de se fondre dans le paysage automobile local constitué essentiellement d'épaves. Elle dénotait un peu mais l'heure

tardive avait permis à ce dispositif de prendre place discrètement bien avant le réveil de cette fourmilière.

Il était déjà quatre heures et au loin un chien hurlait à la mort en déchirant le semblant de silence régnant dans ces quartiers pourtant toujours bruyants. Il était, comme le reste, instable et éphémère, léger et annonciateur de choses terribles, d'un terrible dénouement. Car une fin, il devait y en avoir une et depuis plusieurs mois ce qui s'était mis en place ne pouvait que conduire vers le paroxysme de l'horreur. Le marché du shit, dans la cité des Lauriers, avait pourtant repris sans que quiconque ne parvienne à savoir qui en était à la tête. Pour être à cette place, il fallait un homme de poids et d'une envergure rare. Il fallait un homme puissant et déterminé pouvant bénéficier d'alliés dans le secteur. Pourtant depuis la mort de Sofiane et de Farid les enquêteurs des stups n'étaient pas parvenus à mettre un nom sur le repreneur. Dans leurs tablettes il n'y avait aucun nom, aucun visage et ceux qui potentiellement auraient pu être l'homme de la situation n'étaient plus. Même Tonio avait été abattu.

Les quartiers nord baignaient dans une fange gluante, elle collait aux baskets des jeunes dealers comme une seconde paire de chaussures alors qu'elle se figeait sur les rangers des flics dépassés par une situation que nul ne voulait résoudre. Pourtant des solutions il en existait, des moyens il en fallait pour reprendre en main tout un pan d'une ville abandonnée. Le constat le plus difficile à faire était bien celui de l'échec d'une politique de la ville et de ces quartiers sinistrés. Tout avait fui, rien n'avait subsisté et hormis le shit et la mauvaise cocaïne bien trop coupée à coup de caféine et de talc, aucune alchimie n'était possible pour transformer le plomb en or. La merde ne se transformait qu'en déchets, uniquement en détritus sales et pestilentiels. Les effluves, pourtant abondantes, ne parvenaient pas à envahir les narines des autorités policières et encore moins celles des hommes politiques aux beaux et prometteurs discours. Des allocutions, les flics de ces quartiers en avaient trop

entendues, trop écoutées. Plus rien ne pouvait les convaincre de poursuivre une lutte effrénée contre les trafics de stups conduits dans une violence inouïe emportant avec elle des dizaines de jeunes égarés. Pourtant ils étaient là.
Depuis leur sous-marin, les gars du RAID trouvaient le temps long. Julie tentait de lutter contre un sommeil et Damien avait sombré. Un rat quittait un container à ordures rempli après s'être délecté des restes de nourriture déjà dévorée par des vers, il sauta jusqu'à un autre récipient et se vautra dans la luxure et dans d'excellentes agapes. Un chat, lui, semblait chercher sa proie. Il était maigre et sa patte arrière gauche traînait au sol. Sans raison aucune il miaula bruyamment et prit la fuite vers les bâtiments. Quatre heures trente cinq minutes s'affichaient sur l'écran du téléphone de Julie. Elle souffla pour marquer son impatience, elle marmonna quelques mots pour la confirmer puis posa sa tête, devenue lourde, sur le haut du dossier. Le poste radio crépita, quelques bribes inaudibles furent lancées et Julie demanda confirmation.
- De T.O 26 à BAC 16, réitérez votre message.
- Une vieille Fiat avec à son bord un couple de vieux fait son entrée dans la cité.
- Bien reçu mais ce n'est pas ce que l'on attend.
- Je sais T.O 26 mais je vous l'annonce pour que vous ne soyez pas surpris. C'est une Fiat blanche déglinguée. On dirait presque une bagnole de la boîte, rajouta le baqueux en riant.
Julie fit un sourire en donnant un coup de coude à Damien afin qu'il sorte de sa léthargie.
Levant la tête, Julie vit arriver la Fiat. Elle était en effet en très mauvais état et les deux seuls occupants avaient passé la soixantaine depuis bien longtemps. Le papy était au volant et sa compagne semblait assoupie sur le côté passager avant. La Fiat circulait à faible allure, le grand-père hésitait à se diriger à droite ou à gauche, comme s'il ne connaissait pas les lieux puis il stoppa au milieu de la placette de retournement, juste au pied des

grands bâtiments. L'attitude du couple de vieillards éveilla les soupçons de Julie et de Damien.
- J'ai un ami qui est collègue à Perpignan qui me racontait que parfois les dealers transformaient les go-fast en go-slow, chuchota le jeune flic.
- Chut ! Tais-toi, merde !
- Bon moi je dis ça… Mais il paraît que les vieux passent mieux et…
- Mais tu vas la fermer oui !
Julie s'empara du poste radio pour y passer un message à l'ensemble des effectifs.
- A tous de T.O 26, une Fiat blanche avec un couple de personnes âgées vient de se présenter et se positionner au centre de la placette. Vigilance à tous. On patiente et surtout on attend le top interpel.
- T.O 26 de Cobra 03, le go-fast s'est transformé ?
- C'est possible…
- Ok attendons confirmation pour les targets.
Julie rangea le poste-radio et prit son arme entre ses jambes. Lentement elle la regarda et engagea une cartouche dans la chambre. Elle était prête. Damien en fit autant.
Le silence avait de nouveau assiégé la cité. La Fiat ne se faisait plus entendre, son moteur s'était tu. Le vieil homme ouvrit la portière et s'extirpa, non sans difficulté, de l'habitacle. Tout en claudiquant, il fit le tour de la voiture pour venir ouvrir la portière de sa passagère. Il dut lui porter assistance pour la faire sortir. Tous deux, à pas lents, se positionnèrent devant le capot. L'homme s'empara d'un téléphone portable et, après avoir chaussé ses lunettes, composa un numéro. L'appel fut bref. A peine trois secondes. Immédiatement, sortant de toutes parts, une myriade de jeunes gens vêtus de noirs et portant cagoule se dirigeaient vers la Fiat. Le coffre fut ouvert et déjà des ballots en étaient extraits. Telles des fourmis, ils emportaient les valises vers le bâtiment B.

- De T.O 26 à tous : TOP INTERPELLATION ! cria Julie dans le combiné radio.
Depuis l'entrée de la cité jusqu'au sous-marin du RAID, les différents équipages de police se ruèrent vers la cible. Concomitamment deux rafales d'armes automatiques vinrent couper la route aux hommes du RAID. Depuis les toits, ils étaient devenus à leur tour les targets des guetteurs. Un équipage BAC mit pied à terre et le passager avant n'hésita pas à faire feu au fusil à pompe vers les toits. Les balles Brenneke frappèrent le béton et imposèrent aux tireurs de se dissimuler. Les hommes du RAID parvinrent à stopper trois individus porteurs de mallettes de shit mais les rafales reprirent leurs vociférations. Les balles venaient frapper le sol et la caisse de la Fiat sans discernement. Les vieux avaient trouvé refuge près des containers à ordures alors que l'ensemble des flics présents sur le dispo s'étaient déplacés tantôt pour interpeller les dealers et tantôt pour faire feu et se dégager des tirs nourris des Kalachnikov. Un flic du RAID prit le temps de viser et pressa lentement la détente de son arme longue. Il fit mouche et l'on vit le corps d'un guetteur venir s'écrouler au sol à quelques mètres de la Fiat. Sa cagoule était percée entre les deux yeux. Sans aucune hésitation, les hommes de la BAC s'engouffraient dans le bâtiment et progressaient dans les escaliers en évitant les obstacles divers et variés tentant de leur barrer le passage. Il faisait noir et seuls les faisceaux de leurs torches désignaient le passage. Puis, dans le noir complet, une détonation éclaira les escaliers. Un flic tomba. Touché au bras, il hurlait sa douleur et sa peur d'être devenu une cible vulnérable. Alors que le tireur pointait son nez ce fut son coéquipier qui lui balança un pruneau dans la tête. Il lui fit éclater la mâchoire, il vacilla sans tomber. Le second coup fut fatal, il vint se ficher juste sous l'œil droit. Le dealer s'écroula et roula sur deux étages. Devant eux se trouvait l'appartement nourrice, la porte d'entrée était ouverte. Le premier baqueux pointa son nez. Une rafale de kalachnikov lui imposa de rentrer son tarin. Depuis

l'appartement, deux hommes les attendaient et les arrosaient copieusement de 7,62.
- De BAC 16 à tous, sommes dans l'immeuble devant l'appart nourrice. On se fait arroser à la kalach. Urgent, demandons renforts ! Urgent ! vociféra le flic de la BAC ayant ramassé son collègue blessé.
- De Cobra 03, c'est bien pris, on arrive, répondit le chef de groupe du RAID.
Moins de deux minutes après, quatre hommes du RAID se présentaient devant le logement nourrice. Le major invita, par gestes, les flics de la BAC à descendre et à leur laisser le champ libre. Ils s'exécutèrent.
Sans parler mais grâce à de grands gestes les hommes du RAID se mirent en place. L'un d'eux dégoupilla une grenade fumigène et la lança dans l'appartement. Un épais et âcre nuage de fumée s'en dégagea. Depuis l'appartement, on entendait les deux hommes s'étouffer. Munis de masque à gaz deux hommes du RAID pénétraient. Deux détonations. Deux morts. L'appartement était désormais libre d'accès.
Sur le parking, le calme aussi était revenu. Au sol gisaient quatre hommes, leurs mains étaient entravées par des Serflex blancs et chacun d'eux était gardé par des policiers en uniforme. Julie se tenait droite au milieu de la placette, elle regardait ce spectacle sans mot dire. A ses pieds un homme était mort. Son corps venait d'encaisser, en plus d'une balle en pleine tête, une chute vertigineuse de plus de trente mètres. Il était désarticulé et baignait dans une mare de sang. Le silence se faisait encore entendre.
Depuis le bout de la rue marathon, une Ford Focus arriva en trombe. Jeff la pilotait et Eric en était le passager. La Ford stoppa brutalement. Ce fut Eric qui en sorti le premier. Visage fermé. Déterminé. Il était dans un état de démence.

- Qu'est-ce que vous avez foutu ? Merde ! hurla-t-il. C'était à nous de les tomber, c'est mon secteur ici, bande de cons ! Vous avez foutu la merde !
Julie s'avança vers lui.
- Oh là, Sinibaldi, faut vous calmer !
- Je me calme si je veux ! C'est chez moi ici et ça c'est à moi ! Qui vous a donné le tuyau, qui ?
- Sinibaldi, je vous ordonne de vous calmer. On a trois mecs à terre et un collègue blessé alors vos hurlements, vous allez les bouffer, OK ?! hurla Julie.
- Toi, je t'emmerde, tu entends, je t'emmerde ! Où est la came ? dit Eric en se dirigeant vers le bâtiment B. Julie tenta de lui faire obstacle en se positionnant face à lui.
- Tu n'es qu'une petite conne ! Je sais moi qui a repris le deal et je vais le fumer à ma manière. Dans le même temps, il sortit son arme et la pointa en direction de Julie. Celui qui nous a tous baisé là, c'est un flic, le collègue le plus pourri de Marseille ! Allez, casse-toi vite ou toi aussi je te fume !
Dans son dos, Damien était près à faire feu.
- Espèce d'ordure, arrête-toi de suite ou je te mets une balle dans la tête ! cria-t-il à l'attention d'Eric se dirigeant de nouveau vers le bâtiment. Il s'arrêta et se retourna brusquement. A son tour, il chaussa son arme et mit en joue le jeune Damien. Sans un instant d'hésitation, il fit feu vers le jeune flic le touchant au thorax. Damien s'écroula. Très vite, Eric asséna un violent uppercut à Julie. Elle s'écroula alors qu'il prenait la fuite à pied derrière les bâtiments.
Jeff fit vrombir le moteur de la Ford Focus pour s'échapper. Une course poursuite s'engagea entre lui et un équipage de la BAC mais à peine l'angle de la rue marathon atteint, la Ford vint s'encastrer brutalement dans un camion effectuant une manœuvre. Le bruit fut sec, la Ford s'enroula sous les essieux. Jeff n'eut pas le temps de souffler.

Julie émergeait lentement. Elle reposait sa tête sur les genoux d'un grand gars du RAID. Il n'avait pas retiré sa cagoule et ses grosses mains gantées de noir caressaient gentiment son petit visage. Instinctivement elle porta sa main à son menton.
- Touchez pas, Capitaine, c'est le ko du boxeur. Ça va aller, dit le grand gaillard aux mains tendres.
- Merci…Il est où Damien ?
- Tout va bien, capitaine, tout va bien. C'est le gilet pare-balles qui a stoppé la balle. Les pompiers l'ont transporté mais il va bien.
- Et les deux autres, les baqueux ?
- Le premier est enroulé dans les pneus du camion là-bas. Le second est en fuite, répondit l'homme du RAID.

69

A présent la cité des lauriers était calme. Une horde de policiers en uniforme avaient investi les lieux et formaient un cordon empêchant les intrus de pénétrer. Les équipes du laboratoire scientifique s'étaient aussi déplacées. Les blouses blanches s'affairaient dans l'appartement servant de base au deal. Plusieurs valises marocaines étaient entassées dans une petite pièce excentrée. À côté d'elles, deux gros sacs de sport contenant des liasses de billets avaient été minutieusement posés. Au sol gisaient les deux corps des hommes abattus par les services d'intervention. Le premier n'avait pas vingt ans et il maintenait encore dans ses mains une Kalachnikov au chargeur approvisionné. Sa tête, posée au milieu d'une mare de sang, était celle d'un enfant, un gamin de la guerre. Quelques boutons d'acné parcouraient son visage pubère et deux accroche-cœurs ornaient son front sans ride. Le projectile avait atteint la tête. Depuis le front, elle avait traversé la totalité du crâne dans une trajectoire rectiligne. L'orifice d'entrée était propre et rond alors que celui de sortie avait fait éclater les os. Il n'était plus.
Le second était plus âgé. A peine plus. Lui, reposait en position assise, le dos contre le mur. La balle avait touché le thorax, plus précisément le cœur. Les dégâts relevés sur la tête du premier corps laissaient imaginer ceux que l'on pourrait constater dans la cage thoracique du deuxième. Un désastre. Un petit cœur éclaté, atomisé, éparpillé dans une cage thoracique à peine sortie de l'enfance. Ses yeux étaient ouverts, grands ouverts. Ils étaient

noirs et ronds. Il fixait devant lui comme s'ils avaient un avenir, comme si devant eux il y avait autre chose que le deal, la came, l'argent et la violence. Pourtant il n'y avait rien et son destin était celui de crever là, un petit matin de printemps. Comme son camarade d'infortune, il maintenait fermement une kalachnikov. Cette saleté d'arme avait vomi ses dragées vers les flics, elle avait tué celui qui l'avait utilisée.

La seule ambition qu'il avait atteinte était d'être abattu par un service d'élites et non par un voyou teigneux et arrogant. Il avait été tué calmement et proprement. Un comble pour celui qui n'avait vécu que dans la merde.

Julie se trouvait dans l'appartement. Figée, les bras ballants. Le regard dans le vague, dans le désespoir. Les images des deux corps lui sautèrent au visage, elle revit Rachida et sa tête de gosse explosée. Elle revit son enfance et sa cité…

Le bilan qu'elle faisait n'était autre que celui de sa vie de flic et de femme, de femme de cité. Ces cadavres à ses pieds n'étaient pas pour elle des morts comme les autres, comme ceux qu'elle avait pu voir ou même ramasser. Non, ceux-là étaient des jeunes gens, des jeunes gens dépassés par une situation et par un contexte qu'ils n'avaient pas su appréhender. La mort avait fait partie de leur vie, de leur misérable existence dans ces quartiers où crever devenait une évidence, où choir d'une balle dans la tête était un choix. La mort, eux aussi souhaitaient la donner. Leur haine n'avait d'égal que leur ignorance, leur violence n'était que la sœur jumelle de leur irrespect de tout et de tous. Leur mère nourricière n'avait pas été capable de leur assurer une pérennité. Ils allaient être vite remplacés.

Julie évoluait depuis trop longtemps dans ce bourbier infâme et cette affaire semblait l'avoir impactée sérieusement. Le soleil allait se lever et elle songeait à raccrocher, à quitter cette brigade et ces cités pour un ailleurs, pour autre chose. Un monde où les flics ignorent la corruption et où les voyous ne sont pas flics. Ce monde existait-il ? Loin, sans doute très loin de ces quartiers bien trop sinistrés, bien trop gangrenés par la came et le fric sale. Les quartiers nord avaient, ce matin-là, donné ce qu'ils savaient faire de mieux. Ils avaient craché la haine sur fond de misère sociale.

Les investigations n'amenèrent la découverte d'aucun autre objet ou indices pouvant faire avancer l'enquête... Cette phrase mit fin à son procès-verbal. Elle y apposa son paraphe au bas à droite. Elle était épuisée.

70

Le numéro 30 du boulevard du jardin zoologique se trouvait dans le bas d'une petite artère à sens unique. Dans le centre ville. Il était cinq heures trente et trois véhicules banalisés se stationnèrent en double file. Du premier fourgon noir aux vitres opaques ce fut trois colosses en tenue de ninja qui sortirent. Boucliers, casques et bélier hydraulique. Armes longues et pistolets automatiques à la ceinture. Tout le matériel d'intervention, d'interpellation était prêt. Les hommes aussi l'étaient. Julie quitta sa 208. Son menton était marqué par le coup de poing mais ce qui l'était encore plus était indéniablement son esprit. Elle s'assura de la présence de son Sig-Sauer à sa ceinture puis, d'un geste de la tête, invita les membres du RAID à se porter devant le numéro 30. La porte de l'immeuble ne résista pas longtemps aux assauts du vérin hydraulique, après quatre secondes d'appui elle céda pour laisser s'engouffrer les flics dans l'immeuble. La volée d'escalier était étroite et quelques tomettes rouges avaient laissé la place à un ciment gris élimé, fatigué d'être souillé par des semelles de plastique bon marché. Le deuxième étage. La porte d'entrée. Le bélier.
L'appartement était minuscule et il fut très vite localisé. Un homme en tenue noire se jeta sur lui et l'immobilisa. Il n'eut pas le temps de broncher. Son arme reposait sur la table de chevet, ses numéros de série étaient limés. A côté, les clefs d'un 4X4 BMW et une photo de famille. Une jeune femme élégante et souriante et deux petites filles aux cheveux longs et bruns.

- Je suis Julie Pikowsky de la Brigade des Stups. Vous êtes en garde à vue depuis 6 h 05 dans le cadre d'une affaire de trafic de stupéfiants. Je travaille en commission rogatoire d'un juge d'instruction de Marseille.
Franck lui adressa un sourire.
- Ah c'est toi ! lui balança ironiquement l'ancien flic des stups.
- Vous partez pour une période de 96 heures de garde à vue. Nous allons donc passer du temps ensemble et nous pourrons faire connaissance, lui répondit Julie.
- Je n'ai rien à te dire, ma poule, rien si ce n'est que tu fais fausse route. Je ne suis pas celui que tu crois.
- Mais rassurez-vous, monsieur, j'ai d'autres éléments pour faire tomber vos complices.
- Mes complices ? Mais je n'ai pas de complices, moi, je suis un solitaire. En revanche, va voir du côté de la BAC Nord et tu trouveras ton bonheur.
- Une fois encore je n'ai pas de conseil à recevoir de vous et au niveau de la BAC le nettoyage est en train d'être fait. Allez, on se casse, rajouta Julie.
Franck fut saisi fermement par deux hommes du RAID. Il baissa la tête au moment de s'engouffrer dans le van noir. Il partait pour l'hôtel central de police, pour l'évêché. Ce même lieu où jadis il exerçait.
Il n'était plus rien. Perrine et les filles devaient émerger et prendre leur petit-déjeuner en pensant à un mari et à un papa déjà reparti vers tout autre chose. Comme les jeunes abattus quelques heures auparavant, il avait choisi sa vie, il devait à présent l'assumer.
Il pensa à la sacoche et à ces billets trouvés. Jamais il n'aurait dû la ramasser…

71

- Pensez-vous que les séances ont été bénéfiques ? dit, d'une voix douce, Elizabeth.
- Je pense que oui, elles m'ont permis d'avancer et …
- Et … ?
- Ben, j'ai revu l'homme dont je vous avez parlé, celui dont j'étais folle amoureuse, répondit Julie.
- Ah, voilà une excellente chose, Julie, je vous félicite. Et que comptez-vous faire maintenant ?
- Le revoir très vite.
- Vous l'aimez encore ?
- Oui, je n'ai jamais aimé que lui.
- Est-ce que les sentiments sont réciproques Julie, faites attention à vous.
- Oui, il m'aime aussi. J'en suis certaine.
- D'accord. Je pense à présent que vous n'avez plus besoin de moi. Il va falloir que vous appreniez à gérer vos émotions seule mais je ne serai jamais bien loin. Vous savez où est mon cabinet !
- Oui, je sais, oui, dit Julie en plaçant sur son joli minois un grand sourire dans lequel on pouvait voir de la gêne et de la reconnaissance.
- Et au niveau de votre travail, comment cela se passe-t-il ?
- Je viens de mettre un terme à une grosse affaire. Je suis épuisée et surtout elle m'a fait comprendre qu'il fallait que je quitte la brigade des stupéfiants. Je dois m'intéresser à autre chose pour aussi avancer.
- Ah, voilà une autre bonne nouvelle Julie, j'en suis heureuse pour vous.

- Merci madame, vraiment merci !
- Vous n'avez pas à me remercier, c'est vous qui avez fait le travail nécessaire à votre guérison. Mais vous savez, nous ne sommes jamais totalement soignés de cela, on parvient simplement à vivre avec, à le gérer pour que cela devienne supportable. C'est moi qui vous remercie de m'avoir fait confiance.
Sans rajouter un mot, Julie quitta son fauteuil et tendit un billet de cinquante euros à la clinicienne. Élisabeth le refusa.
- Non, Julie, celle-là, elle est pour moi. C'est cadeau.

Le soleil était bien présent, il parvenait à réchauffer les âmes des Marseillais. Le Vieux-Port grouillait de touristes et de voitures. Les embouteillages se formaient au rythme habituel, depuis le quai du port jusqu'au palais de justice, les automobiles étaient à l'arrêt. Julie décida de rejoindre l'hôtel de police à pied, faire quelques pas lui ferait du bien. En quelques enjambées et quelques minutes, elle avait atteint le quartier du panier et la place de Lenche. Là, elle prit le temps de contempler la Vierge de la Garde puis d'emprunter la rue de l'évêché sur une centaine de mètres. Elle marqua un temps d'arrêt devant l'entrée de l'hôtel de police. Elle n'avait plus envie d'y retourner.

72

Il tombait du feu. La chaleur était étouffante. Au loin, une sirène de pompiers déchirait la quiétude, un chien hurlait à la mort comme pour l'accompagner dans sa funeste démarche. Il mit les deux genoux à terre puis plaça instinctivement le canon de son fusil sous son menton. Il pressa la détente…
Derrière lui sa femme et ses deux filles dormaient encore. Même pas réveillées par la détonation. Il venait de se donner la mort après avoir sombré dans une spirale bien trop difficile à gérer. Cette vie il l'avait choisie, c'était la sienne. Il devait en assumer les conséquences et les risques. Ce matin d'été, il gisait sur sa pelouse, la tête en partie arrachée. Il gisait dans sa misère et sa solitude. Eric Sinibaldi venait de mettre fin à ses jours après avoir écrit une lettre à ses deux filles et les avoir contemplées dormir. Il laissait aussi son épouse sans aucune explication. Ce qu'il était devenu ne correspondait plus à ce qu'il voulait être et à ce qu'il lui avait promis de rester. Mais au final, il n'était qu'un dommage collatéral de ces quartiers perdus, de ces secteurs sinistrés. Il était mort comme il avait vécu, simplement et brutalement.
La Brigade Anticriminalité du Nord de Marseille avait engendré ce type de policiers à force de les laisser œuvrer là. Ce qu'ils étaient devenus n'était que le choix d'une hiérarchie aveuglée par l'ambition au détriment de ce que ces petits flics pensaient devoir accomplir. Les idéaux s'étaient effondrés, les valeurs et la notion de bien ou de mal aussi, il ne restait que la désolation et les cadavres entassés dans un coin pour être à tout jamais oubliés.

Lorsque Julie arriva sur les lieux, la Police Judiciaire était déjà présente. Elle se présenta rapidement en exhibant sa carte tricolore et s'approcha du corps sans vie d'Eric Sinibaldi. Une odeur de sang semblait stagner au dessus de la scène, derrière une femme était assise au sol et hurlait de douleur. A ses côtés deux petites filles aux cheveux noirs luttaient pour se réveiller en s'empêchant de comprendre que c'était bien leur père qui était allongé dans le jardin. Le jour se levait lentement et les curieux investissaient les lieux forçant les policiers en jalonnement à hausser le ton et à en venir aux mains avec quelques idiots assoiffés de sang. Julie fit quelques pas puis se rapprocha du directeur d'enquête.
- Bonjour, je suis des stups SD, dit-elle.
- Salut, Bertrand de la brigade criminelle. Tu le connais ?
- Un peu oui, c'est un collègue de la BAC Nord.
- Je sais oui, un bon flic apparemment.
- Oui c'est ça oui, un excellent flic, ajouta-t-elle en s'éloignant.

Le jour pointait…
Les points de deal allaient commencer leur activité.

73

Gérald Passedat était un virtuose et c'était au sein de son restaurant triplement étoilé qu'il exerçait. Son établissement jouxtait le pont de la fausse monnaie, juste face aux îles d'Endoume. Sur une avancée de calcaire, la terrasse surplombait la mer et dominait la rade de Marseille.
Julie et Stéphane venaient de prendre place autour d'une table idéalement située pour des retrouvailles amoureuses. Un léger mistral s'était invité, il permettait aux Marseillais de mieux supporter la chaleur quasi-caniculaire de ce mois de juillet. A leurs pieds, les vagues venaient se fracasser. Ils étaient bien.
- Dis-moi Julie, avant de parler d'autres choses, comment as-tu identifié ce Franck, ce type qui avait repris le deal des lauriers ?
-Un idiot enroulé dans des essieux de camion avait des confidences à me faire juste avant de mourir, répondit-elle en contemplant le bleu de la mer.
- Je ne comprends pas !
- Je boirais bien un verre de vin blanc, pas toi ?

Marseille était belle comme elle pouvait l'être, comme une carte postale que l'on achète en guise de souvenir. Le papier était glacé, il n'était pas écorné.
La ville masquait son vrai visage, elle était en fait l'opposé de ce qu'elle laissait croire. Elle pouvait simplement tuer…

© SUDARENES EDITIONS
Dépôt légal : Premier Semestre 2023
ISBN : 9782385723279
Directeur de Publication : David Martin
www.sudarenes.com
www.sudarenes.fr